HEYNE BÜCHER

W0222324

HAFFMANS KRIMINALROMANE
BEI HEYNE

GEOFFREY HOUSEHOLD

Einzelgänger, männlich

KRIMINALROMAN

AUS DEM ENGLISCHEN
VON
MICHEL BODMER

WILHELM HEYNE VERLAG
MÜNCHEN

HAFFMANS KRIMINALROMANE BEI HEYNE
Herausgegeben von Gerd Haffmans und Bernhard Matt
Nr. 05/52. Im November 1993.

Die Originalausgabe »Rogue Male« erschien
1939 bei Chatto & Windus, London.

Eine gekürzte deutsche Ausgabe erschien
unter dem Titel »Der Gehetzte« beim
Gebrüder Weiß Verlag, Berlin

Einzig berechtigte Taschenbuchausgabe
Wilhelm Heyne Verlag GmbH & Co. KG, München
Printed in Germany 1993
Umschlagillustration: Nikolaus Heidelbach
Umschlaggestaltung: Atelier Ingrid Schütz, München
Gesamtherstellung: Ebner Ulm

ISBN 3-453-07287-1

»Das Verhalten eines Einzelgängers kann mit Fug als eigentümlich
bezeichnet werden, wobei die Trennung von den Artgenossen
sowohl Schlauheit als auch Wildheit zu fördern scheint.
Diese einsamen Tiere, von chronischen Schmerzen oder
Witwerstand in Wut versetzt, treten bei allen
größeren Fleisch- und Grasfressern gelegentlich
auf, wobei es sich in der Regel um männliche
Exemplare handelt, obwohl im Falle der
Flußpferde auch die mutwillige
Bösartigkeit alter Kühe nicht
übersehen werden darf.«

FÜR BEN

der das Gefühl kennt

Ich kann ihnen keinen Vorwurf machen. Schließlich braucht man kein Zielfernrohr, um Keiler oder Bären zu schießen; als sie mich also dabei ertappten, wie ich die Terrasse aus einer Entfernung von fünfhundertfünfzig Yards beobachtete, war es nur natürlich, daß sie voreilige Schlüsse ziehen würden. Und sie verhielten sich, meiner Ansicht nach, recht taktvoll. Ich bin kein augenfälliger Anarchist oder Fanatiker, und ich sehe auch nicht aus, als ob ich mich für Politik interessieren würde; vielleicht hatte ich einmal einen ländlichen Wahlbezirk in Südengland vertreten, aber das zählt kaum als Politik. Ich trug einen britischen Paß auf mir, und wäre ich nicht beim Beobachten des HAUSES erwischt worden, sondern beim Daraufzugehen, hätte man mich vermutlich zum Mittagessen eingeladen. Es war ein schwieriges Problem, das zornige Männer hier in einem Nachmittag zu lösen hatten.

Sie müssen sich gefragt haben, ob ich gewissermaßen in offiziellem Auftrag handelte; aber ich denke, daß sie diesen Verdacht fallenließen. Keine Regierung – am allerwenigsten die unsrige – unterstützt politische Morde. Oder war ich ein Söldner? Das mußte sehr unwahrscheinlich sein; jeder kann sehen, daß ich nicht der Typ des Racheengels bin. War ich also bar jeder verbrecherischen Absicht und genau das, was ich zu sein behauptete – ein Sportsmann, der der Versuchung nicht widerstehen konnte, sich an das Unmögliche heranzupirschen?

Nach zwei oder drei Stunden ihrer Fragen sah ich, daß ich sie aus der Fassung gebracht hatte. Sie glaubten mir nicht, auch wenn sie allmählich zu begreifen begannen, daß ein gelangweilter und wohlhabender Engländer, der alles gewöhnliche Wild bereits gejagt hatte, durchaus einen perversen Genuß daran haben mochte, das mächtigste Großwild der Welt zu jagen. Aber selbst wenn meine Erklärung stimmte und die Jagd eine bloße Formsache war, so machte das keinen Unterschied. Ich durfte nicht am Leben gelassen werden.

Inzwischen war ich natürlich recht übel zugerichtet worden. Meine Nägel wachsen allmählich nach, aber mein linkes Auge ist immer noch ziemlich unbrauchbar. Ich war kein Fall, den sie mit ein paar Entschuldigungen gehen lassen konnten. Sie hätten mir vermutlich ein pittoreskes Begräbnis spendiert, mit Jägern, die Ehrensalven abfeuern und ins Horn stoßen, im Beisein aller Parteibonzen in vollem Putz, und einen Steinobelisken errichtet, zum Andenken an einen guten Sportskameraden. Auf so was verstehen sie sich.

In Tat und Wahrheit aber verpatzten sie die Sache. Sie brachten mich an den Rand einer Felswand und kippten mich hinüber, bis auf meine Hände. Das war gerissen. Das Krabbeln an dem rauhen Fels würde – wenigstens annähernd – den Zustand meiner Finger erklären, wenn man mich fand. Ich hielt mich natürlich fest; wie lange, weiß ich nicht. Ich begreife nicht, weshalb ich nicht froh war zu sterben, in Anbetracht der Tatsache, daß ich nicht auf ein Überleben hoffen konnte, und je schneller das Ende, um so geringer die Leiden. Aber ich war nicht froh. Man hofft immer – wenn man das Festklammern am Leben Hoffnung nennen kann. Ich bin nicht zu zivilisiert, um den Einfluß jener Macht zu spüren, die das Kaninchen laufen läßt, wenn ein Wiesel hinter ihm her ist. Das Kaninchen hofft auf nichts, nehme ich an. Sein Verstand hat keine Vorstellung von der Zukunft. Aber es läuft. Und so hielt ich mich fest, bis ich abstürzte.

Ich zweifelte, ob ich gestorben war oder nicht. Ich habe immer geglaubt, daß das Bewußtsein den körperlichen Tod überdauert (obwohl ich keine Meinung darüber habe, wie lange das währt), und so dachte ich, daß ich wahrscheinlich tot sei. Ich war eine so verdammt lange Zeit gefallen; es schien jeder Vernunft zu widersprechen, daß ich noch am Leben sein könnte. Und da hatte es auch einen fürchterlichen Augenblick des Schmerzes gegeben. Ich hatte das Gefühl, als sei die hintere Partie meiner Oberschenkel sowie mein Gesäß weggeschoren, weggerissen, weggescheuert worden – jedenfalls weg, wie genau auch immer. Ich hatte mich, offensichtlich und unwiederbringlich, von einer ganzen Menge meiner lebenden Materie getrennt.

Mein zweiter Gedanke war eine Sehnsucht nach dem Tod, denn es war widerlich mir vorzustellen, daß ich noch am Leben war und die Beschaffenheit von Matsch hatte. Ich war umgeben von einer breiigen Substanz, in deren Mitte ich mein absurdes Bewußtsein aufrechterhielt. Ich hatte angenommen, daß dieser Sumpf ich selbst war; er schmeckte nach Blut. Dann kam mir in den Sinn, daß dieser weiche Auswuchs meines Körpers vielleicht tatsächlich Sumpf war; daß jede Substanz, in die ich hineinfiel, nach Blut schmecken würde.

Ich war in einen Flecken Sumpf geklatscht; klein, aber tief. Jetzt denke ich, daß ich lebe – heute, genauer gesagt, denn ich zögere noch immer, mir selbst ein Leben von irgendwelcher Dauer zuzuschreiben – denn damals konnte ich weder sehen noch fühlen, wieviel Schaden entstanden war. Es war dunkel, und mein Körper war ziemlich taub. Ich zerrte mich heraus an den Grasbüscheln, eine Schlammkreatur, vom Schlamm verbunden und verborgen. Eine Geröllhalde erhob sich schroff aus dem Sumpf. Diese hatte ich offensichtlich bei meinem Sturz gestreift. Ich fühlte den Schmerz nicht mehr. Ich konnte mir einreden, daß ich nicht ernsthafter verletzt war als zu dem Zeitpunkt, da sie mich über die Felswand kippten; also beschloß ich, mich davonzumachen, bevor sie kamen, um meine Leiche zu finden.

Ich hatte, obwohl es mir damals nicht bewußt war, recht viel Zeit zur Verfügung; sie hatten keineswegs die Absicht, meine Leiche zu finden, bevor sie steif wäre und sie selbst ein paar unabhängige Zeugen dabei hätten. Der unglückliche Sportskamerad würde ganz zufällig entdeckt werden, ohne daß seine Leiche angerührt worden war, und die ganze Geschichte seines

Schicksals wäre klar und deutlich an der häßlichen Felswand abzulesen, an der er abgerutscht war.

Das Terrain am Fuße der Felswand war offenes Waldgelände. Ich erinnere mich an nichts mehr, außer daß es dünne Schatten und dicke Schatten gab. Das Bild in meiner Erinnerung ist so verschwommen, daß es Dickichte oder Wolken oder Wellen auf See hätten sein können. Ich kam etwa eine Meile weit, nehme ich an, und suchte mir dann eine dicke Finsternis, in der ich in Ohnmacht fallen konnte. Während der Nacht kam ich mehrere Male zu einer Art Bewußtsein, das ich dann jedoch entgleiten ließ. Ich wollte nicht vor Morgengrauen in diese schwierige Welt zurückkehren.

Als es hell war, versuchte ich, auf meinen Füßen zu stehen, aber das schaffte ich natürlich nicht. Ich unternahm keinen zweiten Versuch. Jede Muskelbewegung störte meine schöne Schlammkruste. Wo immer ein Stück abbröckelte, fing ich zu bluten an. Nein, den Schlamm würde ich gewiß nicht stören.

Ich wußte, wo es Wasser gab. Ich hatte den Bach nie gesehen, und meine Gewißheit bezüglich der Richtung, in der er lag, mag einer unterbewußten Erinnerung an die Landkarte zuzuschreiben sein. Aber ich wußte, wo Wasser war, und ich bewegte mich darauf zu. Ich robbte auf dem Bauch vorwärts, indem ich meine Ellbogen als Beine gebrauchte, und hinterließ eine Spur wie die eines verwundeten Krokodils, lauter Schleim und Blut. Ich hatte nicht vor, in den Bach hineinzugehen – um nichts in der Welt hätte ich diesen Schlamm abwaschen wollen; soviel ich wußte, war der Schlamm das einzige, was meine Eingeweide im Leib zurückhielt – sondern ich wollte ans Ufer gelangen.

Das waren die Überlegungen eines gehetzten Tieres; genauer gesagt, waren es gar keine Überlegungen. Ich weiß nicht, ob der Verstand eines seßhaften Stadtmenschen ebenso gearbeitet hätte. Ich denke schon, wenn er genügend schwer verletzt worden wäre. Man muß schwer verletzt sein, um jenen Grad des Erlöschens zu erreichen, in dem man aufhört, darüber nachzudenken, was man tun sollte, und es nur noch tut.

Ich gab der Spur den Anschein, ich sei in den Bach geflüchtet. Ich kroch ans Ufer, trank und machte kehrt an einer seichten Stelle, welche jedoch sichere zwei Zoll tief war, so daß alle Anzeichen meines Herumwälzens weggespült würden. Sie würden mich bis zu dem Dickicht verfolgen können, wo ich mich die Nacht über verborgen hatte, und von dort bis zum Wasser. Wohin ich gegangen war, nachdem ich das Wasser verlassen hatte, würden sie erraten müssen.

Ich selbst hatte keinen Zweifel, wohin ich gehen würde, und meine Entscheidung muß meinen nützlichen Ahnen gutgeschrieben werden. Ein Reh würde flußaufwärts oder flußabwärts traben und das Wasser an einer Stelle verlassen, die des Jägers Nase oder Augen erkennen konnten. Ein Affe würde nichts dergleichen tun; er würde seine Spuren verwischen und in eine dritte Dimension entschwinden.

Nachdem ich in der Untiefe gewendet hatte, wand ich mich wieder zurück – immer weiter zurück entlang der verdammten Schlangenspur, die ich gemacht hatte. Es war leicht, ihr zu folgen; tatsächlich sah sie so deutlich aus wie ein Feldweg, denn mein Gesicht schwebte bloß fünf Zoll über dem Boden. Wenn ich jetzt darüber nachdenke, wundere ich mich, daß sie, als sie mich zum Bach verfolgten, nicht bemerkten, daß einige Grashalme in die falsche Richtung geknickt waren und daß ich demnach auf meiner Spur zurückgegangen sein mußte. Aber wer zum Teufel sollte daran schon denken? Es gibt keine Regeln darüber, welche Art von Abdruck ein Mensch hinterläßt, wenn er seinen Leib dem Boden nach schleppt – und bei einer derart monströsen Fährte schien es nicht nötig zu sein, auf Einzelheiten zu achten.

Der Hinweg hatte mich unter einem Lärchenbestand hindurchgeführt, wo die Erde weich und frei von Unterholz war. Ich hatte den Stamm eines Baumes gestreift, den ich nun zu erklimmen gedachte. Der unterste Ast war knapp zwei Fuß über dem Boden; darüber war noch einer und noch einer, süßduftende schwarzbraune Äste, die einander so nahe standen wie die

Sprossen einer Leiter. Die Muskeln meiner Hände waren unversehrt; was den Zustand ihrer Oberfläche betraf, so hatte ich jede diesbezügliche Sorge längst aufgegeben.

Bevor ich mich nicht klar oberhalb der Augenhöhe eines Mannes befand, wagte ich nicht, meine Stiefel auf einem Ast abzustellen; sie hätten krustige Spuren hinterlassen, die kein Mensch übersehen konnte. Die ersten zehn Fuß aufwärts legte ich in einem einzigen Spurt zurück, denn ich wußte, je länger ich mich an einem Ast festhielt, desto weniger Kraft würde mir bleiben, um den nächsten zu erreichen. Diese halbe Minute war ein bloßes Zwingen einer Hand über die andere; zwei Kolben, die abwechselnd aus Gott weiß was für einem Zylinder der Kraft hervorschossen. Meine Freunde haben mir bisweilen vorgeworfen, daß ich auf Kasteiungen meines Fleisches stolz sei. Sie haben recht. Aber ich wußte nicht, daß ich mich zu einer solchen Qual wie dieser Kletterei überwinden konnte.

Der Rest war leichter, denn nun konnte ich mein Gewicht auf meine Füße verlagern und mich vor jedem Hochziehen so lange ausruhen, wie ich wollte. Meine Beine waren nicht schlaff; sie waren unbeweglich starr. Das war kein Nachteil. Ich konnte nicht herunterfallen, wenn ich so zwischen den kleineren Ästen dieses fruchtbaren Baumes eingekeilt war. Als ich in die Verjüngung des Baumkegels hinaufstieg, wo die Äste dichter und kleiner und grüner waren, blieb ich stecken. Das war mir ganz recht, und so fiel ich wieder in Ohnmacht. Es war ein Luxus, beinahe eine Sünde.

Als ich wieder zu mir kam, schwankte der Baum in einem leichten Wind und roch friedlich. Ich wiegte mich in köstlicher Sicherheit, denn ich blickte gar nicht voraus; ich fühlte mich wie ein Parasit des Baumes, der daran festgewachsen war. Ich hatte keine Schmerzen, keinen Hunger, keinen Durst, und ich war in Sicherheit. In keinem der verstreichenden Augenblicke der Gegenwart gab es etwas, das mir schaden konnte. Ich beschäftigte mich ausschließlich mit der Gegenwart. Wenn ich vorausgeblickt hätte, so hätte ich Verzweiflung verspürt, aber einem gehetzten, ruhenden Säugetier ist die Empfindung der Verzweiflung ebenso unmöglich wie jene der Hoffnung.

Es muß früher Nachmittag gewesen sein, als ich den Suchtrupp hörte. Während sie sich den Abhang nördlich von meinem Baum hinunterbewegten, konnte ich sie beobachten. Sie blickten gegen die Sonne, und es bestand keine Gefahr, daß sie inmitten des weichen, grünen Gefieders der Lärche, das ich beiseite schob, mein Gesicht erspähten. Soweit ich erkennen konnte, bluteten meine Beine nicht; Tropfen, die auf die unteren Äste herabfielen, wären das einzige unmittelbare Anzeichen meiner Gegenwart gewesen. Die schwachen Blutflecke von meinen Händen waren wohl zu sehen, falls jemand danach suchte, aber auf den schwarzen Ästen im zwielichtigen Zentrum des Baumes nichts, was einem ins Auge stach.

Drei uniformierte Polizeibeamte kamen den Hügel heruntergetrampelt: schwerfällige, unerschütterliche Burschen, die den Sonnenschein genossen und gutgelaunt einem Zivilbeamten folgten, der auf meiner Fährte umherstreifte wie ein Hund, den sie auf einen Spaziergang mitgenommen hatten. Ihn erkannte ich wieder. Er war der Detektiv des HAUSES, der den ersten Teil meiner Vernehmung durchgeführt hatte. Er hatte eine wahrhaft obszöne Methode vorgeschlagen, um die Wahrheit aus mir herauszupressen, und tatsächlich damit begonnen, als seine Kollegen Einspruch erhoben. Gegen seine Technik hatten sie an sich nichts einzuwenden, aber sie besaßen genug Verstand, um einzusehen, daß es nötig sein könnte, meine Leiche zu finden, und daß diese dann nicht übermäßig verstümmelt sein sollte.

Als sie näher kamen, konnte ich einige Brocken ihrer Unterhaltung aufschnappen. Die Polizisten suchten mit gebührlicher Besorgnis nach mir. Sie wußten nichts von der Wahrheit und waren im Zweifel darüber, ob ich Mann oder Frau war und ob es sich um einen Unfall oder einen Selbstmordversuch handelte. Ich kam zum Schluß, daß man ihnen mitgeteilt hatte, daß in der Nacht ein Schrei oder ein Sturz gehört worden sei; dann hatten sie unter der unauffälligen Führung des Detektivs meinen Rucksack und den aufgewühlten Flecken Marsch gefunden. Freilich konnte ich mir die Lage zu jenem Zeitpunkt nicht zusammenreimen. Ich konnte nur Eindrücke aufnehmen. Ich wuchs an meinem Baum fest und war mir nur der unermeßlich guten Natur bewußt, als ich ihnen zuhörte. Erst später verlieh ich ihren Worten Sinn.

Als er sah, wie meine reptilische Spur im Lärchenbestand verschwand, merkte der Hausdetektiv auf und übernahm das Kommando. Er schien sich sicher zu sein, daß ich unter den Bäumen zu finden war. Er rief seinen drei Gesellen zu, sie sollten rundherum zur anderen Seite laufen, falls ich ihm entwischte, und kroch selbst unter die niedrigen Äste. Hier hätte er sich um ein Haar verraten, denn ich sollte doch eigentlich sehnlichst Hilfe erwarten; aber er wollte mich selbst finden und allein. Falls ich noch am Leben wäre, müßte er mir diskret den Garaus machen.

Er glitt rasch unter meinem Baum hindurch und weiter ins offene Gelände hinaus. Ich hörte ihn fluchen, als er entdeckte, daß ich nicht in dem Gehölz geblieben war. Dann hörte ich ihre schwachen Stimmen, als sie einander bachauf- und bachabwärts zuriefen. Das überraschte mich. Ich hatte mir natürlich vorgestellt, daß der Bach einen ganzen Morgenmarsch weit entfernt sei.

Weiter sah ich nichts mehr von der Jagd. Ein paar Stunden später gab es viel Geplatsche und Aufregung am Wasser unten. Sie müssen die Tiefen mit Schleppnetzen nach meiner Leiche abgesucht haben. Das Flüßchen war ein seichter Bergbach, der allerdings schnell genug floß, um einen Mann mitzuwälzen, bis er an einem Felsen oder in einem Strudel hängenblieb.

Am Abend hörte ich Hunde und bekam große Angst. Ich fing an zu zittern und verspürte wieder Schmerzen, dumpfe, spitze und pulsierende, die ganze Symphonie der Schmerzen, bei der alle meine Glieder im Takt meines Herzschlags drauflosfiedelten, genau im Rhythmus oder knapp daneben oder um einen halben Takt verschoben. Ich war wieder zum Leben erwacht, dank diesem heilkräftigen Baum. Die Hunde hätten mich vielleicht gefunden, aber ihr Meister, wer immer er sein mochte, gab ihnen nie die Gelegenheit dazu. Er wollte keine Zeit verschwenden, indem er sie auf eine Fährte lenkte, die er auch selbst verfolgen konnte; er warf seine Angel dem Bach entlang aus.

Bei Einbruch der Nacht stieg ich aus meinem Baum herunter. Ich konnte stehen, und mit Hilfe zweier Stöcke konnte ich langsam vorwärtsschlurfen, plattfüßig und steifbeinig. Auch denken konnte ich nun. Keine meiner geistigen Tätigkeiten in den vergangenen vierundzwanzig Stunden hätte als Denken bezeichnet werden können. Ich hatte meinem Körper erlaubt, die Sache in die Hand zu nehmen. Er wußte weit mehr von Flucht und Heilung als ich.

Ich muß versuchen, mein Verhalten begreiflich zu machen. Dieses Bekenntnis – soll ich es so nennen? – schreibe ich, um mich vom Grübeln abzuhalten, um die Ereignisse in der Reihenfolge festzuhalten, in der sie sich ereigneten. Ich bin nicht mit mir zufrieden. Mit diesem Bleistift und diesem Schreibheft hoffe ich, mir etwas Klarheit zu verschaffen. Ich erschaffe ein zweites Ich, einen Mann der Vergangenheit, an dem sich der Mann der Gegenwart messen läßt. Für den Fall, daß mein Schreiben jemals, durch Zufall oder Absicht, an die Öffentlichkeit dringen sollte, werde ich nicht erwähnen, wer ich bin. Mein Name ist weit und breit bekannt. Ich bin schon des öftern und unvermeidlicherweise von den Schlagzeilen und Lobhudeleien der Revolverblätter in meiner Ehre verletzt worden.

Meine Jagdpartie begann, meine ich, durchaus harmlos. Wie die meisten Engländer bin ich nicht gewohnt, meinen Motiven allzusehr auf den Grund zu gehen. Kaltblütiges Planen ist mir zuwider, und ich glaube auch nicht daran, ob es nun mir selbst oder jemand anderem unterstellt wird. Ich erinnere mich, daß ich mich beim Einpacken des Zielfernrohrs fragte, wofür zum Teufel ich es mitnehmen wollte; aber ich hatte einfach das Gefühl, daß es mir gelegen kommen könnte.

Es trifft zweifellos zu, daß ich – aufgrund einer Neugier, die uns allen gemein ist – mir Gedanken gemacht hatte über die Methoden, mit denen ein großer Mann bewacht wird, und wie man sie umgehen könnte. Ich genoß vierzehn Tage Jagdsport in Polen und ging dann über die Grenze, um mehr davon zu bekommen. Ich begann, ziemlich ziellos von einem Ort zum andern zu ziehen, und als ich feststellte, daß ich bei jeder Übernachtung etwas näher an das HAUS herankam, wurde ich allmählich besessen von dieser Vorstellung einer reinen Sportpirsch. Ich habe mich seither ein- oder zweimal gefragt, weshalb ich meine Büchse nicht zurückließ. Ich glaube, die Antwort ist, daß das nicht den Spielregeln entsprochen hätte.

Polizeischutz beruht auf der Annahme, daß ein Attentäter ein halbwahnsinniger Idiot ist, mit einer schwerfälligen Waffe von kurzer Reichweite – Bombe, Revolver oder Messer. Es ist offenkundig, daß der Schlag von Mensch, der ein wirklich ausgezeichneter Schütze ist und erfahren im Anschleichen und im Erlegen von Großwild, vor politischem oder sonstigem Mord zurückschrecken würde. Er hat vermutlich keinen Grund zur Beschwerde, und wenn er einen hätte, so würde er wohl kaum die Büchse als Mittel zu deren Wiedergutmachung ansehen. Ich selbst habe keinen Grund zur Beschwerde. Man kann ja kaum die Verwirrung seines trivialen Privatlebens und seiner Pläne durch die Unruhen in Europa als Grund zur Beschwerde betrachten. Ich sehe mich nicht als jemanden, der wie ein italienischer Tenor von der Liebe jault und mit dem Stilett nach dem Bariton sticht.

Eine Büchse von der Bond Street ist meiner Meinung nach eine Waffe, die die Leibwache nicht in Betracht ziehen muß, denn ein potentieller Attentäter kann sich nicht in ihrem Gebrauch ausbilden. Die Geheimpolizei, die alles über die politische Vorgeschichte von Regimegegnern weiß, würde keinem solchen Mann gestatten, eine gute Büchse zu besitzen, mit ihr herumzuspazieren oder sich gar zu einem erstklassigen Schützen auszubilden. Somit ist ein Attentäter gezwungen, eine Waffe zu verwenden, die sich leicht verbergen läßt.

Hier bin ich nun, überlegte ich, mit einer Büchse, mit einer Bewilligung, sie zu tragen, und einer Rechtfertigung für ihren Besitz. Wollen wir doch mal sehen, ob rein theoretisch eine solche Pirsch zu schaffen, eine solche Beute zur Strecke zu bringen ist. Weiter ging ich nicht. Ich plante gar nichts. Es war schon immer meine Gewohnheit, den Dingen ihren Lauf zu lassen.

Ich schickte mein Gepäck per Eisenbahn nach Hause und legte die letzten hundert Meilen oder so zu Fuß zurück, wobei ich nur mit einem Rucksack, meiner Büchse samt Zielfernrohr, meinen Landkarten und meinem Feldstecher ausgerüstet war. Ich marschierte nachts. Tagsüber versteckte ich mich im Gehölz oder im Heidekraut. Noch nie hatte mir etwas so viel Spaß gemacht. Wer sich jemals über ein paar Meilen an ein Stück Wild herangepirscht hat, wird verstehen, was für ein höchst aufregendes Unternehmen es war, sich über hundert Meilen hinweg anzupirschen, ungesehen durch die Hauptherden von Menschen zu gelangen, vorbei an den Wächtern am Rande und den jungen männlichen Exemplaren, die unerwartet auf einem Hügel auftauchten. Ich schlug zwei Fliegen mit einer Klappe; ich rief mir die Abenteuerlust ins Leben zurück und – nun ja, ich weiß nicht, weshalb ich von zwei Fliegen geschrieben habe. Es war nur die eine Fliege: der Spaß an dieser Pirsch.

Ich erreichte das Jagdgebiet im Morgengrauen und verbrachte den ganzen Tag mit seiner Erkundung. Es war ein beängstigender Tag, denn der Wald um das HAUS herum wurde sehr gründlich abpatrouilliert. Von Baum zu Baum und von Rinne zu Rinne durchstreifte ich fast den ganzen Umkreis, aber nur wenn ich mich flach auf die Erde preßte, war ich wirklich sicher. Oft versteckte ich meine Büchse und meinen Feldstecher, denn ich dachte, daß man mich bestimmt anrufen und ausfragen würde. Dazu kam es nie. Es war, als ob ich durchsichtig wäre. Ich beherrsche den Trick, auf Schatten zu achten und mich regungslos unter sie zu stellen, so daß sie meine Umrisse aufbrechen und sprenkeln; immerhin gab es auch Augenblicke, in denen mich selbst ein Nashorn hätte sehen können.

Hier jedenfalls hatten sie die Möglichkeiten eines Anschlags mit einer Büchse in Betracht gezogen. An allen Stellen mit Blick auf die Terrasse und die Gärten waren Lichtungen geschlagen worden; niemand konnte aus Deckung schießen, nicht einmal aus extremer Entfernung. Offene Plätze, die ständig von Wachen durchzogen wurden, gab es in Hülle und Fülle. Ich wählte den schmalsten davon: einen gut fünfzig Fuß breiten Reitweg, der schnurgerade durch den Wald führte und am Rande einer niedrigen Klippe endete. Von dem grasigen Abhang über der Klippe waren die Terrasse und die Türen, die auf sie hinausführten, in voller Sicht. Die Entfernung schätzte ich auf fünfhundertfünfzig Yards.

Die Nacht verbrachte ich auf einem Bett von Kiefernadeln, wohlverborgen unter dem Mutterbaum. Ich aß den Rest meines Proviants auf und schlief ungestört. Kurz vor Morgengrauen kletterte ich ein Stück weit die Klippe hinunter und kauerte mich auf ein Sims, wo mich der Überhang vor jedem abschirmte, der über den Klippenrand herabspähen mochte. Ein verkümmerter Holunderstrauch, der sich mit den Spitzen seiner oberlastigen Wurzeln in den Kies krallte, diente als ausreichende Deckung gegen ferne Augen, die heraufblickten. In dieser verkrampften Stellung war meine Büchse unbrauchbar, aber ich konnte, und zwar ganz deutlich, den großen Mann sehen, falls er nach draußen kommen sollte, um mit dem Hund zu spielen, an einer Rose zu schnuppern oder an seinem Gärtner ein paar Gesten zu üben.

Direkt über meinem Kopf kreuzte ein Pfad das untere Ende des Reitwegs und führte weiter dem unteren Waldrand entlang. Ich maß die Abstände, in denen ich Schritte hörte, und stellte fest, daß rund alle vierzehn Minuten jemand den Reitweg überquerte. Sobald ich mir dessen sicher war, verließ ich mein Versteck und folgte ihm. Ich wollte seinen genauen Trott kennenlernen.

Er war ein junger Wachtposten von hervorragendem Körperbau und offensichtlich durch und durch loyal, aber er war meines Erachtens kaum jemals in seinem Leben außerhalb einer Industriestadt gewesen. Er hätte mich nicht einmal gesehen, wenn er mich unter den Füßen gehabt hätte. Er wußte sehr genau, daß er nicht allein war, denn er blickte immer wieder über seine Schulter und starrte auf den Busch oder die Bodenfalte, wo ich war; aber natürlich hielt er seine Empfindung für bloße Nervosität oder Einbildung. Ich behandelte ihn ohne jeden Respekt, aber er war mir sympathisch; er war so ein stämmiger Jüngling, mit einem von diesen fleischigen, offenen Gesichtern und den rechten Instinkten – ein Junge, dem man etwas beibringen konnte. Seine Augen, wenn er seinen ersten Tiger zur Strecke brächte, würden es lohnen, einen Monat lang seine naiven Vorstellungen anhören zu müssen.

Nachdem ich mit ihm und hinter ihm seine Runde abgeschritten hatte, wußte ich, wie viele Minuten ich jeweils auf dem grasigen Hang verbringen konnte und auf welchem Weg ich fliehen mußte. Als der große Mann endlich auf die Terrasse herauskam, war mein junger Freund soeben vorbeigegangen. Ich hatte zehn Minuten zur Verfügung. Im Nu war ich auf dem Abhang.

Ich machte es mir bequem und richtete die drei Balken im Absehen des Zielfernrohrs auf das V seiner Weste. Er war mir zugewandt und zog seine Uhr auf. Er hätte nie erfahren, was ihn zerschmetterte – falls ich zu feuern vorgehabt hätte, meine ich. Just in diesem Augenblick spürte ich eine leichte Brise an meiner Wange. Bis dahin war es völlig windstill gewesen. Nun mußte ich den Wind einkalkulieren. Zweifellos würden die Jünger des großen Mannes darin die Hand des Allmächtigen erkennen. Ich würde ihnen nicht einmal widersprechen, denn die Vorsehung sorgt besonders gut für jeden erhabenen männlichen Einzelgänger. Das weiß jeder, der sich einmal an ein besonders kapitales Exemplar angepirscht hat. Das ist nichts als natürlich. Der Allmächtige wird selbst immer als männlich angesehen.

Ich hörte einen Schrei. Und dann weiß ich nur noch, wie ich von einem schweren Schlag auf den Hinterkopf wieder zu mir kam und mein junger Freund mich mit seinem Revolver in Schach hielt. Er hatte einen Stein nach mir geschleudert und sich hinterhergestürzt – sofortiges, instinktives Handeln, das viel schneller war, als an seiner Revolvertasche herumzuhantieren. Wir starrten einander an. Ich entsinne mich, daß ich mich mit wirren Worten beklagte, er sei sieben Minuten zu früh. Er sah mich an, als sei ich der Leibhaftige, voller Grausen, voller Angst – nicht Angst vor mir, sondern vor der plötzlich enthüllten Verderbtheit dieser Welt.

»Ich bin umgekehrt«, sagte er. »Ich hab's gemerkt.«

Na ja, freilich hatte er was gemerkt. Ich hätte niemals ein so eingebildeter Trottel sein und seine Nerven und seinen Trott durcheinanderbringen dürfen, indem ich ihm folgte. Er hatte mich weder gehört noch zu Gesicht bekommen, aber er hatte genug wahrgenommen, um die Regelmäßigkeit seines Rundgangs zu durchbrechen.

Zusammen mit seinem vorgesetzten Offizier brachte er mich ins HAUS hinunter, und dort wurde ich, wie ich bereits geschrieben habe, von Fachleuten verhört. Der Wachtposten, der mich gefangengenommen hatte, verließ den Raum, nachdem er – zumindest in seinen Augen – sich unmännlich aufgeführt hatte, indem er sich heftig übergab. Ich für meinen Teil behielt Distanz. Vielleicht sollte ich es nicht Distanz nennen, denn mein Körper ist empfindsam, und es gab keinerlei Unterbrechung oder Lücke in seinen Mitteilungen an mein Gehirn. Aber Schulung ist da viel wert.

Ich breche hier keine Lanze für die spartanische Vorkriegsschulung der englischen Oberschicht – oder Mittelschicht, wie man sie heutzutage zu nennen beliebt, wobei man die obere den Engeln überläßt –, denn in den gewöhnlichen Angelegenheiten einer konventionellen Existenz nützt sie niemandem auch nur das Geringste; sie ist jedoch durchaus brauchbar bei jenen zugegebenermaßen seltenen Gelegenheiten, in denen man ein hohes Maß an körperlicher Ausdauer braucht. Ich habe mich einmal am Rio Javary einer Initiationszeremonie unterzogen – die einzige Möglichkeit, um jene Leute dazu zu bewegen, mir beizubringen, wie ihre Männer mit den Muskeln eine gewisse Kontrolle über Blutungen ausüben können – und ich hielt sie eher für ein unangenehmes Erlebnis denn für irgendeinen Beweis von Reife. Sie dauerte nur einen Tag und eine Nacht lang, wogegen die Initiationszeremonien englischer Stämme während der ganzen zehn Jahre der Schulerziehung fortgesetzt werden. Wir foltern lieber den Geist eines Jungen als seinen Körper, aber jede Form von Tortur zielt letztendlich auf den Geist ab. Ich war gewöhnt auszuharren, ohne mich zu blamieren. Das ist alles, was ich mit dem Wort Distanz sagen will.

Ich nehme an, daß mir die Resignation weitaus leichter fiel als einem echten Attentäter, denn ich hatte gar nichts preiszugeben, keine Mitverschwörer, kein Motiv. Ich konnte mich nicht retten, indem ich ihnen etwas Interessantes erzählte. Ich hatte kein Recht, durch irgendwelche unverantwortlichen Erfindungen jemand anders in Gefahr zu bringen. Also fuhr ich fort, mechanisch die Wahrheit zu wiederholen, ohne die geringste Hoffnung, daß jemand sie glauben würde.

Schließlich erkannte jemand meinen Namen, und nun gewann meine Geschichte von der Pirsch aus Sportsgeist einen Hauch von Wahrscheinlichkeit; doch ob sie der Wahrheit entsprach oder nicht, es war nun mehr denn je wesentlich, daß ich auf diskrete Weise ermordet wurde. Und das war leicht. Ich hatte gestanden, daß ich seit fünf Tagen keine Nacht unter einem Dach verbracht hatte und daß niemand wußte, wo ich war. Sie steckten mir alle meine Papiere und Habseligkeiten wieder in die Taschen, fuhren mich fünfzig Meilen nach Norden und inszenierten dort den Unfall.

Als ich von jener gesegneten Lärche herunterkam und feststellte, daß meine Beine mich trugen, begann ich, würde ich meinen, vorauszublicken. Man würde glauben, daß ich entweder ertrunken war oder daß ich irgendwo verletzt und bewegungsunfähig in einem Dickicht am Flußufer lag, wo man früher oder später meine Leiche finden würde. Die Polizei und die Behörden in den umliegenden Dörfern würden vermutlich angehalten, nach einem sterbenden Fremden Ausschau zu halten, aber es war höchst unwahrscheinlich, daß eine Beschreibung meiner Person an andere Bezirke weitergeleitet wurde. Die Sicherheitsbeamten des HAUSES hatten keine offizielle Kenntnis von meiner Existenz und würden ihr inoffizielles Wissen möglichst wenigen Außenstehenden mitteilen wollen. Es war günstig, keine Existenz zu haben. Hätte ich eine Uhr gestohlen, statt mich an das Oberhaupt einer Nation heranzupirschen, so wäre mein Bild in jeden Polizeiposten gelangt.

Wenn ich gehen konnte, wenn ich neue Hosen bekommen konnte und wenn ich die Gefahrenzone durchqueren konnte, ohne Aufmerksamkeit zu erregen, standen meine Chancen, glatt aus dem Land zu kommen, gar nicht so schlecht. Ich hatte meinen Paß, meine Landkarten und mein Geld. Ich beherrschte die Landessprache gut genug, um jeden täuschen zu können außer ein hochgebildetes Individuum, das auf Fehler achtete. Der gute alte Heilige Georg – mein privater Spitzname für ihren Botschafter in London – schwört, daß ich einen Dialekt spreche, aber für ihn ist eine geschliffene Grammatik wichtiger als der Akzent. Das ist ein Aberglaube, der mit auswärtigen Angelegenheiten untrennbar verbunden ist. Ein gut ausgebildeter Diplomat soll beispielsweise Französisch schreiben können wie ein Engel, aber sprechen soll er es mit der eigentümlichen Memmenhaftigkeit eines Genfer Muttersöhnchens.

Ich wünschte, ich könnte mich beim Heiligen Georg entschuldigen. Er hatte gewiß mehrere Stunden in den letzten vierundzwanzig damit verbracht, ein paar sehr vertrauliche Telegramme über mich zu beantworten – wobei er so respektvoll wie möglich kabelte, daß die Leibwache seines verehrten Meisters ein Haufen verdammter Idioten sei, und mit einem forschen Brief nachdoppelte, in dem er mitteilte, daß ich ein Mitglied seines Klubs und daß es undenkbar sei, daß ich in eine Affäre von der Art verwickelt wäre, wie dies, er könne kaum glauben im Ernst, angedeutet werde. Ich fürchte, daß man ihn getadelt hat. Die Leibwache war, zumindest was den Anschein der Sache betraf, im Recht.

Es war inzwischen, glaube ich, Sonntag nacht; es war Sonnabend, als ich erwischt wurde, aber über den Zeitraum, der danach verging, bin ich mir nicht im klaren. Irgendwo habe ich einen Tag verloren, aber ob es auf meinem Baum war oder auf meiner Insel, kann ich nicht sagen.

Ich wußte ungefähr, wo ich war und daß ich, um aus dieser wirren Welt von Fels und Wald zu entkommen, irgendeinem Pfad folgen mußte, der parallel zum Bach verlief. Meine Reise wäre nicht schwierig gewesen, wenn ich Krücken gehabt hätte, doch ich konnte keine Holzstücke von der richtigen Höhe finden, die einen Winkel hatten, der mir unter den Arm paßte. Es war, wenn ich es mir recht überlege, ein nahezu hoffnungsloses Unterfangen, aber zu der Zeit war ich mir böse, so böse, daß ich schließlich kindliche Tränen der Ohnmacht weinte. Ich konnte meine Hände nicht dazu bringen, genügend Druck auf ein Messer auszuüben, und ich fand auch keine Stöcke von der richtigen Länge und Form. Eine ganze Stunde lang tobte ich und verfluchte mich selbst. Ich dachte, mein Wille sei ganz und gar gebrochen. Es war verzeihlich. Wenn alles unmöglich war, war es kaum vernünftig zu erwarten, daß ich ein Wunder, das sich erzwingen ließ, von einem Wunder, das niemals geschehen konnte, zu unterscheiden vermöchte.

Am Ende mußte ich mich natürlich mit einem Wunder zufriedengeben, das sich erzwingen ließ; mich ohne Krücken fortzubewegen. Mit einem groben Stab in jeder Hand schaffte ich etwa vier Meilen, indem ich über ebenen Boden schlurfte und kurze Strecken kroch, über Hindernisse hinweg, oder auch längere Strecken, wenn meine Beine unerträglich zu schmerzen begannen. Mir kommt dabei die allgemeine Erfahrung in den Sinn, daß man einen schweren Koffer manchmal weiter trägt, als es eigentlich zumutbar ist; man wechselt ihn von einem Arm zum andern, in immer kürzeren Abständen, bis man nicht mehr entscheiden kann, ob man nun den Schmerz im rechten Arm verlängern oder zu einem augenblicklichen Schmerz im linken hinüberwechseln will. So erging es mir bei meinen Wechseln vom Kriechen zum Gehen und wieder zurück.

Ich dankte Gott für das Morgengrauen, denn es bedeutete, daß ich mich nicht mehr weiter voranzutreiben brauchte. Solange ich nicht genau wußte, wo ich war und auf welchen Wegen die Menschen kamen und gingen, mußte ich mich verstekken. Ich ließ mich in einen trockenen Graben fallen und blieb dort stundenlang liegen. Ich hörte kein Geräusch außer einer Lerche und dem Kauen von Kühen, die in einem benachbarten Feld Gras rupften.

Schließlich stand ich auf und sah mir meine Umgebung an. Ich befand mich knapp unter dem Grat einer Hügelkette. Links unter mir lag das bewaldete Tal, durch das ich gekommen war. Ich hatte in der Nacht nicht bemerkt, daß ich aufwärts ging. Meine Erschöpfung war also zum Teil dem ansteigenden Gelände zuzuschreiben.

Ich schlurfte aufwärts zur Horizontlinie. Vor meinen Füßen breitete sich die lange Windung eines Flusses aus. Das nähere Ufer war in niedrige Büsche gekleidet, durch die ein Pfad führte, der stellenweise aufschien und wieder verschwand, bis er an einer Eisenbrücke die Mündung meines Bachs kreuzte. Am anderen Ufer, eine Meile stromaufwärts, lag ein ländliches Städtchen mit ein paar kleinen Fabriken. Stromabwärts lagen Weiden auf beiden Ufern, und in der Flußmitte befand sich ein kleines Inselchen. Er war friedlich und sicher wie unser Avon und andere verborgene englische Flüßchen.

Ich holte die Karte hervor und bestimmte meine Position. Ich blickte auf einen Nebenfluß hinunter, der dreißig Meilen weiter unten in einen der Hauptströme Europas mündete. Von diesem Städtchen, einer Landeshauptstadt, würde die Suche nach mir ausgehen, und hierher gehörten vermutlich auch die Polizeibeamten, meine Möchtegern-Retter. Nichtsdestoweniger mußte ich dorthin. Es war der Knotenpunkt aller Verbindungen: Straße, Fluß und Eisenbahn. Und da ich nicht gehen konnte, mußte ich irgendeine Transportmöglichkeit zur Grenze finden.

In Abständen trug mir die Brise schwache Geräusche von Geschrei und Planschen zu. Ich dachte, da werde jemandem etwas angetan – eine morbide Ausgeburt meiner Phantasie, den Umständen entsprechend allerdings begreiflich –, doch dann erkannte ich, daß das Gekreisch sich aus Stimmen mehrerer Frauen zusammensetzte und daß diese badeten. Es fiel mir ein, daß auch Männer zum Schwimmen an diesen Ort kommen könnten, wenn Handel und Bildung eine Mittagspause einschalteten, und daß mir dann ein Paar Hosen in die Hände fallen könnte.

Ich wartete, bis ich sah, wie die Mädchen auf ihrem Rückweg in die Stadt die eiserne Fußgängerbrücke überquerten, und humpelte dann die Hügelkette hinunter – einen steinigen, öden Abhang, an dem es Gott sei Dank keine Zäune zu übersteigen gab und keinen übereifrigen Kleinbauern, der mich nach meinem Treiben fragte. Der Badeplatz war klar zu erkennen, ein grasiger Halbkreis über einem steilen Gefälle von drei Fuß zum Fluß hinunter. Oberhalb und unterhalb war die Böschung von einem dichten Gestrüpp von Weiden und Erlen überwuchert. Ich ließ mich wieder auf Bauch und Ellbogen nieder und kroch in das Dickicht. Dort gab es bereits eine Art Wildpfad, der hineinführte, und zu jenem Zeitpunkt konnte ich mir nur vorstellen, daß ihn der Herrgott eigens zu meinem Besten geschaffen hatte. Nachher wurde mir klar, daß er von irgendeinem jungen Burschen durchs Gebüsch gebohrt worden war, der neugierig war, die weibliche Gestalt kennenzulernen, und zu arm, um dies auf die übliche Weise zuwege zu bringen. Ich gedenke seiner mit aller Nachsicht, die mir zu Gebote steht. Vom Ende seines Ganges aus hatte ich einen hervorragenden Blick auf die Büsche, hinter denen ein schamhafter Badegast sich entkleiden würde.

Die Männer, die ich brauchte, ließen nicht lange auf sich warten. Es wäre sogar um ein Haar schiefgegangen, denn ich hatte mich noch nicht einmal umgedreht, als ich sie bereits johlend und singend den Pfad entlangkommen hörte. Es waren fünf stämmige Burschen: Söhne, würde ich meinen, von Ladenbesitzern und kleinen Beamten. Es gab zwei Paar Kniehosen, zwei lange Hosen von undefinierbarem Schnitt und ein altes Paar Reithosen. Für meinen Körperbau hatten alle einen zu geräumigen Bund und zu kurze Beine, und ich konnte mir nicht vorstellen, welches Paar mir am besten passen würde. Das war es, glaube ich, was mich auf die glänzende Idee brachte, alle wegzunehmen. Ein Paar Hosen zu stehlen würde ganz klar den Verdacht auf einen Landstreicher oder einen Flüchtling lenken, der gerade vorbeikam; wenn aber alle verschwanden, würde der Diebstahl als Bubenstreich eines Kameraden angesehen. Ich entsinne mich, daß ich wie ein Irrer kicherte, während ich mir meinen Rückweg zum Rand der Büsche bahnte.

Sie entkleideten sich im Freien, zehn Yards vom Wasser entfernt. Das bedeutete, daß ich nur eine Chance hatte – es in dem Augenblick zu tun, wenn der letzte Mann hineingesprungen und der erste noch nicht wieder herausgekommen war. Es war ein wahnsinniges Risiko, aber ich war längst darüber hinweg, mir über die Risiken, die ich einging, Gedanken zu machen.

Sie sprangen alle in Abständen von wenigen Sekunden nacheinander hinein, außer einem, der am Ufer blieb und mit seinem fetten, idiotischen Hintern herumhampelte, bis einer seiner Freunde, der sein Getue ebenso satt hatte wie ich, den Arm nach seinen Fesseln ausstreckte und ihn hereinzerrte. Im Nu hatte ich meinen Beobachtungsposten verlassen und schnellte geduckt über das Gras. Vier Hosen erwischte ich; die fünfte war zu weit weg. Ich hatte gerade noch Zeit, um hinter einen Dornenbusch zu schlüpfen, als einer von ihnen sich auf das Ufer heraufhievte. Er warf keinen Blick auf die Kleider – warum sollte er? –, und so kroch ich mit den Hosen stromabwärts.

Wo war nun der einzige Ort, an dem sie nicht suchen würden? Einen weiteren Baum zu besteigen war riskant; junge Männer im Übermut würden natürlich an Bäume denken. Was die Büsche betraf, so würden sie diese wohl niedertrampeln wie eine Büffelherde. Der beste Ort für mich, entschied ich, war das Wasser. Keiner würde erwarten, daß ein Spaßvogel, der vermutlich völlig angezogen war, seinen Streich so weit treiben würde, daß er sich selbst und die Hosen seiner Freunde in den Fluß warf. Ich hielt auf das Ufer zu und glitt unter den Weiden hindurch in einen Tümpel stillen Wassers, der voll Schaum und Gestrüpp war. Zwei von ihnen schwammen ganz in meiner Nähe, aber die Äste, die ins Wasser herabhingen, boten mir ausreichenden Schutz vor beiläufigen Blicken.

Ich hätte mir gar nicht so viel Mühe machen müssen, denn mein Plan gelang leichter, als ich zu hoffen gewagt hatte. Sie flitzten den Pfad hinauf, und ich hörte ihre Stimmen von der Hügelflanke widerhallen, als sie nach einem gewissen Willi schrien. Als Willi nicht zu finden war, wickelten sie Tücher um ihre Hemdschöße und stürmten durch das Dickicht. Ich weiß nicht, ob sie überhaupt einmal über das Ufer blickten, wo ich war. Ich hörte einen von ihnen einen bloßen Yard oder zwei entfernt und duckte mich. Schließlich schlugen sie in übler Laune den Pfad ein, der sie nach Hause und zu Willi führen würde. Sie zweifelten keinen Augenblick daran, daß Willi der Missetäter war. Ich hoffe, daß sie seinem Leugnen nicht eher glaubten, als bis sie ihn tüchtig bestraft hatten. Ein Mensch von dem Schlage, der jedes verübten Streiches sofort verdächtigt wird, verdient alles, was ihm geschieht.

Ich ließ mich zusammen mit den Hosen bis zu dem Inselchen hinuntertreiben, das ich von der Hügelkette herab gesehen hatte. Zum Schwimmen konnte ich nur meine Arme gebrauchen. Meine Generation hat den Crawl normalerweise nie erlernt, und mein altmodischer Froschbeinschlag war zu schmerzhaft, um anwendbar zu sein. Es gelang mir jedoch, mich selbst und mein durchweichtes Hosenfloß in der Flußmitte zu halten, und die Strömung besorgte den Rest.

Das Inselchen war öde, hatte jedoch genügend niedrige Vegetation an den Ufern, um mich vor Beobachtung durch jemanden auf dem erhöhten Gelände, wo ich am Morgen gelegen hatte, zu schützen, solange ich dicht am Rand blieb. Vier Schilder, in ordentlichen Abständen aufgestellt, verboten jedes Landen. Warum, ist mir schleierhaft. Vielleicht weil jeder müßige Mensch in einem Boot natürlich dort landen möchte und weil alles, was Müßiggang fördert, als lasterhaft angesehen wird.

Ich breitete mich selbst, meine Kleider und die Hosen in der Nachmittagssonne zum Trocknen aus. Ich sah davon ab, meinen Körper einer Untersuchung zu unterziehen. Es genügte mir, daß das Einweichen im Wasser den Stoff von meinem Fleisch gelöst hatte, ohne mehr als ein sanftes Sickern von Eiter zu verursachen.

Montag nacht und den ganzen folgenden Tag hindurch blieb ich auf dem Inselchen. Vermutlich verbrachte ich auch Dienstag nacht noch da. Ich weiß es nicht; wie ich schon sagte, habe ich irgendwo einen Tag verloren. Es war wahrhaft himmlisch, denn ich lag nackt und ungestört auf dem Sand und erlaubte der Sonne, das Werk der Heilung zu beginnen. Die meiste Zeit war ich nur knapp bei Bewußtsein. Ich robbte mehrmals in den Halbschatten von Unkraut und Binsen und schlief, bis mir kalt wurde, um dann wieder zurückzurobben und meine Wunden braten und vernarben zu lassen. Nur diese beiden Genüsse waren für mich erreichbar, und beide brachten mir größte Befriedigung. Nach Essen war mir nicht zumute. Ich nehme an, ich hatte Fieber, so daß mein Mangel an Appetit nur natürlich war. Nachts litt ich unter der Kälte, aber schlimm war es nicht. Ich hatte alle die diversen Kleidungsstücke, mit denen ich mich zudecken konnte, und unter anderen Umständen hätte ich das Wetter als zu heiß und windstill für angenehmen Schlaf empfunden.

Ich erwachte, mit klarem Kopf und mörderischem Hunger, im Tierkreislicht des Tages, der sich später als Mittwoch erweisen sollte. Ich wählte die Reithose – als ich sie gegen meinen Körper hielt, schien sie geräumig genug, um nicht an meiner Haut zu reiben – und warf die Kniehosen und die langen Hosen in den Fluß. Ich hoffe, daß das Kleingeld für die Besitzer keinen allzu großen Verlust darstellte. Nur einer besaß eine Geldbörse, und da diese aus seiner Hüfttasche herausragte, war es mir gelungen, sie auf den Rest seiner Kleider zu legen.

Mit meinem Gürtel schnallte ich zwei Treibholzstücke zusammen und legte alle meine Habseligkeiten auf dieses behelfsmäßige Floß. Ich stellte fest, daß ich nun mit weniger Mühe planschen konnte – auch wenn mir die regelmäßigen Bewegungen des Schwimmens noch immer unmöglich waren –, und erreichte das jenseitige Ufer mit Hilfe des Floßes, ohne mehr als hundert Yards stromabwärts getragen zu werden.

Einmal auf dem Trockenen und weniger als einen Steinwurf von einer Hauptstraße entfernt, mußte ich eine Bestandsaufnahme meiner äußeren Erscheinung machen. Bis anhin hatte mir mein Aussehen nicht mehr bedeutet als einem Tier der Zustand seines Fells; doch nun hatte ich vor, in die Welt der Menschen zurückzukehren, und der Eindruck, den ich machte, war lebenswichtig. Nur meine Schuhe und Strümpfe waren anständig. Ich konnte mich nicht bücken, um sie auszuziehen, und so hatte der Fluß sie gewaschen.

Punkt eins: Ich mußte meinen Viertagebart abrasieren. Das hatte mit der bloßen Abneigung eines Engländers gegen das öffentliche Auftreten mit Bartstoppeln nichts zu tun. Ein Mann mit glattrasiertem Kinn, einem gutsitzenden Kragen und Krawatte – auch wenn diese ziemlich schmutzig sind – kann sich eine ganze Menge Verdachtsmomente leisten und damit durchkommen.

Punkt zwei: Handschuhe. Beim Bezahlen von Geld und Entgegennehmen von Waren würden meine Fingerspitzen zu sehen sein, und diese hatten nichts Menschliches an sich.

Punkt drei: Eine Augenklappe. Mein linkes Auge war in einem Zustand, den ich ohne Spiegel nicht beurteilen konnte. Das Lid klebte fest an einem Gemansch, das hoffentlich nur Blut war.

Punkt vier: Eine Kleiderbürste. Meine Tweedjacke war an den Ellbogen durchgewetzt, aber sie würde genügen, vorausgesetzt, ich konnte den Schlamm abbürsten und mußte bei einer Begegnung niemandem den Rücken zudrehen.

Diese Dinge mußte ich haben. Ohne sie hätte ich mich ebensogut stellen können. Ich hatte weder genug Willen, um Nacht für Nacht Richtung Grenze zu humpeln, noch besaß ich die nötige Beweglichkeit, um zu stehlen, was ich zum Essen brauchte; falls ich aber in meinem Zustand auch nur einen Dorfladen betreten hätte, wäre ich vom Inhaber auf der Stelle zur Polizei oder ins Krankenhaus begleitet worden.

Die Hosen anzuziehen war eine Höllenqual ohne Ende. Als ich sie endlich anhatte, konnte ich die verdammten Knöpfe nicht schließen. Drei davon schaffte ich, doch bei den übrigen mußte ich es bleiben lassen, aus Angst, den ganzen Stoff mit Blut zu besudeln. Hemdknöpfe waren ein Ding der Unmöglichkeit.

Ich überquerte ein Feld und blieb einen Augenblick auf der leeren Hauptstraße stehen. Es war die Stunde vor Morgengrauen und der Himmel ein fürstlicher Baldachin mit blauen und goldenen Fransen. Die geteerte Straßendecke war schwarz und still wie ein Kanal. Nur die Züge waren lebendig und rasten durch das flache Tal, als wollten sie noch vor Tagesanbruch die Berge erreichen. Gemäß der Landkarte standen mir Fluß, Straße und Bahn zur Verfügung. Ich neigte dazu, einer Flucht auf dem Fluß den Vorzug zu geben. Ein Mann, der sich in einem Boot von der Strömung treiben läßt, braucht keine Fragen zu beantworten und keine Formulare auszufüllen. Doch auch hier stellte sich das unüberwindliche Hindernis meiner Erscheinung. So wie ich war, konnte ich nicht auftreten, um ein Boot zu kaufen, und wenn ich eines stehlen sollte und es dann vermißt würde, so war meine Verhaftung im nächsten Dorf stromabwärts sicher.

Auf der anderen Straßenseite stand ein Bauernwagen, der am Rande eines Weizenfelds abgestellt worden war. Ich kniete mich dahinter, um die Passanten im Auge zu behalten. Bereits regten sich Menschen, ein paar Bauern auf den Feldern, ein paar Fußgänger auf der Straße. Von letzteren erhoffte ich mir Hilfe oder zumindest, indem ich sie beobachtete, einen Einfall, wie ich mir selbst helfen könnte.

Einen Arbeiter, unterwegs zu einer kleinen Fabrik in der Stadt, hätte ich beinahe angesprochen. Er hatte ein ehrliches, freundliches Gesicht – aber das haben die meisten von ihnen. Ich hatte keinen Grund zur Annahme, daß er mich schützen würde. Zwei ziellose Wanderer schritten zusammen vorüber. Sie sahen nach Menschen aus, die für mich Mitgefühl hätten, aber sie hatten die Gesichter von verängstigten Kaninchen. Ihnen konnte ich nicht vertrauen. Dann kamen mehrere Bauern vorbei, auf dem Weg zu den Feldern. Ich konnte nur beten, daß sie meines nicht betreten würden. Sie hätten sich einen Spaß mit mir gemacht, bevor sie mich der Polizei übergaben; wenigstens sahen sie danach aus. Ein unglücklicher Kerl kam daher, der vor sich hin murmelte und weinte, und einen Augenblick lang hatte ich Hoffnungen auf ihn. Aber das Elend ist in gewisser Weise ebenso heilig wie das Glück; man darf es nicht stören – zumindest dann nicht, wenn man Gefahr läuft, das Elend noch zu vergrößern. Dann kam ein weiterer Fabrikarbeiter daher, und kurz danach ein hochgewachsener, gebeugt gehender Mann mit einer Angelrute. Dieser bog ab zum Fluß hinunter und begann unweit der Stelle, wo ich an Land gekommen war, zu angeln. Er hatte ein melancholisches, intellektuelles Gesicht, das einige Kraft aufwies, und ich beschloß, ihn mir genauer anzusehen.

Ihre ärgerliche Auffassung vom STAAT hat eine tröstliche Wirkung; sie schafft so viele moralisch Aussätzige, daß keiner von ihnen, sofern er nur ein bißchen Geduld hat, lange allein bleibt. Das Treibgut der Nation wird zusammengespült zu einem unerkannten, namenlosen, formlosen Geheimbund. Es gibt nicht viel, das ein Stück Abschaum für ein anderes tun kann, aber wenigstens können sie einander festhalten und Stille bewahren. Und das Morgengrauen ist, meine ich, die Stunde, in der der Paria ausgeht. Meiden wird er den spöttischen Morgen, dessen Menschenmassen mit dem geistigen Finger auf ihn zeigen, und den Abend, wenn alle außer ihm Ruhe und Vergnügen finden; aber den Frieden vor Sonnenaufgang kann ihm keiner nehmen. Das ist die Stunde des Gesetzlosen, des Verfolgten, des Verdammten, denn kein Mensch, der je geboren wurde, könnte umhin, draußen in der offenen Natur, wenn gleich die Sonne aufgeht, wenigstens einen Schatten der Hoffnung zu verspüren. Diese Gedanken hatte ich damals nicht so formuliert. Ich habe sie erst in den eigentümlichen und einsamen Verhältnissen, in denen ich schreibe, entwickelt. Aber ich gebe sie hier wieder, so unmaßgeblich sie auch sind, um meine Eingebung zu erklären, weshalb ich das richtige Gesicht wählte und warum so viele zur Auswahl standen.

Auf der anderen Straßenseite gab es keine Deckung und am Ufer herzlich wenig, so daß ich mir über den Angler klarwerden mußte, während ich langsam und lautlos über das Feld auf ihn zuging. Er konzentrierte sich mehr auf seine Gedanken als auf seine Angelrute. An der Neigung seines Schwimmers konnte ich erkennen, daß der Haken im Flußboden festhing, aber er war sich dessen gar nicht bewußt. Ich trat hinter ihn und wünschte ihm einen guten Morgen und fragte, ob er schon Glück gehabt habe. Er sprang auf die Beine und richtete das untere Ende seiner Angelrute gegen mich, als wollte er mich fernhalten. Ich schätze, daß er seit langem keine Kreatur wie mich mehr gesehen hatte; Landstreicher gibt es bei ihnen nicht. Auch wenn er mich als Bösewicht der allerneusten Sorte betrachtete, so hielt er es doch für das beste, mich gnädig zu stimmen. Er entschuldigte sich für sein Angeln und sagte, daß er nichts Unrechtes dabei fände. Er tat sein möglichstes, um unterwürfig zu wirken, doch in seinen Augen flackerte Mut.

Ich streckte ihm meine Hände hin und fragte, ob er wisse, wie so etwas gemacht werde. Er erwiderte kein Wort, sondern wartete nur weitere Erläuterungen ab.

»Hören Sie!« sagte ich ihm. »Ich schwöre Ihnen, im ganzen Land weiß keine Menschenseele, daß ich am Leben bin, außer Ihnen. Ich brauche Handschuhe, Rasierzeug und eine Kleiderbürste. Kaufen Sie nichts. Bringen Sie mir alte Sachen, die kein Merkmal haben, das man zu Ihnen zurückverfolgen könnte, falls ich erwischt werden sollte. Und wenn es Ihnen nichts ausmacht, in die Innentasche meiner Jacke zu greifen, werden Sie dort Geld finden.«

»Ich will kein Geld«, sagte er.

Sein Gesicht war völlig ausdruckslos. Er ließ sich nicht anmerken, was in ihm vorging. Er hätte ebensogut meinen können, daß er um kein Geld in der Welt einem Flüchtigen helfen würde, wie, daß er von einem Flüchtigen für seine Hilfe kein Geld annehmen würde. Der nächste Schritt lag bei mir.

»Sprechen Sie Englisch?« fragte ich.

Ich sah in seinen Augen einen Funken Interesse aufglimmen, aber er ließ nicht erkennen, ob er mich verstanden hatte. Ich sprach auf englisch weiter. Ich war ihm völlig ausgeliefert, so daß es sinnlos war, ihm meine Nationalität zu verschweigen. Ich hoffte, daß die fremde Sprache seine Zurückhaltung überwinden würde.

»Ich werde Ihnen nicht sagen, wer ich bin oder was ich getan habe«, sagte ich, »denn es ist klüger, wenn Sie es nicht wissen. Aber solange uns niemand miteinander sprechen sieht, laufen Sie meines Erachtens nicht die geringste Gefahr, wenn Sie mir helfen.«

»Ich helfe Ihnen«, antwortete er auf englisch. »Was war es, was Sie haben wollten?«

Ich wiederholte meine Bedürfnisse und bat ihn, eine Augenklappe und etwas Essen dazuzutun, falls es möglich war. Ich sagte ihm auch, daß ich ein reicher Mann sei und daß er nicht zögern sollte, von mir Geld anzunehmen, falls er es brauchte. Er lehnte ab – mit einem sehr lieben, melancholischen Lächeln –, doch er gab mir eine Adresse in England, an die ich eine Summe nach meinem Ermessen überweisen könnte, falls ich je wieder in meine Heimat käme.

»Wohin soll ich die Sachen bringen?« fragte er.

»Unter den Wagen dort drüben«, erwiderte ich. »Und keine Sorge. Ich werde im Weizen liegen und aufpassen, daß mich niemand sieht.«

Er verabschiedete sich und entfernte sich schnell. Mit einem einzigen Schritt hatte er sich völlig von mir distanziert. Er wußte aus Erfahrung, daß unter Geächteten wahre Höflichkeit darin besteht, keine Zeit an Höflichkeit zu verschwenden.

Der Verkehr auf der Straße nahm zu, und ich mußte einige Minuten warten, ehe ich ohne Gefahr in den Schutz des Weizens hinüberwechseln konnte. Die Sonne ging auf, und in der Landschaft knospten Menschen und Betrieb – Lastkähne auf dem Fluß, ein Bataillon auf einem Übungsmarsch die Straße entlang, und verdammte, lautlose Fahrräder, die jedesmal angeschlichen kamen, wenn ich meinen Kopf reckte.

Der Angler war nach einer Stunde wieder da, aber die Straße war zu belebt, als daß er unbemerkt ein Paket unter den Wagen hätte werfen können. Er löste das Problem, indem er seine Angelrute holte und sich auf den Wagen setzte, während er sie zerlegte und verstaute. Als er aufstand, ließ er beiläufig das Paket zurück.

Es an mich zu nehmen war ein höllisches Unterfangen, denn ich konnte nicht sehen, was vorbeikam, bis der Verkehr beinahe auf meiner Höhe war. Ich kniete im Weizen und reckte und duckte meinen Kopf wie eine fromme alte Frau, die zwischen dem stillen Gebet und den Antworten pendelt. Schließlich raffte ich meinen Mut zusammen und gelangte zum Wagen. Ein

Strom von Autos fuhr vorüber, aber die waren unwichtig; die Gefahr bestand darin, daß ein Fußgänger oder Radfahrer versucht sein könnte, anzuhalten und mich anzusprechen. Ich drehte meinen Rücken zur Straße und tat so, als bastle ich an der Achse herum. Eine Frau wünschte mir einen guten Morgen, und das war der schlimmste Schrecken, der mich durchfuhr, seit sie mich über die Klippe gekippt hatten. Ich gab ihr eine mürrische Antwort, und so ging sie weiter. Auf eine freie Straße zu warten war nervenzerrüttend, aber ich brauchte eine volle Minute, in der mich niemand beobachten konnte. Ich konnte nicht einfach forsch in den Weizen zurücktrampeln. Ich mußte behutsam auftreten und die Ähren zur Seite biegen, um nicht eine allzu offensichtliche Spur zu hinterlassen.

Endlich kniete ich in Ruhe nieder und wickelte das Paket aus, das mir der gesegnete Angler gebracht hatte. Da war eine Flasche Milch mit einem guten Schuß Branntwein, Brot und der Großteil eines kalten Hühnchens. Er hatte an alles gedacht, sogar an heißes Wasser zum Rasieren in einer Thermosflasche.

Als ich sein Essen verzehrt hatte, fühlte ich mich stark genug, um in den Spiegel zu sehen. Meine Sauberkeit übertraf meine Erwartungen; das war dem morgendlichen Schwimmen zuzuschreiben. Aber ich erkannte mich nicht wieder. Es war nicht das zerschmetterte Auge, das mich überraschte – das war bloß verschlossen, verschwollen und häßlich. Es war das andere Auge. Wie es mich aus dem Spiegel heraus anfunkelte, tief und riesenhaft, schien es jemand anderem zu gehören, der äußerst lebendig war, um vieles lebendiger, als ich mich fühlte. Mein Gesicht war blaß und kantig wie das eines christlichen Märtyrers auf einem mittelalterlichen Gemälde – und bei mir kam noch die Scheußlichkeit der Bartstoppeln hinzu. Ich staunte, daß es auf einem so armen und vergeistigten Boden dermaßen tierisch sprießen konnte.

Ich streifte meine Handschuhe über – weichstes Leder, Gott möge es ihm lohnen, und mehrere Nummern zu groß –, dann rasierte ich mich, bürstete meine Kleider und zog mich etwas ordentlicher an. Meine Jacke und mein Hemd waren in braunen Schattierungen gemustert, und die Blutflecken, beim Schwimmen zur Insel verwaschen, waren kaum noch zu sehen. Als ich mich gesäubert und die Augenklappe zurechtgerückt hatte, kam ich zum Schluß, daß ich eher Mitleid als Verdacht erregen würde. Ich sah aus wie ein armer, aber gebildeter Mann, ein Schreiber oder Schulmeister, der sich nach einem schlimmen Unfall erholte. Das war offensichtlich die Rolle, die ich nun zu spielen hatte.

Sobald ich bereit war, verließ ich den Weizen, denn nun war es mir gleichgültig, wie breit die Spur war, die ich hinterließ, solange mich niemand direkt herauskommen sah. Die Straße war nun freier; sie hatte aufgehört, die Stadt zu speisen und zu entleeren und war zur Ader eines größeren Lebens geworden. Lastwagen und Autos schossen vorbei mit dem gemächlichen Dröhnen des Durchgangsverkehrs. Ihre Lenker hegten keine nachbarlichen Gefühle für diesen meilenlangen Abschnitt der Landstraße, keine verdammte Neugier in bezug auf einen einsamen Fußgänger. Ich legte die Meile zur Stadt zurück, indem ich so gut humpelte, wie ich konnte, und öfters stehenblieb, um mich auszuruhen. Wenn es sein mußte, konnte ich sehr langsam und korrekt gehen, wobei ich mit jedem Fuß zögerte, als ob ich auf jemanden wartete.

Ich war äußerst nervös, als ich mich zum ersten Mal zwischen zwei Häuserreihen begab. Es schien so viele Fenster zu geben, die auf mich herabspähten, solche Menschenmengen in den Straßen. Wenn ich heute darauf zurückblicke, kann ich mir nicht vorstellen, daß ich mehr als zwei Dutzend Leute kreuzte, weitgehend Frauen beim Einkaufen; aber selbst wenn es mir gutgeht, neige ich zu Platzangst. Sogar in London meide ich Menschenmengen um jeden Preis; mir durch die Ströme müßiger Vorstädter in der Oxford Street einen Weg zu bahnen, ist für mich eine wahre Qual. Die Straßen jener Kleinstadt waren in Wirklichkeit weder voller noch leerer als jene meines eigenen Landstädtchens, und normalerweise hätte es mir nichts ausgemacht; aber es war mir, als sei ich jahrelang außerhalb jeder menschlichen Gesellschaft gewesen.

Bei der ersten Abzweigung wandte ich mich zum Fluß und gelangte auf eine gepflasterte Promenade mit Blumenbeeten und dem Pavillon einer Musikkapelle, wo ich in meinem gekünstelten Schrittempo spazieren konnte ohne aufzufallen. Weiter vorne, unter der Brücke, waren ein Dutzend Boote vertäut. Als ich auf ihrer Höhe war, sah ich in einem hübsch gestrichenen Häuschen das erwartete Schild »Boote zu vermieten«. Am Zaun lehnte ein Mann, nachdenklich und aufgeknöpft; er war offensichtlich dabei, sein Frühstück zu verdauen und verwechselte diesen Vorgang mit Denken.

Ich wünschte ihm einen guten Tag und fragte, ob ich ein Boot mieten könnte. Er blickte mich argwöhnisch an und bemerkte, daß er mich noch nie gesehen habe, als würde das der Diskussion ein Ende setzen. Ich erklärte, ich sei ein Schulmeister, der sich von einem Autounfall erhole, und daß ich von meinem Arzt eine Woche an der frischen Luft verordnet bekommen hätte. Er nahm die Pfeife aus dem Mund und sagte, daß er Fremden keine Boote verleihe. Na schön, ob er denn eines zu verkaufen habe? Nein, hatte er nicht. Da waren wir nun. Offensichtlich paßte ihm meine Visage nicht, und so wollte er sich auf keine Debatte einlassen.

Gellend schrillte es aus einem Schlafzimmerfenster:

»Verkauf ihm den Stakkahn, du Idiot!«

Ich blickte auf. Ein rotes Gesicht und ein gewaltiger Busen hingen über das Fensterbrett heraus, und beide bebten vor Wut. Ich verbeugte mich vor ihr mit der formellen Höflichkeit eines Dorflehrers, und sie kam herunter.

»Verkauf ihm, was er will, du Trottel!« befahl sie.

Ihre kleine, schreiende Stimme wirkte äußerst seltsam, da sie aus einem derart riesigen Leib hervordrang. Ich nehme an, daß er ihre Stimme vor Ungeduld immer mehr in die Höhe getrieben hatte, bis sie auf ihrer höchsten Note steckengeblieben war.

»Ich weiß nicht, wer er ist«, beharrte ihr Mann in stupider Verdrießlichkeit.

»Wer sind Sie denn eigentlich?« kreischte sie, als hätte ich ihr diese Auskunft wiederholt verweigert.

Ich erzählte meine Geschichte: wie ich noch nicht ohne Mühe zu Fuß gehen könnte und deshalb daran gedacht hätte, die Ferien damit zu verbringen, von Stadt zu Stadt den Fluß hinunterzutreiben und mir damit einen Jugendtraum zu erfüllen.

»Wo ist Ihr Gepäck?« fragte der verdammte Bootsverleiher.

Ich klopfte auf meine Taschen, die von der Thermosflasche und dem Rasierzeug ausgebeult waren. Ich sagte ihm, daß ich nicht mehr brauche als ein Nachthemd und eine Zahnbürste.

Das brachte die Alte wieder in Fahrt. Sie quiekte wie ein Spanferkel, das von seinem Wurf getrennt wird.

»Erwartest du etwa, daß er mit einem Seemannskoffer reist? Das ist ein anständiger Mann, nicht ein ungebildeter, unverschämter Liederian, der gutes Geld an Vereine und Uniformen und Huren verschwendet, und lieber zum Fluß geht, als eine Hand zu rühren, um der Sache ein Ende zu machen. Er soll seinen Kahn haben! Und zwar billig!«

Sie stampfte zum Wasser hinunter und zeigte mir den Stakkahn. Er war bequem, aber viel zu lang und schwerfällig, um von einem Mann gehandhabt zu werden, der nicht zum Paddeln sitzen konnte. Billig war er nicht. Sie verlangte etwa das Doppelte des angemessenen Preises. Offensichtlich war ihr Entgegenkommen keineswegs selbstlos.

Da war auch eine zwölf Fuß lange Jolle mit einem roten Segel, und ich fragte, ob sie zu verkaufen sei. Sie sagte, das wäre wohl zu teuer für mich.

»Am Ende meiner Reise werde ich sie weiterverkaufen«, antwortete ich. »Und ich habe etwas Geld – eine Entschädigung für meinen Unfall.«

Sie hieß ihren Mann den Mast setzen und das Segel hissen. Wie dieser Mann uns beide haßte! Mit Wonne verkündete er, daß ich ganz gewiß ertrinken und seine Frau daran schuld sein würde. Kein Kind hätte damit ertrinken können. Das Boot war genau, was ich wollte. Das Segel war kaum mehr als ein Spielzeug, aber bei achterlichem Wind würde es eine beträchtliche Hilfe sein, und wenn ich es fahren ließ, um mit der Strömung zu treiben, war es nicht so groß, daß es mich behindern würde. Ich wußte, daß mehrere Tage vorbeigehen müßten, ehe ich der Anstrengung des Kreuzens gewachsen wäre.

Während sie ihren Mann ankeifte, holte ich meine Geldbörse heraus. Ich wollte nicht, daß sie sahen, wieviel ich besaß, noch sollten sie sich darüber wundern, wie ich mit behandschuhten Händen herumfummelte.

»Da!« sagte ich, indem ich ihr ein Bündel Geldscheine hinstreckte. »Mehr kann ich mir nicht leisten. Sagen Sie ja oder nein.«

Ich weiß nicht, ob es weniger oder mehr war, als sie hatte verlangen wollen, aber es war einiges mehr, als der Kahn jedem anderen als mir wert gewesen wäre. Sie wirkte erstaunt über meine bäurische Unkompliziertheit und fing der Form halber zu feilschen an. Ich sprach ihr mein Mitgefühl aus; ich sagte, sie habe zweifellos recht, aber daß diese Summe alles sei, was ich für das Boot auslegen könnte. Natürlich nahm sie es an und gab mir dafür eine Quittung. Binnen fünf Minuten war ich auf dem Fluß draußen, und sie fragten sich vermutlich, weshalb der verrückte Schulmeister auf den Bodenplanken kniete, statt auf der Ruderbank zu sitzen, und warum er nicht einmal seine Jacke anständig stopfen ließ.

Über die Tage und Nächte, die auf dem Nebenfluß und dem Hauptstrom vergingen, gibt es wenig zu schreiben. Ich war nicht mehr in unmittelbarer Gefahr und zufrieden – weit zufriedener, als ich es jetzt bin, wenn auch nicht weniger einsam. Ich existierte nicht mehr, und solange ich nicht gezwungen wurde, meine Papiere vorzuweisen, gab es keinen Grund, weshalb ich wieder existieren sollte. Geduld war das einzige, was ich brauchte, und die konnte ich leicht bewahren. In aller Ruhe kam ich wieder zu Kräften, als wäre ich der Rekonvaleszent, der ich zu sein vorgab; tatsächlich trug es zu meiner Erholung bei, daß ich mich in diese Rolle einlebte. Ich glaubte beinahe selbst an meinen Autounfall, an meine Primarschule, meine Haushälterin und meine Lieblingsschüler, von denen ich schwatzte, wenn ich mit anderen Flußbenützern zusammenkam oder in einem obskuren Wirtshaus am Ufer eine Mahlzeit einnahm.

Vom Einbruch der Nacht bis zum Morgengrauen vertäute ich mein Boot in stillen Abschnitten des Flusses, wobei ich hohe oder sumpfige oder dicht überwucherte Uferböschungen wählte, wo mich niemand überraschen und mit Fragen behelligen konnte. Zuerst hatte ich mich an Wassergräben und Stauwassertümpel gehalten, doch die Gefahr dieser amphibischen Gewohnheit kam mir zu Bewußtsein, als ein Bauer seine Pferde an meinen einstweiligen Hafen zur Tränke brachte und darauf beharrte, mich als verdächtiges Subjekt anzusehen. Regen war die größte Not, die ich zu erdulden hatte. Nach einer durchweichten Nacht spürte ich die Kälte des Morgennebels. Eine Gummiplane war nicht zu bekommen, aber schließlich gelang es mir, eine Persenning zu erstehen. Sie hielt mich trocken, aber sie war unangenehm warm; schwer und für meine Hände schwierig zusammen- und auseinanderzufalten. Nur ein hartnäckiger Regen konnte mich zwingen, sie zu benutzen.

In der ersten Woche legte ich nur sechzig Meilen zurück. Mein Ziel war eher Heilung als Eile. Ich ging keine Risiken ein und unternahm keine Anstrengungen. Bis die Rückseite meiner Oberschenkel solide vernarbt war, mußte ich beim Segeln oder Treiben knien und zum Schlafen quer über den Ruderbänken auf dem Bauch liegen. Das verringerte meine Geschwindigkeit. Rudern konnte ich nicht.

In der zweiten Woche versuchte ich, einen Außenbordmotor zu kaufen, und konnte mich gerade noch rechtzeitig vom Handel zurückziehen. Ich entdeckte, daß ich beim Kauf von Motor und Benzin so viele Papiere hätte ausfüllen müssen, daß jedes politische oder gerichtliche Gremium, das über mich im Bilde war, mich garantiert verhaftet hätte. Ich muß schon sagen, sie haben dem Gesetzesübertreter das Leben ungewöhnlich schwer gemacht. In der nächsten Stadt jedoch gab es eine altmodische Schiffswerft, wo ich ein tüchtiges Luggersegel kaufte und obendrein noch ein kleines Focksegel einpassen ließ. Von da an führte ich eigene Vorräte mit und legte nie mehr in Stadt oder Dorf an. Mit meinen neuen Segeln und der Hilfe der Strömung schaffte ich manchmal bis zu vierzig Meilen im Tag, und – was noch wichtiger war – so konnte ich den Lastkähnen und Schleppern aus dem Weg gehen, die nun den Fluß ganz für sich beanspruchen wollten.

Auf der ganzen Fahrt stromabwärts hatte ich mir über das Problem meiner endgültigen Flucht aus dem Lande Gedanken gemacht und war auf drei mögliche Lösungen gekommen. Die erste bestand darin, weiterzusegeln und auf gut Glück zu hoffen. Das war offensichtlich sehr riskant, denn nur ein schnelles Motorboot konnte zwischen den Patrouillenbooten vor dem Hafen hindurchschlüpfen. Man würde mich zurückweisen, als verdächtiges Subjekt oder als ahnungslosen Idioten, dem man kein Boot in die Hände geben durfte – und überhaupt standen die Chancen schlecht, daß mein kleiner Zwölf-Fuß-Kahn in den Brechern der kurzen See in der Flußmündung überleben würde.

Der zweite Plan sah vor, daß ich ganz offen an Bord eines Passagierschiffs – oder auch eines Zuges – gehen und darauf hoffen würde, daß mein Name und meine Beschreibung nie an die Grenzpolizei weitergeleitet worden seien. Das hätte ich vielleicht früher gewagt, wenn ich die Kraft dazu gehabt hätte; aber da meine Reise nun allmählich in die dritte Woche kam, schien es wahrscheinlich, daß selbst die ausgedehnteste Suche nach meiner Leiche abgebrochen worden war, daß man annahm, ich sei noch am Leben, und daß jeder hinterste verwünschte Beamte betete, er möge mich zu Gesicht und eine Beförderung bekommen.

Meine dritte Lösung war, im Hafenviertel herumzulungern,

bis sich eine Gelegenheit ergab, als blinder Passagier an Bord zu gehen oder ein Boot zu stehlen oder eine Jacht zu entdecken, die einem Freund gehörte. Aber das kostete Zeit – und ich konnte weder in einem Hotel schlafen, ohne dem Verwalter meine Papiere vorweisen zu müssen, noch im Freien, wo ich sie einem Polizisten hätte zeigen müssen. Was immer ich tun würde, es mußte sofort geschehen, wenn ich im Hafen eintraf.

Nun, diese Überlegungen waren natürlich dumm. Der Weg aus dem Land war geradezu lächerlich einfach. Ein Junge, der bloß einen Polizisten geschlagen hatte, wäre sofort darauf gekommen. Aber in meiner Vorstellung war ich entweder ein erholungsbedürftiger Schulmeister oder ein Geist. Ich hatte meine Nationalität abgelegt und vergessen, daß ich an die Loyalität meiner Landsleute appellieren konnte. Um ein Haar hatte ich meinen britischen Paß weggeworfen, da ich dachte, keine Ausweise zu besitzen wäre immer noch sicherer als meine eigenen. Sobald ich in Sichtweite der Werften kam, sah ich britische Schiffe und wurde mir bewußt, daß ich nur dem richtigen Mann eine hinreichend gute Geschichte auftischen mußte, um an Bord genommen zu werden.

Ich vertäute mein Boot an einem öffentlichen Landungssteg und ging an Land. Daß ich das Boot nicht versenkte, war ein grober Fehler; es war mir zwar in den Sinn gekommen, daß ich es wohl tun sollte, aber ganz abgesehen von dem Ärgernis, noch einmal flußaufwärts zu segeln, um einen stillen Ort zu finden, an dem ich es versenken konnte, ohne dabei gesehen zu werden, war mir die Vorstellung zuwider, daß dieser freundliche kleine Kahn vom Lande auf dem ekligen Grunde eines Industrieflusses verrotten sollte.

Im ersten Billigkleiderladen, den ich sah, kaufte ich mir einen unauffälligen Anzug aus blauem Serge und wechselte die Kleider in einer öffentlichen Toilette. Meine alten Sachen verkaufte ich in einem anderen Kleiderladen – das schien mir die beste Art zu sein, sie spurlos verschwinden zu lassen. Wenn sie jemals gekauft worden sind, dann wohl nur vom ärmsten aller

Arbeiter. Mit meiner Lieblingsjacke wird er ein überraschend gutes Geschäft machen; sie wird sein Leben lang halten.

Als ich den Kai entlangschlenderte, kam ich mit zwei britischen Seeleuten ins Gespräch, und zwar mit Hilfe der alten und bewährten Einleitung (die mir schon so manches Sechs-Pence-Stück entlockt hat) – »Haben Sie Feuer?« Wir tranken einen zusammen. Keiner der beiden kam von einem Schiff, das nach England fuhr, aber sie hatten einen Kumpel auf einem Motorschiff, das am folgenden Tag nach England auslaufen würde.

Der Kumpel, der von der Bar zu uns auf die Sitzbank gerufen wurde, nahm sich vor mir etwas in acht; er neigte zu der Annahme, daß ich ein Pfarrer von der Seemannsmission sei, der sich als ehrlicher Arbeiter verkleidet habe. Ich beschwichtigte sein Mißtrauen mit zwei Whiskys und meinem einnehmendsten zotigen Witz, worauf er verkündete, ich sei schwer in Ordnung, und sich bereit erklärte, über seine Offiziere zu sprechen. Der Kapitän war anscheinend ein ganz Korrekter, der es mit allem genau nahm – hatne Scheißangst, sein Patent zu verliern, wenner irgendwo mal ne Briefmarke nich draufklebt. Aber Mr. Vaner, der Erste Offizier, der sei eine Eins und ne echte Nummer; ich las in Kumpels schiefem Lächeln, daß er diesen Schiffsoffizier als strengen Zuchtmeister ansah und gleichzeitig seinen extravaganten Charakter bewunderte. Mr. Vaner war offensichtlich der richtige Mann für mich. Und ja, ich könnte ihn noch an Bord antreffen, wenn ich mich beeilte, weil er in der vergangenen Nacht erst spät vom Ausgang zurückgekommen sei.

Sie war ein kleines Schiff, kaum mehr als ein Küstendampfer, und lag längsseits des endlosen Bands eines Kais, wo ihr grau und weißes Vorderdeck an der Ladelinie des riesenhaften, leeren Trampschiffs vor ihr schnupperte, als wäre sie ein ordentlicher kleiner Foxterrier, der mit einem Collie Bekanntschaft schloß.

Zwei Hafenpolizisten standen in der Nähe. Ich kehrte ihnen den Rücken zu, als ich wichtigtuerisch zum Deck hinaufrief.

»Mr. Vaner an Bord?«

Der Koch, der auf einem Lukendeckel Kartoffeln schälte, blickte auf von dem Kübel zwischen seinen Knien.

»Ich seh mal nach, Sir.«

Dieses »Sir« war merkwürdig und tröstlich. Trotz meinen schäbigen ausländischen Kleidern und dreckigen Schuhen hatte mich der Koch auf den ersten Blick der Klasse X zugeordnet. Er würde mich zweifellos als einen Gentleman beschreiben, und Mr. Vaner würde das Gefühl haben, daß er mich empfangen sollte.

Ich sage Klasse X, weil es keine Definition davon gibt. Von einer Oberschicht oder herrschenden Klasse zu reden ist Unsinn. Die Oberschicht, sofern dieser Ausdruck überhaupt eine Bedeutung hat, bezeichnet den niederen Landadel, der vermutlich der Klasse X angehört, aber nur einen kleinen Anteil davon ausmacht. Die herrschende Klasse besteht, nehme ich an, aus Politikern und Dienern des Staates – Begriffe, die einander widersprechen.

Ich wünschte, es gäbe irgendeine Erklärung für die Klasse X. Wir sind in politischer Hinsicht eine Demokratie – oder sollte ich lieber sagen, daß wir eine Oligarchie sind, deren Ränge talentierten Leuten stets offenstehen? – und die im marxistischen Sinne am wenigsten klassenbewußte Nation. Die einzigen klassenbewußten Leute sind jene, die zur Klasse X gehören möchten und nie Teil von ihr sein werden: die Public-School-Cliquen aus den Vorstädten und ihre Frauen, ganz besonders ihre Frauen. Und doch haben wir eine tiefe Unterteilung in Klassen, die jeder Analyse spottet, da sie sich ständig im Fluß befindet.

Wer gehört zur Klasse X? Ich weiß es nicht, bis ich mit ihm spreche, und dann weiß ich es sofort. Ich glaube nicht, daß es am Akzent liegt, sondern eher an der sanften Stimme. Eine Frage der Kleidung ist es ganz bestimmt nicht. Es ist vielleicht eine Frage des Auftretens. Ich spreche hier natürlich nicht von der provinziellen Gesellschaft, in welcher die Unterteilung in

Landadel und Nicht-Landadel schlicht und einfach eine Frage der Bildung ist.

Ich möchte, daß irgendeine sozialistische Leuchte mir einmal erklärt, wie es kommt, daß in England jemand ein Mitglied des Proletariats sein kann, gemäß jeder Definition des Proletariats (das heißt, aufgrund seines Arbeitsverhältnisses und seiner Armut), und trotzdem offensichtlich der Klasse X angehört, und wieso ein anderer ein strotzender Kapitalist oder Kabinettsminister oder gar beides sein kann und der Klasse X nie näherkommen wird, als daß man ihn in den vornehmeren Teil eines Wirtshauses führt, wenn er durch den Kneipeneingang kommt.

Ich gebe mir mit dieser Erörterung nur deshalb soviel Mühe, weil ich hoffe, dadurch auf eine neue Methode zu stoßen, um meine Identität auszulöschen. Wenn ich eine Fremdsprache spreche, kann ich meine Klassenzugehörigkeit, meine Herkunft und meine Nationalität mühelos verhüllen, aber wenn ich zu einem Engländer englisch spreche, werde ich sogleich als Mitglied der Klasse X erkannt. Das will ich vermeiden, und wenn ich die Klasse definieren könnte, wüßte ich vielleicht, wie.

Mr. Vaner empfing mich in seiner Kabine. Er war ein schneidiger junger Mann von Anfang Zwanzig, der die Mütze auf seinem braunen Krauskopf nach hinten geschoben hatte. Seine winzige Einzelkabine war üppig mit Frauenfotografien behangen, manche davon aus Illustrierten ausgeschnitten, andere offenbar persönliche Geschenke mit Widmungen in verschiedenen Sprachen. Es war klar, daß er sich an Land ebensosehr ins Zeug legte wie auf See.

Kaum hatten wir uns die Hände geschüttelt, sagte er:

»Wir sind uns doch noch nie begegnet, nicht wahr?«

»Nein. Ich habe Ihren Namen von einem der Matrosen. Wie ich höre, wollen Sie morgen auslaufen.«

»Und?« fragte er vorsichtig.

Ich überreichte ihm meinen Paß.

»Bevor wir uns weiter unterhalten, möchte ich, daß Sie sich überzeugen, daß ich Brite bin und tatsächlich der Mann, den ich zu sein vorgebe.«

Er blickte auf meinen Paß, dann hoch zu meinem Gesicht und meiner Augenklappe.

»Das ist schon in Ordnung«, sagte er. »Nehmen Sie bitte Platz. Sie scheinen in Schwierigkeiten geraten zu sein.«

»Das bin ich, bei Gott! Und jetzt möchte ich gerne aus ihnen herauskommen.«

»Eine Überfahrt? Wenn es nach mir ginge, aber ich fürchte, der Alte ...«

Ich sagte ihm, ich wolle keine Überfahrt, daß ich weder ihm noch dem Kapitän soviel Verantwortung aufbürden würde; alles, was ich brauche, sei ein sicheres Versteck als blinder Passagier.

Er schüttelte den Kopf und gab mir den Rat, es mit einem Passagierschiff zu versuchen.

»Das wage ich nicht zu riskieren«, antwortete ich. »Aber zeigen Sie mir, wo ich mich verstecken kann, und ich gebe Ihnen mein Ehrenwort, daß keiner mich sehen wird, weder während der Fahrt noch, wenn ich an Land gehe.«

»Es wäre besser, wenn Sie mir noch etwas mehr erzählten«, sagte er.

Er warf sich in seinen Lehnstuhl zurück und schlug ein Bein über das andere. Sein Gesicht nahm einen ernsten und kritischen Ausdruck an, aber seine herrlich großspurige Pose ließ erkennen, daß er an der Sache Spaß hatte.

Ich spann ihm ein Garn, das, soweit ich überhaupt gehen konnte, der Wahrheit entsprach. Ich erzählte, daß ich tödliche Schwierigkeiten mit den Behörden hätte, daß ich in einem Boot den Fluß heruntergekommen sei und daß es ganz sinnlos wäre, mich an unseren Konsul zu wenden.

»Ich könnte Sie in die Vorratskammer stecken«, sagte er zweifelnd. »Wir fahren in Ballast nach Hause, und im Frachtraum könnten Sie sich nirgendwo verstecken.«

Ich gab ihm zu verstehen, daß die Vorratskammer zu gefährlich sei, daß ich nicht das geringste Risiko eingehen wollte, gesehen zu werden und damit das Schiff in Schwierigkeiten zu bringen. Das schien ihm Eindruck zu machen.

»Na ja«, erwiderte er, »wenn Sie das aushalten können, gibt es da einen leeren Frischwassertank, den wir nie benützen, und ich könnte den Deckel aufstützen, damit Sie etwas Luft bekommen. Aber ich nehme an, Sir, daß Sie schon an schlimmeren Orten geschlafen haben, wenn ich's mir jetzt recht überlege.«

»Ist Ihnen mein Name bekannt?«

»Natürlich. Das würde ich nicht für jeden tun.«

Trotzdem glaube ich, daß er es auch sonst tun würde, wenn ihm jemand eine Geschichte auftischte, die ihm gefiel.

Ich fragte, wann ich an Bord kommen könne.

»Warum nicht gleich? Ich weiß nicht, wer im Maschinenraum unten ist, aber an Deck ist nur der Koch. Ich werde mir nur eben mal die Bullen vornehmen!«

Er wartete, bis das Polizistenpaar zweihundert Yards den Kai hinaufgegangen war, und fing dann an zu winken und auf Wiedersehen zu rufen, als ob sich soeben jemand zwischen den Lagerhäusern entfernt hätte. Die zwei blickten sich um und setzten ihren Spaziergang fort; sie hatten keinen Grund zu bezweifeln, daß ein Besucher das Schiff verlassen hatte, während sie ihm den Rücken zukehrten.

Mr. Vaner schickte den Koch an Land, um eine Flasche Whisky zu kaufen.

»Sie werden etwas brauchen, das Sie mit Ihrem Wasser mischen können«, schmunzelte er, maßlos vergnügt darüber, daß er sich jetzt auf das Abenteuer eingelassen hatte, »und ich will ihn nicht dahaben, wenn ich den Tank öffne. Sie können hier warten und es sich bequem machen.«

Ich fragte ihn, was ich sagen sollte, falls jemand überraschend an Bord kam und mich in seiner Kabine vorfand.

»Sagen? Ach, erzählen Sie ihm, daß Sie ihr Vater seien!« Er zeigte auf die Fotografie eines kichernden jungen Mädchens, das verschämt seine Beine zur Schau stellte, als handle es sich um eine Reklame für Seidenstrümpfe. »Wenn Sie's wären, hätte ich allerdings dringend woanders zu tun. Wahrscheinlich würde ich selbst im Wassertank stecken!«

Er schob seine Mütze auf das eine Ohr, marschierte aus der Kabine und pfiff dabei mit derart kunstvoll unbekümmerter Miene, daß jede seiner jungen Frauen gemerkt hätte, daß er etwas im Schilde führte. Aber ich war mir ziemlich sicher, daß er kein Risiko eingehen würde. Seine Schauspielerei war für sein eigenes Vergnügen bestimmt und für mich, seinen Komplizen. Für den Rest der Welt war er der verantwortungsbewußte Schiffsoffizier.

In zehn Minuten war er wieder da.

»Beeilen Sie sich!« sagte er. »Die Bullen sind soeben um die Ecke verschwunden.«

Wir mußten uns tatsächlich beeilen. Das Mannloch war auf der Höhe und im Blickfeld des Kais, denn es befand sich im Achterdeck, zwischen der Achterwand des Kartenraums und einem Rettungsboot, das querschiffs aufgehängt war. Wir warfen einen hastigen Blick in die Runde, und dann zwängte ich mich in einen Raum, der etwa den Umfang eines halben Dutzends Särge hatte.

»Ich werde es Ihnen später bequem machen«, sagte er. »In gut zwei Stunden werden wir Stillwasser haben.«

Mir war es schon ganz bequem, ich war entspannter, als ich es seit der ersten Woche auf dem Fluß jemals gewesen war. Die Dunkelheit und die sechs Wände verliehen mir sofort ein Gefühl der Sicherheit. Ich war nach der Jagd zu Bau gefahren, und das kalte Eisen des verschlossenen Tanks gewährte mir mehr Schutz als das weichste Gras im Freien. Dies war der erste meiner Baue, und ich glaube, daß er mich auf die Idee des zweiten brachte.

Als die Ebbe ihren Tiefstand erreicht hatte und das Achterdeck klar unter die Kante des Kais abgesunken war, tauchte Mr. Vaner auf, mit Decken, einem Sofakissen, Wasser, Whisky,

Zwieback und einem gedeckten Eimer für meine persönlichen Bedürfnisse.

»Wie die Made im Speck!« verkündete er fröhlich. »Und dann habe ich Ihnen erst noch ein Sicherheitsventil verschafft.«

»Wie das?«

»Ich habe den Ausfluß abgehängt. Können Sie Licht sehen?«

Ich spähte durch ein kleines Rohr im Boden des Tanks und sah tatsächlich Licht.

»Das kommt in der Wand des Baderaums unseres Kapitäns heraus«, sagte er. »Ich hatte bisher keine Ahnung, daß man dort Frischwasser bekommen konnte. Das Schlimmste bei diesen ›praktischen‹ Schiffen ist, daß man nie Zeit hat, um alle diese technischen Spielereien zu entdecken. Nun haben Sie das dort und den Lufteinlaß, und falls der Alte das Mannloch bemerkt und ich es für eine Weile zuschrauben muß, sind Sie trotzdem versorgt.«

»Wo werden Sie anlegen?« fragte ich.

»Wir gehen stracks den Fluß hinauf bis nach Wandsworth. Ich werde Ihnen Bescheid sagen, wenn es sicher genug ist, daß Sie an Land schlüpfen können.«

Ich hörte Schritte auf Deck – in dem Tank hörte man alles, was das Deck berührte oder darauf aufschlug –, und Mr. Vaner verschwand. Ich habe ihn niemals wiedergesehen.

Ich döste unruhig vor mich hin, bis alle Geräusche verstummt waren; die Mannschaft, nehme ich an, war an Bord gekommen und hatte sich für die Nacht eingerichtet. Danach schlief ich ernsthaft und erwachte von dem Getrampel schwerer Stiefel über und unter mir; es war Morgen, denn ich konnte am Ende meiner beiden Rohre Licht sehen. Das Mannloch war fest verschraubt, mit einer Endgültigkeit, die mir nicht behagte – nicht, daß die geringste Erstickungsgefahr gedroht hätte, aber mir fiel plötzlich ein, daß ich, falls Mr. Vaner über Bord gespült wurde, im Tank bleiben müßte, bis der Kapitän eines Tages, wenn überhaupt jemals, entdeckte, daß er sein Bad mit Frischwasser einlassen konnte, indem er einen einfachen Anschluß machte. Das war eine Art von lächerlicher Furcht, die man mit Alkohol schneller vertreiben kann als durch Selbstbeherrschung, und so genehmigte ich mir einen kräftigen Schluck Whisky und aß etwas Zwieback dazu.

Dann stachen wir in See – ein unverkennbares schepperndes Getöse wie von hundert eisernen Affen, die in einer Squash-Halle Fangen spielen. Einige Stunden später wurde mein Mannloch geöffnet und aufgestützt, und ein kaltes Hammelkotelett, an dem anstelle einer Papierkrause ein Zettel befestigt war, schwebte auf meinen Bauch herab. Ich aß das Kotelett und kniete unter die Lichtritze, um die Mitteilung zu lesen.

> Tut mir leid, daß ich Sie verschrauben mußte. Die Bullen haben ein Boot gefunden und es zu Ihnen zurückverfolgt. Heute früh haben sie uns und alle anderen Schiffe am Kai auf den Kopf gestellt. Vier blinde Passagiere haben sie dabei erwischt, heißt es. Wir befinden uns jetzt außerhalb der Hoheitsgewässer, so daß Sie unbesorgt sein können. Über Ihre Augenklappe wissen sie Bescheid. Falls Sie irgendwelche Schwierigkeiten voraussehen, nehmen Sie sie ab. Wenn es Zeit wird, von Bord zu gehen, schiebe ich Ihnen eine dunkle Brille zu. Die Hafenpolizei hat gemeldet, daß ein Bursche von Ihrer Statur an Bord gekommen und wieder gegangen sei. Ich sagte, daß ich um eine Überfahrt gebeten worden sei und abgelehnt hätte. Wenn Sie irgendwelche Papiere haben, die Sie loswerden möchten, lassen Sie sie im Tank, und ich sende sie dann nach, wohin Sie wollen. R. Vaner (Erster Offizier)
>
> P S. Passen Sie auf, daß Sie nichts verschütten. Eben fiel mir ein, daß alles in das Badezimmer des Alten fließen würde.

Ich wünschte, ich hätte dem schneidigen Mr. Vaner einen überzeugenden Beweis dafür liefern können, daß er seinem Vaterland diente, statt einem – na ja, als Verbrecher kann ich mich ja nicht bezeichnen. Wenn irgendwelche Verbrechen verübt worden waren, dann waren sie an meiner Person verübt worden. Aber, wie gesagt, ich mache ihnen keinen Vorwurf. Sie hatten jeden Grund zu der Annahme, daß sie einen Attentäter geschnappt hatten.

Ihre Polizeiorganisation ist hervorragend; aber das Aufspüren jenes gelähmten Etwas, das kroch und blutete, war eine Freizeitaufgabe für Förster. Erst in den letzten ein bis zwei Tagen, schätzte ich, als eine gründliche Suche nach meiner Leiche schließlich ergeben hatte, daß es vielleicht gar keine Leiche zu finden gab, hatte das HAUS seine Ermittlungen auf Straße, Bahn und Fluß ausgedehnt und von dem bootfahrenden Schulmeister erfahren, der eine Augenklappe trug und seine Handschuhe immer anbehielt. Daraufhin trat die Polizei in Aktion. Ich nehme an, daß sie mich aus dem einfachen Grund nicht aufgriffen, weil sie gerade erst angefangen hatten, nach einem Boot mit roten Segeln zu suchen, und zufälligerweise die kleine Werft übersahen, in der ich die Segel ausgewechselt hatte; doch als dann irgendeinem Beamten ein unbekanntes Dingi auffiel, das an einem Ort vertäut war, wo ich es vermutlich gar nicht hätte vertäuen dürfen, wurde es sofort identifiziert.

Vaners Andeutung, daß meine Schwierigkeiten noch nicht vorbei sein könnten, wenn ich London erreichte, war beunruhigend. Darüber hatte ich gar nie nachgedacht. Der Instinkt wehrt sich dagegen, zu weit vorauszublicken, solange die Gegenwart alle verfügbare Findigkeit erfordert.

Ich begann darüber nachzusinnen, was wohl geschehen würde, wenn ich ganz offen in England wieder auftauchen sollte. Ich war mir absolut sicher, daß sie sich nicht an das Außenministerium oder Scotland Yard wenden würden. Was immer ich auch getan oder beabsichtigt hatte, die Behandlung, die sie mir verabreicht hatten, würde das Licht der Öffentlichkeit nicht vertragen. Sie konnten nicht sicher sein, wie die Engländer reagieren würden; niemand kann das. Schließlich sind wir ja einmal wegen dem Ohr eines gewissen Captain Jenkins in den Krieg gezogen – obwohl Jenkins im Vergleich zu mir eine obskure Persönlichkeit war und in Anbetracht der vielen Gesetze, die er übertreten hatte, nicht allzu barbarisch behandelt worden war.

Würden Sie mir demnach selbst weiter nachspüren? Mr. Vaner, mit seiner Schwäche für das Abenteuerliche, schien anzunehmen, daß sie das tun würden. Ich selbst hatte mir vorgestellt, daß sie die Sache begraben würden, wenn ich einmal jenseits der Grenze wäre. Nun erkannte ich, daß diese Annahme auf törichtem Optimismus beruhte. Zur Polizei konnten sie zwar nicht gehen, ich aber ebensowenig. Ich hatte ein Vergehen begangen, das eine Auslieferung nach sich ziehen konnte; wenn ich mich beschwerte, mißhandelt worden zu sein, würde ich sie vielleicht dazu zwingen, bekanntzugeben, weshalb ich mißhandelt worden war.

Es lief auf folgendes hinaus: In meinem Land war ich genauso ein Gesetzloser wie in ihrem, und wenn mein Tod vonnöten sein sollte, wäre das leicht zu bewerkstelligen. Selbst wenn es ihnen nicht gelingen sollte, einen Unfall oder Selbstmord vorzutäuschen, würde man entweder kein Motiv oder ein falsches Motiv für das Verbrechen finden und entweder keinen Mörder oder den falschen Mörder verhaften.

Dann dachte ich wieder, daß ich mich von einer beiläufigen Bemerkung Vaners habe ins Bockshorn jagen lassen und daß diese Unruhe völlig absurd sei. Warum in aller Welt, so argumentierte ich, sollten sie das unnötige Risiko eingehen, mich in meiner eigenen Heimat zu beseitigen? Bildeten sie sich ein, daß ich ihnen höchstwahrscheinlich noch einmal mit einem solchen Sportausflug Angst einjagen würde?

Widerwillig gestand ich mir ein, daß sie sich das durchaus einbilden könnten. Sie wußten, daß ich ein schwer faßbarer Mensch war, der sehr gut noch einmal zurückkommen konnte, wenn er wollte, um die Nerven des großen Mannes noch einmal zu strapazieren. Und ob ich selbst nun wollte oder nicht, unter meinen Widersachern – Feinde kann ich sie nicht nennen – gab es einige beachtliche Großwildjäger, die erkennen würden, daß eine solche Versuchung keineswegs undenkbar war.

Das Mannloch wurde nie mehr verschraubt, und so lag ich auf meinem Kissen ohne viel mehr Ungemach, als ich sonst auf See empfinde. Ich bin ein guter Segler, aber selbst in einer Kabine erster Klasse fühle ich mich auf sanfte und schläfrige Weise gallig und unwillig, mehr zu tun, als von meiner Kabine zur Bibliothek und zurück zu gehen, oder zur Aperitifzeit einem Mitpassagier gegenüber ein Minimum an Höflichkeit zu üben. Ein Pluspunkt dieser Reise war, daß ich zu niemandem höflich sein mußte; ein Minuspunkt, daß ich kein Buch hatte. Ich verbrachte die Zeit mit Schlafen und leicht alptraumhafter Grübelei.

Das Dröhnen und Klopfen der Dieselmotoren, widerhallend und regelmäßig wie ferne Stammestrommeln, informierte mich über unsere Fahrt die Themse hinauf. Sie verlangsamten sich, als man den Lotsen aufnahm; sie wurden nervös und unruhig, als in den belebten Gewässern von Gravesend Reach der Maschinenraumtelegraph aktiv wurde; sie wurden vom Schwirren elektrischer Winden abgelöst, als wir, nach meiner Schätzung, irgendwo unterhalb der Brücken vertäut wurden (denn das Schiff stand zu hoch im Wasser, um auf der Flut flußaufwärts fahren zu können); sie schlugen langsam nach weiteren sieben Stunden, während ich mir ausmalte, wie sie uns durch den Pool und die City trugen, durch Westminster und Chelsea, bis der Telegraph sie zu unzusammenhängenden Rhythmen antrieb und den Maschinentrommlern ein Ende machte.

Es wurde geknallt und getrampelt, und dann war es still. Nach einer Weile neigte sich mein Tank nach Backbord, und ich nahm an, daß wir auf dem Schlamm von Wandsworth ruhten. Wieder wurde ein Zettel durch das Mannloch herabgelassen, zusammen mit einer unheimlich dunklen Brille, die in braunes Papier eingewickelt war.

Gehen Sie nicht durch das Tor hinaus. Dort steht ein Kerl, der alles bespitzelt, und das gefällt mir nicht. Das Beiboot liegt Steuerbord unten am Achterschiff. Sobald es flott ist, klopfe ich bei Ihnen, und dann machen Sie sich schnell aus dem Staub. Rudern Sie hinüber zu der öffentlichen Ufertreppe an der Ostmauer von Hurlingham. Das Boot hole ich später zurück. Viel Glück.

R. Vaner (Erster Offizier)

Eine gute Stunde später pochte er auf das Mannloch, und ich schob meine Arme und Schultern hinaus, indem ich ganz einfach aufstand; es war tatsächlich die einzige Art, wie ich aufstehen konnte. Aus Mr. Vaners Kabine drang Licht und der Lärm lauter Konversation; er sorgte für meine Ungestörtheit, indem er den Nachtwächter unterhielt. Ich ließ mich in das Beiboot fallen und pullte leise über den Fluß, durch den rosa Wasserstreifen, der das Gleißen Londons spiegelte, in den schwarzen Wasserstreifen unter den Bäumen. Meine Ankunft wurde nur von einem Jungen und einem Mädchen bemerkt, dem unvermeidlichen Jungen und Mädchen, wie man sie in jedem dunklen Winkel einer Großstadt antrifft. Man sollte für sie bessere Einrichtungen schaffen – einen Park der vorübergehenden Zärtlichkeit zum Beispiel, und lüsternen Geistlichen und älteren Beamten wäre der Zutritt strengstens verboten. Aber solche Trennungsmaßnahmen fallen den unzivilisierten Völkern viel leichter. Jeder tüchtige Medizinmann wäre imstande, den Park ganz einfach für alle anderen als die Heiratsfähigen tabu zu erklären.

Es war beinahe zehn Uhr. Ich ging bis zur King's Road und fand einen Grillroom, wo ich so ziemlich alles Fleisch, das sie da hatten, auf den Bratrost legen und mir auftischen ließ. Während ich darauf wartete, trat ich in eine Telefonzelle, um in meinem Klub anzurufen. Dort wohne ich immer, wenn ich in London bin, und daß ich auch diesmal da wohnen würde, hatte ich keinen Augenblick bezweifelt, bis die Tür der Zelle sich hinter mir schloß. Dann stellte ich fest, daß ich meinen Klub nicht anrufen konnte.

Welche Ausreden ich mir im Augenblick gab, weiß ich nicht mehr. Ich glaube, ich redete mir ein, es sei zu spät, sie würden kein Zimmer mehr frei haben, ich möchte nicht in diesem Aufzug und in diesem Zustand dort durchs Vestibül gehen.

Nach meinem Abendessen nahm ich den Bus in die Cromwell Road und stieg in einem jener Hotels ab, die für Damen in mäßiger Verlegenheit vorgesehen sind. Der Portier war nicht besonders darauf erpicht, mich aufzunehmen, aber glücklicherweise hatte ich ein paar Pfundnoten, und sie hatten ein Zimmer mit eigenem Bad; da ihre übliche Kundschaft sich einen solchen Luxus niemals leisten konnte, waren sie ganz froh, mir das Zimmer zu vermieten. Ich gab einen falschen Namen an und erzählte ihnen eine absurde Geschichte, wonach ich eben aus dem Ausland zurückgekommen war und man mir mein Gepäck gestohlen hatte. Um meine Mahlzeit zu verdauen, las ich ein ganzes Bündel Morgen- und Abendzeitungen und ging dann auf mein Zimmer.

Gott sei Dank: ihr Wasser war warm! Ich nahm das genußvollste Bad, an das ich mich erinnern kann. Einen Großteil meines Lebens habe ich außer Reichweite von heißen Bädern verbracht; und doch frage ich mich, wenn ich mich in aller Muße in einer Wanne räkle, wie ein Mensch sich freiwillig eine derart billige und befriedigende Freude entgehen lassen kann. Es entspannte und beruhigte mich mehr als jeder Schlaf; ja, ich hatte auf dem Schiff so viel geschlafen, daß mein Bad und meine Gedanken, während ich darin lag, eher nach Morgen schmeckten als nach Nacht.

Ich begriff, weshalb ich nicht in meinem Klub angerufen hatte. Es war der erste Augenblick, in dem ich erkannte, daß ich einen zweiten Feind hatte, der mir auf Schritt und Tritt auf den Fersen blieb – mein eigenes ungerechtes und unmögliches Gewissen. Es war äußerst unfair, mich selbst als potentiellen Mörder zu verurteilen. Ich bleibe dabei, daß ich immer sicher war, der Versuchung, abzudrücken, widerstehen zu können, selbst wenn ich mein Ziel tatsächlich im Visier hätte.

Inzwischen habe ich guten Grund zu einem gewissen Unbehagen. Ich habe einen Menschen getötet, wenn auch in Notwehr. Aber damals hatte ich überhaupt keinen Grund dazu. Vielleicht ist es falsch, von Gewissen zu sprechen; möglicherweise bestanden meine Bedenken nur in einer Erkenntnis der gesellschaftlichen Folgen meiner Tat. Meine Pirsch machte es mir unmöglich, meinen Klub zu betreten. Wie konnte ich beispielsweise dem Heiligen Georg unter die Augen treten, nach all den Scherereien, die ich ihm eingebrockt hatte? Und wie konnte ich die anderen Klubmitglieder den Unannehmlichkeiten von Beschattung und möglichen Verhören aussetzen? Nein, ich war nicht ein Gesetzloser wegen meines Gewissens (das meiner Ansicht nach kein Recht hat, mich zu plagen), sondern schlicht aufgrund der Tatsachen.

Dem Badezimmer mangelte es nicht an Spiegeln, und so unterzog ich meinen Körper einer gründlichen Untersuchung. Meine Beine und mein Hinterteil waren in einem scheußlichen Zustand – ich werde für den Rest meines Lebens einige außergewöhnliche Narben davontragen –, aber die Wunden waren verheilt, und es gab nichts, was ein Arzt noch hätte dazutun können. Meine Finger sahen immer noch so aus, als hätte ich sie in einer Eisenbahnwagentür zermanscht und anschließend mit einem Taschenmesser angespitzt, aber tatsächlich waren sie durchaus brauchbar, außer für sehr grobe oder sehr empfindliche Arbeit. Das Auge war das einzige Teil von mir, das Pflege benötigte. Ich hatte nicht vor, jemanden daran herumpfuschen zu lassen – ich wagte nicht, zugunsten einer regelmäßigen Behandlung oder einer Operation meine Bewegungsfreiheit einzuschränken –, aber ich wollte doch einen ärztlichen Rat und alle Lotionen, die ihm guttun würden.

Am nächsten Morgen wechselte ich alles ausländische Geld, das ich besaß, und kaufte mir einen passablen Anzug von der Stange. Dann besorgte ich mir eine Liste von Augenspezialisten und klapperte die ganze Harley Street ab, bis ich einen fand, der bereit war, mich sofort zu untersuchen. Er war unangenehm neugierig. Ich erzählte ihm, daß ich das Auge am Anfang einer langen Reise verletzt hätte und die ganze Zeit danach außer Reichweite ärztlicher Behandlung gewesen sei. Als er das Lid vollständig geöffnet hatte, schäumte er vor Wut über meine Nachlässigkeit, meinen Irrsinn, meine Dummheit und verkündete, daß das Auge nicht nur gequetscht, sondern auch verbrannt war. Ich pflichtete ihm höflich bei und hielt danach den Mund; dann wurde der Moralprediger zum Arzt und machte sich an die Arbeit. Er war aufrichtig genug, zuzugeben, daß er nichts tun konnte, daß ich von Glück sagen könnte, wenn ich damit je wieder etwas mehr als Licht und Dunkelheit erkennen würde, und daß er mir alles in allem empfehlen würde, das richtige Auge gegen ein gläsernes auszuwechseln, was besser aussehen würde. Er irrte sich. Mein Auge ist nicht eben schön, aber es funktioniert von Tag zu Tag besser.

Er wollte nichts davon wissen, daß ich ohne Binde mit einer dunklen Brille losziehen wollte, und so hieß ich ihn den Verband über den ganzen Kopf ausdehnen. Er tat mir den Gefallen, da er offenbar den Eindruck hatte, daß ich bei Widerrede gewalttätig werden könnte; meine Absicht war, wie ein Mann mit einem zerschlagenen Kopf auszusehen, statt wie ein Mann mit einem verletzten Auge. Er bestand darauf, mein Gesicht zu kennen, und so gestattete ich ihm die Behauptung, daß wir uns einmal in Wien begegnet waren.

Meine nächste Aufgabe war, meine Anwälte in Lincoln's Inn Fields aufzusuchen. Der Teilhaber, dem die Verwaltung meines gesamten Guts obliegt, ist ein Mann in ungefähr meinem Alter und ein enger Freund von mir. An mir mißfallen ihm nur zwei Dinge: daß ich mich weigere, im Verwaltungsrat irgendeiner verdammten Firma zu sitzen, und daß ich auf meinem Recht beharre, mein Geld in der Landwirtschaft zu verschleudern. Wenn ich es auf irgend etwas anderes verwende, ist ihm das egal, und meine Freude an Reisen und ausgefallenen Hobbies kann er mit Genuß nachempfinden. Er selbst sehnt sich nach einem weniger geordneten Lebenswandel, was sich vor allem in seiner Einstellung zur Kleidung ausdrückt. Tagsüber trägt er düstere und üppige Gewänder, und seit einigen Jahren pflegt er sogar eine seidene Halsbinde anzulegen. Abends kleidet er sich in Tweedhosen, einen Pullover und eine Krawatte, die selbst einem Journalisten angst und bange machen würde. Er ist nicht dazu zu bewegen, sich für ein Dinner umzuziehen. Lieber lehnt er eine Einladung ab.

Saul begrüßte mich eher besorgt als überrascht; es war so, als hätte er erwartet, daß ich in Eile und ziemlich mitgenommen auftauchen würde. Er schloß die Tür ab und sagte seinem Sekretär, daß wir nicht gestört werden sollten.

Ich versicherte ihm, daß ich wohlauf und der Verband viermal so lang wie nötig sei. Ich fragte ihn, was er wisse und wer nach mir gefragt habe.

Er sagte, daß der Heilige Georg übertrieben beiläufig nach mir gefragt hätte und daß ein paar Tage später ein Kerl dagewesen sei, um ihn in irgendeiner unvorstellbar verworrenen Angelegenheit des ehelichen Güterrechts zu konsultieren.

»Er verkörperte den Offizier a. D. aus dem Westen Englands derart perfekt«, sagte Saul, »daß ich dachte, er könne unmöglich echt sein. Er behauptete, einer Ihrer Freunde und Nachbarn zu sein und erwähnte Sie andauernd. Als ich ihn ein wenig ins Kreuzverhör nahm, sah es aus, als hätte er seinen Fall aus einem Gesetzbuch gespickt und wäre in Wirklichkeit auf Information aus. Major Quive-Smith nannte er sich. Schon mal von ihm gehört?«

»Niemals«, erwiderte ich. »Er ist ganz gewiß kein Nachbar von mir. War er Engländer?«

»Ich glaube, ja. Hätten Sie erwartet, daß er nicht Engländer ist?«

Ich sagte, ich würde keine seiner arglosen Fragen beantworten, denn er sei immerhin ein Amtsträger des Gerichtshofes, und ich wolle ihn nicht in die Sache hineinziehen.

»Verraten Sie mir nur so viel«, sagte er. »Sind Sie im Auftrag unserer Regierung im Ausland gewesen?«

»Nein, in eigener Sache. Aber ich muß verschwinden.«

»Sie sollten die Polizei nicht für taktlos halten«, mahnte er mich sanft. »Ein Mann in Ihrer Stellung steht ohne Frage unter Schutz. Sie sind so viel im Ausland gewesen, daß Ihnen gar nie bewußt geworden ist, wieviel Einfluß Ihr Name hat. Ihnen vertraut man ganz automatisch, verstehen Sie.«

Ich sagte ihm, daß ich von meinen eigenen Landsleuten genausoviel wisse wie er – vielleicht noch mehr, denn ich hatte lange genug im Exil gelebt, um sie von außen zu sehen. Doch ich mußte verschwinden. Es bestand die Gefahr, daß ich in Unehre fallen könnte.

Ein böses Wort. Ich habe nichts Unehrenhaftes getan, und ich weigere mich, das zu empfinden.

»Kann ich verschwinden? In finanzieller Hinsicht, meine ich?« fragte ich ihn. »Sie besitzen meine Vollmacht und wissen mehr über meine Geschäfte als ich selbst. Können Sie weiter mein Gut verwalten, wenn man nie mehr etwas von mir hört?«

»Solange ich weiß, daß Sie noch leben.«

»Was meinen Sie damit?«

»Eine Postkarte zu diesem Zeitpunkt nächstes Jahr wird reichen.«

»Das angekreuzte ist mein Fenster, und so sieht eine Palme aus?«

»Völlig ausreichend, wenn es in Ihrer Handschrift ist. Sie brauchen es nicht einmal zu unterschreiben.«

»Könnte man Sie nicht nach Beweisen fragen?« wollte ich wissen.

»Nein. Wenn ich sage, daß Sie leben, warum zum Teufel sollte das jemand in Zweifel ziehen? Aber lassen Sie mich nicht ohne eine Postkarte dann und wann. Sie dürfen mich nicht in eine Lage bringen, wo ich etwas behaupte, das sich als Lüge erweisen könnte.«

Ich sagte ihm, wenn er eine Postkarte erhalten sollte, würde er vermutlich noch eine Menge mehr bekommen; wirklich fraglich sei nur, ob ich lange genug leben würde, um die erste zu schreiben.

Da explodierte er und sagte mir, mein Verhalten sei absurd. Er vermischte Beschimpfung mit Zuneigung in einer Weise, wie ich es seit dem Tod meines Vaters nie mehr gehört hatte. Ich hatte nicht gedacht, daß ihn mein Verschwinden derart treffen würde; ich schätze, er mag mich letztendlich ebensosehr wie ich ihn, und das will etwas heißen. Von neuem flehte er mich an, ihn mit der Polizei sprechen zu lassen. Ich hätte keine Ahnung von der Anzahl und der raffinierten Anmut der Hebel, die sich in Bewegung setzen ließen, beharrte er.

Ich konnte nur erwidern, daß es mir sehr leid tat, und nach einem längeren Schweigen sagte ich ihm, daß ich fünftausend Pfund in bar brauche.

Er holte meine Dokumentenkassette und meine Geschäftsbücher hervor. Ich hatte ein Guthaben von dreitausend auf der Bank; für die übrigen zweitausend schrieb er mir selbst einen Scheck. Das war typisch für ihn – keine Umstände von wegen Aktien, deren Verkauf man abwarten müßte, oder einem Überziehen des Bankkontos, für das eine Bewilligung nötig wäre.

»Gehen wir essen, solange der Bote in der Bank ist?« schlug er vor.

»Ich denke, ich werde dieses Haus nur einmal verlassen«, sagte ich.

»Werden Sie vielleicht beschattet? Nun, das regeln wir gleich.«

Er schickte nach Peale, einem grauen kleinen Mann in einem grauen kleinen Anzug, den ich bisher nur hatte Papierkörbe leeren und Tee bringen sehen.

»Interessiert sich jemand für uns, Peale?«

»In dem Stadtgarten zwischen hier und der Remnant Street füttert ein Subjekt die Vögel. Er hat bei ihnen keinen großen Erfolg, Sir« – Peale gestattete sich ein trockenes Kichern –, »obwohl er schon die ganze letzte Woche während der Bürozeiten dort zugebracht hat. Und von Pruce & Fothergill habe ich mir sagen lassen, daß sich in der Newman's Row zwei weitere Subjekte befinden. Einer von ihnen wartet darauf, daß eine Dame aus ihren Büros kommt – eine Ehesache, meine ich. Der andere ist uns nicht bekannt und wurde beobachtet, als er mit dem Taubenmann Verbindung aufnahm, Sir, sobald dieser Gentleman hier aus seinem Taxi stieg.«

Saul dankte ihm und schickte ihn los, um uns Bier und kaltes Geflügel zu besorgen.

Ich fragte, von wo er das alles erspäht habe, und stellte mir dabei undeutlich vor, wie Peale über die Dachbrüstung hinauslehnte, wenn er nichts Besseres zu tun hatte.

»Meine Güte, der späht doch nicht!« rief Saul aus, als hätte ich eine grobe Unschicklichkeit angedeutet. »Er kennt bloß alle Privatdetektive, die in Lincoln's Inn Fields herumzustrolchen pflegen – versteht sich sehr gut mit ihnen, meines Wissens. Dann und wann werden sie wohl zusammen etwas trinken und bitten dann Peale oder seinen Kollegen in irgendeiner anderen Firma, die Augen offenzuhalten. Wenn sie einen sehen, der sozusagen nicht zur Gewerkschaft gehört, dann erfahren es alle.«

Peale kam zurück mit dem Lunch und einem Packen Information, frisch von der Bar. Der Vogelmann hatte großes Interesse an unseren Fenstern gezeigt und zweimal telefoniert. Der Bursche in der Newman's Row hatte mein Taxi angehalten, als es wegfuhr. Er würde mich zurück zur Harley Street verfolgen können und zu dem Kleidergeschäft, wo er mit Hilfe von ein paar geschickten Fragen einen Vorwand erfinden konnte, um den Anzug zu sehen, den ich zurückgelassen hatte; damit wäre ich vollständig identifiziert. Nicht daß es darauf besonders ankam, denn die Späher hegten ohnehin den starken Verdacht, daß ich ihr Mann war.

Peale konnte uns nicht sagen, ob in der Newman's Row ein weiterer Späher postiert worden war oder ob die anderen Auswege aus Lincoln's Inn Fields beobachtet wurden. Ich war mir ziemlich sicher, daß dem so sein würde, und klagte vor Saul darüber, daß alle anständigen Anwaltskanzleien (die mit weit schlüpfrigeren Affären zu tun haben als die korrupten) eine Hintertür haben sollten. Er erwiderte, daß sie nicht so dumm seien, wie sie aussähen, und daß Peale mich ins Innere von Lincoln's Inn oder des Gerichtshofs führen und dort problemlos entwischen lassen könnte.

Vielleicht hätte ich ihnen vertrauen sollen; doch ich hatte das Gefühl, daß ihre Tricks zwar vielleicht ausreichten, um einen einzelnen Privatdetektiv abzuschütteln, daß man mir jedoch niemals gestatten würde, so leicht zu entkommen. Ich beschloß, die Meute auf meine Weise von der Fährte abzubringen.

Als ich beim Essen meine Handschuhe anbehielt, vergaß Saul seine berufliche Zurückhaltung und wurde zum besorgten Freund. Ich glaube, er vermutete, was mit mir geschehen war, wenn auch nicht, weshalb es geschehen war. Ich mußte ihn bitten, die ganze Sache auf sich beruhen zu lassen.

Nach dem Lunch unterzeichnete ich eine Reihe von Dokumenten, um alles unter Dach und Fach zu bringen, und dann skizzierte ich mit ihm einen Plan, den ich öfters mit ihm besprochen hatte, nämlich eine Art Pächtergenossenschaft zu bilden. Da ich an dem Land nie einen Penny verdient habe, dachte ich, daß sie die Pacht genausogut sich selbst auszahlen könnten, selbständig Reparaturen ausführen und sich selbst Darlehen vorschießen könnten, mit dem Recht, ihr eigenes Land zu kaufen, auf Raten und zu einem Preis, der vom Vorstand festgelegt würde. Ich hoffe, es funktioniert. Jedenfalls werden Saul und mein Verwalter dafür sorgen, daß sie nicht untereinander streiten. Andere Abhängige habe ich keine.

Dann erzählte ich ihm etwas von dem Angler und gab ihm die Anschrift, die jener mir angegeben hatte; wir richteten regelmäßige Zahlungen ein, die dorthin zu überweisen waren, wo es am meisten helfen würde – eine diskrete Stiftung, die in keiner erdenklichen Weise zu mir zurückverfolgt werden könnte. Das Geld schien aus dem Nachlaß einer kürzlich verschiedenen alten Dame zu kommen, die den Großteil ihres Vermögens einem Institut vermacht hatte, welches Papageien gegen die Psittakose impfte, und den Rest irgendwelchen wohltätigen Zwecken überließ, welche Saul, als alleiniger Treuhänder, bestimmen konnte.

Weiter blieb nichts mehr zu tun, als meine Barschaft in einem Geldgurt zu verstauen und Abschied zu nehmen. Ich bat ihn, falls jemals ein Leichenbeschauer meine Leiche untersuchen und als Befund Selbstmord angeben sollte, ihm nicht zu glauben, aber auch keinen Versuch zu unternehmen, den Fall wieder aufzurollen.

Peale ging mit mir über den Platz und durch die Gate Street zum Kingsway. Ich bemerkte, daß wir von einem hochgewachsenen, unscheinbaren Burschen in einem schmutzigen Regenmantel und einem schäbigen Filzhut verfolgt wurden: es war der Vogelmann. Er war für seine Rolle wie geschaffen. Außerdem erblickten wir in der Remnant Street einen frohgelaunten Offizierstypen, der eine Jacke trug, die zum Reiten bestimmt war, und Hosen, die etwas enger waren, als die Mode diktierte; in ihm erkannte Peale sofort Major Quive-Smith wieder. Nun kannte ich wenigstens zwei, die ich von meiner Fährte abbringen mußte.

Bei der Untergrundbahnstation Holborn trennten wir uns, und ich kaufte eine Ein-Shilling-Fahrkarte, mit der ich bis ans entlegenste Ende von London fahren konnte. Der Vogelmann war inzwischen vor mir. Ich passierte ihn auf der Ebene der Central-London-Linie und nahm die Rolltreppe zur Piccadilly-U-Bahn Richtung West. Zehn Sekunden nachdem ich den Bahnsteig erreicht hatte, erschien dort auch Major Quive-Smith. Er blickte auf die Reklamen und grinste über die komischen, als sei er jahrelang nicht mehr in London gewesen.

Ich tat so, als ob ich etwas vergessen hätte, und raste zum Ausgang hinaus, die Treppe hinauf und einen Gang hinunter zum Bahnsteig Nord. Dort stand kein Zug. Selbst wenn ein Zug dagestanden hätte, wäre es mir unmöglich gewesen, ihn zu erwischen und den Major stehenzulassen, denn dazu war er zu dicht hinter mir.

Ich bemerkte, daß der Pendelzug nach Aldwych auf der gegenüberliegenden Seite desselben Bahnsteigs abging. Das bot mir eine Fluchtmöglichkeit, falls jemals zwei Züge gleichzeitig dastanden.

Die Rolltreppe brachte mich zurück zur Ebene der Central-London-Linie. Dort unterhielt sich der Vogelmann mit dem Burschen in dem Glaskasten beim Knotenpunkt aller Bahnzugänge. Ich würde ihn den Bahnsteigschaffner nennen, aber mit Fahrkarten hat er offenbar nichts zu schaffen; wahrscheinlich ist er dazu da, unsinnige Fragen zu beantworten, wie sie ihm der Vogelmann gerade eifrig stellte. Ich nahm die zweite Rolltreppe zur Straßenebene und flitzte prompt wieder nach unten.

Der Vogelmann folgte mir, aber etwas zu spät. Wir fuhren etwa auf halber Höhe aneinander vorbei, er aufwärts und ich abwärts, und beide wie der Teufel rennend. Ich dachte, ich hätte ihn ausgetrickst, ich könnte nun vor ihm einen Central-London-Zug erreichen; aber er wollte kein Risiko eingehen. Er flankte über die Abschrankung auf die feste Treppe. Nur das zusätzliche Tempo meiner fahrenden Treppe gab mir einen Vorsprung, als wir unten ankamen – und das waren bloße zehn Yards. Der Mann im Glaskasten wurde lebendig und sagte: »Heda! Das können Sie nicht machen, hören Sie?« Doch das störte den Vogelmann keineswegs. Er ließ es sich gefallen, dazubleiben und mit dem Bahnsteig-Nicht-Schaffner über seine unsoziale Tat zu diskutieren. Ich war bereits nach rechts abgebogen, zur Piccadilly-Linie und in Major Quive-Smiths Revier.

Am unteren Ende der Piccadilly-Rolltreppe biegt man links ab, um zu den Zügen Richtung Nord zu gelangen, und geht geradeaus zu den Zügen Richtung West. Rechts liegt der Ausgang, durch welchen eine alte Dame mit zwei Paketen an der Seite sich bockbeinig einen Weg gegen den Strom herauskommender Fahrgäste zu bahnen versuchte. Major Quive-Smith stand abseits und links, bei der Mündung des Korridors zu den Zügen

Richtung Nord; also stürzte ich mich hinter der alten Dame in den Strom und kam lange vor ihm wieder daraus hervor.

Ich rannte weiter zum Bahnsteig Nord. Ein Aldwych-Pendelzug lief gerade ein, aber es stand kein Piccadilly-Zug da. Ich raste unter der Aldwych-Linie hindurch, hinunter zum Bahnsteig West, in den allgemeinen Ausgang, um meinen Verfolger mit einem weiteren Strom herauskommender Fahrgäste zu blockieren, und zurück zur Piccadilly Richtung Nord. Da stand nun ein Zug, und der Aldwych-Pendelzug war noch nicht abgefahren. Ich sprang in den Piccadilly-Zug, und der Major war so weit hinter mir, daß er gezwungen war, in einen anderen Waggon zu steigen, als eben die Türen zugingen und als ich eben wieder ausstieg. Nachdem ich so den Major an einen unbekannten Bestimmungsort spediert hatte, stieg ich in den Aldwych-Pendelzug, der sogleich seine halbmeilenlange Reise antrat.

Das geschah alles so schnell, daß mir nie Zeit zum Überlegen geblieben war. Ich hätte zur Piccadilly Richtung West hinübergehen und irgendeinen Zug ins Blaue nehmen sollen. Andererseits war es nur natürlich, daß ich die Station Holborn so schnell wie möglich verlassen wollte, da ich Angst hatte, dem Vogelmann oder einem anderen, unbekannten Späher in die Arme zu laufen. Nach einer halben Minute im Aldwych-Pendelzug wurde mir klar, daß ich in Panik geraten war wie ein Kaninchen im Bau. Was bloß zwei Frettchen waren, die mich verfolgten, hatte mein Fluchtmechanismus – in diesem Falle ein buchstäblicher Mechanismus, der viel schneller arbeitete als mein Verstand – zu einer Unzahl von Frettchen aufgebauscht.

Als wir in der Station Aldwych eintrafen und ich zum Aufzug schlenderte, sah ich, daß es noch nicht zu spät war, um nach Holborn zurückzukehren. Der Vogelmann würde immer noch auf der Ebene der Central-London-Linie sein, denn wenn er einen Augenblick von dort wegging, lief er Gefahr, mich zu verlieren. Quive-Smith konnte noch nicht Zeit gehabt haben, jemanden telefonisch über das Vorgefallene zu verständigen.

Ich kehrte um und stieg wieder in den Pendelzug. Die Fahrgäste saßen bereits in dem einzelnen Waggon, und der Bahnsteig war leer; aber ein Mann in einem schwarzen Hut und einem blauen Flanellanzug stieg nach mir ein. Das bedeutete, daß er umgekehrt war, als ich umgekehrt war.

In Holborn blieb ich sitzen, um zu sehen, ob sich mein Verdacht bestätigen würde. Das tat er. Schwarzer Hut stieg aus, bummelte auf dem Bahnsteig herum und stieg wieder ein, kurz bevor die Türen zugingen. Sie waren viel zu schlau für mich gewesen! Offensichtlich hatten sie den Schwarzen Hut angewiesen, zwischen Holborn und Aldwych hin- und herzufahren, und weiterzufahren, bis entweder ich in diesen verfluchten Zug stieg oder sie ihm signalisierten, daß ich einen anderen Weg genommen hatte. Alles, was ich geschafft hatte, war, Quive-Smith bis Bloomsbury zu schicken, von wo er zweifellos bereits ein Taxi genommen hatte, zu einem zentralen Sammelpunkt, an den alle Nachrichten über meine Schritte telefonisch gemeldet wurden.

Als wir wieder nach Aldwych abfuhren, war Schwarzer Hut hinten im Wagen und ich vorne. Wir saßen so weit wie möglich voneinander entfernt. Obwohl wir beide potentielle Mörder waren, empfanden wir vermutlich gegenseitig Verlegenheit. Gegenseitig. Ich wünschte zu Gott, daß er mir gegenüber gesessen oder gezeigt hätte, daß er irgendwie weniger menschlich war als ich.

Die Station Aldwych ist ein Kopfbahnhof. Ein Fahrgast kann sie nur über den Aufzug oder die gewundene Nottreppe verlassen. Nichtsdestoweniger dachte ich, eine knappe Chance zu haben, davonzukommen. Als die Zugtüren sich öffneten, flitzte ich auf den Bahnsteig hinaus und weg, um eine Ecke nach links und ein paar Treppen hinauf; doch statt zehn Yards weiter zu gehen, nach rechts und so zum Aufzug, hüpfte ich in einen kleinen blinden Seitenkorridor, den ich bei meinem ersten Durchgang bemerkt hatte.

Deckung gab es dort keine, aber Schwarzer Hut tat genau das, was ich gehofft hatte. Er kam den Korridor heraufgehastet und drängte sich durch die Fahrgäste, die Augen starr nach vorn gerichtet, und sprang zur Nottreppe. Der Bahnsteigschaffner pfiff ihn zurück. Er rief eine Frage, ob jemand die Treppe hinaufgegangen sei. Der Bahnsteigschaffner fragte zurück, ob er das für wahrscheinlich halte. Darauf trat Schwarzer Hut in den Aufzug, und in der Zeit, die er brauchte, um dorthin zu gelangen und die Fahrgäste zu überfliegen, war ich aus meinem Seitengang draußen und wieder auf dem Bahnsteig.

Der Zug stand immer noch da, aber wenn ich ihn erwischen konnte, dann würde Schwarzer Hut es ebenfalls können. Der Korridor war kurz, auch wenn er zwei rechtwinklige Biegungen aufwies, und er konnte nicht mehr als fünf Sekunden hinter mir sein. Ich sprang auf die Schienen und nahm im Tunnel Deckung. Es war kein Angestellter der Untergrundbahn da, der mich hätte sehen können, außer dem Zugführer, und der war in seinem Führerstand vorne im Wagen. Der Bahnsteig war natürlich leer.

Jenseits der Station Aldwych schien der Bahnschacht etwa fünfzig Yards weiter geradeaus zu führen und dann eine Kurve zu beschreiben, deren Wände in einem grauen Lichtschimmer schwach auszumachen waren. Wohin der Tunnel führt, oder ob er hinter der Biegung in einen alten Schacht mündet, hatte ich keine Zeit herauszufinden.

Schwarzer Hut blickte in den Waggon und sah, daß ich nicht darin war. Der Zug fuhr an, und als sein Dröhnen verhallt war, trat Totenstille ein. Ich hatte mir nicht überlegt, daß Schwarzer Hut und ich hundert Fuß tief unter London allein bleiben würden. Ich lag flach an der Wand im dunkelsten Abschnitt des Tunnels.

Der Verkehr in der Station Aldwych wickelt sich sehr einfach ab. Kurz bevor der Pendelzug fällig ist, kommt der Aufzug herunter. Die abfahrenden Fahrgäste steigen in den Zug; die ankommenden Fahrgäste steigen in den Aufzug. Wenn der Aufzug hinaufgeht und der Zug abfährt, ist die Station Aldwych so menschenleer wie ein uraltes Bergwerk. Man hört das Wasser tropfen und sein eigenes Herz pochen.

Das höre ich heute noch, auch das Geräusch von Schritten und seinen Schrei und das abscheuliche, weil heimelige Geräusch des Brutzelns. Sie hallten durch diesen Tunnel, der weiß Gott wohin führt. Ein sonderbares Gefilde für eine Seele, die sich entschwebt findet.

Es war Notwehr. Er hatte eine Taschenlampe und eine Pistole. Ich weiß nicht, ob er vorhatte, sie zu gebrauchen. Vielleicht hatte er auch nur soviel Angst vor mir wie ich vor ihm. Ich kroch bis zu seinen Füßen und sprang ihn an. Bei Gott, ich will im Freien sterben! Wenn ich jemals wieder Land besitze, gelobe ich, nie mehr ein Tier unter der Erde zu töten.

Ich nahm den Verband von meinem Kopf und steckte ihn in die Tasche; diese weiße Fläche unter meinem Hut war zu auffallend. Dann kam ich heraus, ging über den Bahnsteig zum Korridor und erstieg die erste Windung der Nottreppe. Sobald der Aufzug nach unten kam, mischte ich mich unter die abreisenden Fahrgäste und wartete auf den Zug. Als er einfuhr, ging ich mit den Neuankömmlingen nach oben. Ich gab meine Ein-Shilling-Fahrkarte ab und bekam vom Schaffner einen erstaunten Blick, da die Fahrt von Holborn nur einen Penny kostete. Die einzige Alternative bestand darin, vorzugeben, ich hätte meine Fahrkarte verloren, und zu zahlen; das hätte eine noch eingehendere Musterung bedeutet.

Ich verließ die Station frei, unbeobachtet, ohne Eile, und nahm einen Bus zurück zu den ehrbaren Plätzen von Kensington. Wer würde schon zwischen der Cromwell Road und der Fulham Road nach einem Flüchtigen suchen? Ich aß in aller Ruhe zu abend und ging dann ins Kino, um nachzudenken.

In dieser Zeit der Visa und Identitätskarten ist es unmöglich zu reisen, ohne eine Spur zu hinterlassen, die mit Geduld, Bestechung und Zugang zu öffentlichen Akten aufgenommen werden kann. In den glücklichen Jahren zwischen 1925 und 1930 konnte man sich über jede westliche Grenze hinwegreden, solange man ehrbar aussah und seine Schritte und seine Geschäfte mit ein paar überprüfbaren Einzelheiten belegen konnte; Grenzpolizisten waren Menschen, von denen man Anstand und gesunden Menschenverstand erwarten konnte: zwei Tugenden, die sie sich damals in großzügigem Maße leisten konnten. Aber wenn heute ein Reisender nicht auf die Hilfe irgendeiner – subversiven oder gutartigen – Organisation zurückgreifen kann, stellen die Grenzen für jeden, der es für ungünstig oder unmöglich hält, seine Papiere vorzuweisen, eine wirksame Schranke dar; und selbst wenn eine Grenze ohne Eintragung überschritten wird, gibt es nicht das abgelegenste Dorf, in dem ein Mensch leben könnte, ohne sich selbst und seine Gründe für sein Dasein rechtfertigen zu müssen. So war Europa für mich nichts weiter als eine Falle mit Verzögerungsauslöser.

Wohin konnte ich also gehen? Ich dachte sogleich an Arbeit auf einem Schiff, denn zur Zeit herrscht eine Knappheit an Seeleuten; aber es hatte keinen Sinn, mich in Schiffsagenturen vorzustellen, wenn meine Hände in diesem Zustand waren. Ausgeschlossen war eine lange Seereise als blinder Passagier. Ausgeschlossen war eine unauffällige Überfahrt auf einem Frachtschiff. Eine solche Überfahrt hätte ich mühelos bekommen können, aber nur indem ich einem Freund meine Identität und meine Gegenwart in England enthüllt hätte. Das wollte ich um jeden Preis vermeiden. Nur Saul, Peale, Vaner und der bewundernswerte Geheimdienst, der nach mir jagte, wußten, daß ich nicht in Polen war. Keiner von diesen würde plaudern.

So blieb eine Reise auf einem Passagierschiff. Ich könnte gewiß auf das Schiff kommen, ohne meinen Paß vorzuweisen; vielleicht würde ich es wieder verlassen können. Aber Passagierlisten sind für jedermann einzusehen, und falls mein Name auf einer erschiene, würde irgendein verflixter Reporter das für berichtenswert halten und meinen Jägern viel Mühe ersparen. Die würden in jedem Fall selbst die Listen im Auge behalten.

Dann brauchte ich einen falschen Paß. Ich habe keinen Zweifel, daß Saul oder meine Freunde im Außenministerium mir unter normalen Umständen irgendwelche diskreten Dokumente hätten verschaffen können, aber so, wie die Dinge lagen, konnte ich keinen von ihnen in die Sache hineinziehen. Es war undenkbar, genau wie Polizeischutz undenkbar war. Ich konnte nicht riskieren, Beamte meines Landes in Verlegenheit zu bringen. Falls jenes außergewöhnliche Wesen, auf dessen Weste ich durch mein Zielfernrohr geblickt hatte, von seinem Genius oder seinen Gedärmen dazu bewegt wurde, die internationalen Beziehungen noch mehr zu vermiesen, als sie es schon waren, ließe sich einer Regierung, die mir zur Flucht verholfen hatte, daraus ein hübscher Strick drehen.

Als ich mich in jenem billigen Kinositz zurücklehnte, mit geschlossenen Augen und von sinnlosen Geräuschen und Musik von Plan zu Plan getrieben, sah ich ein, daß ich nur verschwinden konnte, wenn ich England gar nicht verließ. Ich mußte mich in irgendeinem Bauernhof oder einer Dorfwirtschaft vergraben, bis die Suche nach mir erlahmt war.

Als der Hauptfilm, wie man das meines Wissens nennt, seine dramatischste Viertelstunde erreicht hatte und die Toilette leer zu sein versprach, verließ ich meinen Platz, badete mein Auge in der Lotion, die mir der Arzt gegeben hatte, und legte wieder meinen Verband an. Dann wanderte ich in westlicher Richtung durch die stillen Plätze, die nach einer Londoner Augustnacht dufteten – jenem Parfüm aus Staub und schweren Blüten, das von den Bäumen in den warmen, sauber ausgehobenen Schluchten zwischen den Häusern zurückgehalten wurde.

Ich beschloß, nicht in einem Hotel zu übernachten. Meine Lage wurde allmählich so kompliziert, daß ich es für das klügste hielt, neutrales Territorium aufzusuchen, von wo ich mich den Umständen entsprechend entfernen konnte. Ein Hotelportier könnte mich zu einer Tat oder Lüge zwingen, die nicht notwendig war. Ich nahm einen Bus nach Wimbledon Common; ich war nie dort gewesen, aber ich wußte, daß es auf dieser Allmende einen Golfplatz gab und irgendwelches Dickicht, in dem sehr oft Leichen entdeckt wurden – Hinweise auf ein beträchtliches Stück Land, das auch nachts der Öffentlichkeit offenstand.

Die Allmende erwies sich als ideal. Ich verbrachte die Nacht in einem Gehölz von silbrigen Weißbirken, wo die feine Erde – ebenfalls silbrig, schien es mir, aber vermutlich war der Halbmond der Grund – die Hitze des Tages zurückbehalten hatte. Für mich gibt es keinen besseren Ruheplatz als den milden Wald Europas. Kann man eine halbe Stunde von Piccadilly Circus entfernt von Wald sprechen? Ich denke schon. Die Bäume und das Heidekraut sind da, und nachts sieht man keine Papiertüten.

Am Morgen wischte ich das Laub ab und kaufte mir beim nächsten Tabakladen in aller Eile eine Zeitung, als wäre ich auf meinem forschen Weg in die City. In meinen neuen und allzu schicken Kleidern sah ich ganz danach aus. DAS RÄTSEL VON ALDWYCH nahm auf der Mittelseite eine halbe Spalte ein. Bevor ich mich auf weitere Händel mit der Öffentlichkeit einließ, zog ich mich auf eine Bank in der Allmende zurück.

Die Leiche war, fast unmittelbar nachdem ich die Station verlassen hatte, aufgefunden worden. Ein Verbrechen werde nicht ausgeschlossen, formulierte die Zeitung vorsichtig. Mit anderen Worten, die Polizei fragte sich, wie ein Mann, der rücklings auf die Stromschiene gefallen war, einen heftigen Schlag in die Magengrube erhalten haben konnte.

Der Verstorbene war identifiziert worden. Es handelte sich um einen Mr. Johns, der in einem möblierten Zimmer in einer jener Mietskasernen voller möblierter Zimmer zwischen Millbank und der Victoria Station wohnte. Über sein Alter, seine Freunde, seine Lebensumstände war nichts bekannt (und wenn er sich auf seinen Beruf verstanden hatte, würde es auch so bleiben), aber die Zeitung brachte ein Interview mit seiner Vermieterin. Es muß ein furchtbarer Schock gewesen sein, um Mitternacht von einem Reporter aus dem Bett geholt zu werden und zu erfahren, daß ihr Mieter unter verdächtigen Umständen getötet worden war. Vielleicht aber auch nicht. Ich habe mir von Zeitungsleuten versichern lassen, daß selbst nahe Verwandte ihre Trauer vergessen vor lauter Aufregung, in den Nachrichten zu kommen; also würde eine Vermieterin, solange sie ihre Miete kassiert hatte, sich keine allzu großen Sorgen machen. Obwohl sie über den Mann unter dem Dach nicht das Geringste wußte, war sie sehr gesprächig gewesen. Sie sagte:

»Er war ein echter Gentleman, und ich kann mir beim besten Willen nicht vorstellen, warum ihm jemand hätte etwas antun wollen. Seiner armen alten Mutter wird es das Herz brechen.«

Doch es schien, als hätte niemand die Adresse der armen alten Mutter auftreiben können. Der einzige Anhaltspunkt für ihre Existenz war die Aussage der Vermieterin, daß sie Mr. Johns oft anrief, worauf dieser jeweils in größter Eile davonsauste, um sie zu besuchen. So zynisch sah ich die Sache zu jenem Zeitpunkt natürlich noch nicht; doch als die bejahrte Mutter, ein gefundenes Fressen für Journalisten, in den Abendzeitungen nicht mehr erwähnt wurde, war mein Gewissen etwas ruhiger.

Die Polizei wollte unbedingt mit einem gut angezogenen, glattrasierten Mann von Anfang Vierzig sprechen, der ein verschwollenes und blutunterlaufenes Auge hatte und, kurz bevor die Leiche entdeckt wurde, beim Verlassen der Station Aldwych beobachtet worden war, als er dem Bahnsteigschaffner eine Ein-Shilling-Fahrkarte abgab. Ich bin noch nicht vierzig, und ich war nicht gut angezogen, aber die Beschreibung war immerhin zu treffend, als daß ich sie mit Vergnügen gelesen hätte.

Es hätte noch schlimmer sein können. Wenn sie nach einem Mann mit einem bandagierten Kopf gesucht hätten, wäre diese Information vermutlich dank einem von Sauls Schreibern durchgesickert, und der Taxifahrer, der zweifellos schon eine ganze Anzahl rätselhafter Fragen beantwortet hatte, wäre zur Polizei gegangen. Wie die Dinge nun lagen, hatte die Öffentlichkeit den Eindruck, daß das Auge des Mannes bei dem Kampf im Untergrund verletzt worden war. Niemand außer Saul und Mr. Vaner konnte den Verdacht hegen, daß ich der Betreffende sein könnte. Sie würden beide annehmen, daß Recht oder Unrecht eine Angelegenheit sei, die mein Gewissen klären müsse und nicht die Polizei.

Dieses vermaledeite Auge machte jede Chance, die ich gehabt hätte, in irgendeinem verborgenen Bauernhof oder Gasthaus zu leben, zunichte. Ein polizeilich gesuchter Mann mit irgendeinem auffälligen besonderen Merkmal kann sich in einem englischen Dorf nicht verstecken. Der Bobby des Ortes hat nichts weiter zu tun, als dafür zu sorgen, daß die Wirtshäuser ein gewisses Maß an Diskretion einhalten, wenn schon nicht das Gesetz, und daß die Bauern nicht allzu kraß über den Papierkrieg hinwegsehen, den sie eigentlich hätten lesen sollen und nicht gelesen haben. Er stößt sein Fahrrad die Hügel hinan und träumt davon, einen echten Verbrecher zu fassen, und wenn die Polizei der Hauptstadt nach dem üblichen Burschen mit einer Narbe oder einem fehlenden Finger fahndet, wird jede Person mit einem kleinen Vermögen, die sich in ein Cottage zurückgezogen hat (womit sie sich ohnehin verdächtig macht), vom Dorf-Bobby aus den fadenscheinigsten Gründen überraschende Besuche erhalten.

Es blieb mir nichts anderes übrig, als in der freien Natur zu leben. Ich saß auf meiner Bank in Wimbledon Common und überlegte mir, welchen Teil Englands ich wählen sollte. Der Norden war wilder, aber da ich möglicherweise einen Winter durchstehen mußte, wirkte das rauhe Klima dort nicht einladend. Von meiner eigenen Grafschaft hatte ich zwar die ganze Generalstabskarte im Kopf und kannte ein Dutzend Stellen, an denen ich mich hätte verkriechen können, doch ich mußte sie meiden. Ich fragte mich, was wohl meine Pächter von dem Herrn hielten, der zu diesem Zeitpunkt zweifellos im Gasthaus *Red Lion* wohnte und Fragen stellte und sich als Tourist ausgab, der sich in dieses Dorf verliebt habe. Ein scheußliches Wort – Tourist. Es hat nichts zu tun mit den sanften Gemütern meiner Jugendzeit, die in Tweedhosen und festem Schuhwerk von Gasthaus zu Gasthaus wanderten. Aber es paßt bei Gott auf jene plärrenden Engländerinnen, deren stramme Kniehosen und lose Stimmen jeden schönen Flecken Europas in einen ordinären Campingplatz verwandeln.

Ich wählte Südengland und gab Dorset klar den Vorzug. Es ist eine abgeschiedene Grafschaft, insofern als es zwischen Hampshire, das sich zu einer äußeren Vorstadt entwickelt, und Devon, einem einzigen Spielplatz, liegt. Einen Teil dieser Grafschaft kannte ich sehr gut, und was noch besser war, niemand hatte Grund zur Annahme, daß ich die Gegend kannte. Ich hatte nie an der Cattistock-Jagd teilgenommen. Ich hatte keine engen Freunde, die näher wohnten als in Somerset. Die Angelegenheit, die mich nach Dorset geführt hatte, war mir so kostbar, daß ich sie für mich behielt.

Es gibt Zeitpunkte, in denen ich nicht bewußter handle als ein Schimpanse. Ich hatte meinen Bestimmungsort auf zehn Yards genau gewählt; und doch hätte ich an jenem Tag nicht einmal Saul sagen können, wohin ich gehen würde. Die Angewohnheit, über mich selbst und meine Beweggründe nachzudenken, ist mir erst vor kurzem erwachsen. In diesem Bekenntnis habe ich mich zum Analysieren gezwungen; wenn ich schreibe, daß ich dies aufgrund von jenem tat, trifft das zu. Zur Tatzeit jedoch traf es nicht immer zu; meine Gründe waren zwar zwingend, aber oft undurchschaubar.

Obwohl ich den genauen Ort, an den ich gehen würde, so wenig klar vor mir sah wie die dunklen Schatten, die vor meinem linken Auge schwammen, wußte ich, daß ich einen fellgefütterten, wasserdichten Schlafsack brauchen würde. Ich wagte nicht, ins Zentrum von London zurückzukehren, und so beschloß ich, anzurufen und mir das Ding von einem Boten als Nachnahme zum Bahnhof von Wimbledon bringen zu lassen.

Ich sprach mit dem Geschäft in einer meines Erachtens gut verstellten Baßstimme, aber der Seniorpartner erkannte mich fast sofort. Entweder verriet ich mich, indem ich zuviel Wissen über seine Waren an den Tag legte, oder dann ist meine Satzmelodie unverkennbar.

»Wieder eine Reise, Sir, nehme ich an?«

Ich konnte mir ausmalen, wie er sich über meine Kundentreue zufrieden die Hände rieb.

In einer einzigen Minute voller überschäumender Ausrufe ließ er meinen Namen sechsmal fallen. Er sprudelte wie ein väterlicher Butler, der den verlorenen Sohn empfängt.

Ich mußte schnell überlegen. Meine Identität zu leugnen würde ein größeres Rätsel verursachen, als wenn ich sie eingestand. Ich war mir seiner ziemlich sicher. Er gehörte zu den paar Dutzend schwarzbejackten erzbischofartigen Händlern im Londoner West End – Schneidern, Büchsenmachern, Schuhmachern, Hutmachern –, die eher vor Scham sterben würden, als das Vertrauen eines Kunden zu mißbrauchen, und für welche weder das Gesetz noch die Gewißheit schlimmer Schulden von Bedeutung sind im Vergleich zu ihrem Stolz, der Aristokratie dienen zu können.

»Kann Sie jemand hören?« fragte ich ihn.

Ich dachte, daß er vermutlich um seiner Angestellten oder eines Kunden willen mit meinem Namen um sich warf. Diese kirchlichen Herren von der Savile Row und Jermyn Street sind so ziemlich die einzigen waschechten Snobs, die es noch gibt.

Er zögerte einen Augenblick. Ich malte mir aus, wie er einen Blick in die Runde warf. Ich wußte, daß das Telefon im Büro am hinteren Ende des Ladens stand.

»Nein, Sir«, sagte er mit einem Hauch von Bedauern, der mich überzeugte, daß er die Wahrheit sagte.

Ich erklärte ihm, daß niemand von meiner Anwesenheit in England erfahren dürfe und daß ich mich darauf verlasse, daß mein Name weder über seine Lippen noch in seine Bücher kommen würde. Er troff vor Pflichtbewußtsein – und auch vor Aufmerksamkeit, denn nach vielem Herumgedruckse und allerlei Entschuldigungen fragte er mich, ob ich möchte, daß er mir außer dem Schlafsack noch etwas Bargeld bringe. Vielleicht hätte ich ja nicht meine Bank aufsuchen wollen, meinte er. Ein erstaunlicher Bursche! Ohne jeden Zweifel nahm er an, daß seine Diskretion größer war als diejenige meines Bankiers. Es würde mich nicht wundern, wenn er damit recht hätte.

Da ich nun ohnehin nicht mehr zurück konnte, gab ich ihm eine komplette Liste meiner Wünsche an – eine Steinschleuder, eine Hippe und das beste Messer, das er hatte; Toilettenartikel und ein Gummibecken; einen Primuskocher und eine Pfanne; Flanellhemden, dicke Hosen und Unterzeug sowie eine Windjacke. Binnen einer Stunde stand er höchstpersönlich am Bahnhof von Wimbledon, mit dem ganzen Zeug, das er ordentlich im Schlafsack verpackt hatte. Ich hätte ganz gerne irgendeine Schußwaffe gehabt, aber es hätte seine Diskretion in ungerechtem Maße strapaziert, wenn ich von ihm verlangt hätte, den Verkauf nicht einzutragen oder zu melden.

Ich nahm einen Zug nach Guildford und von da in langsamen Etappen nach Dorchester, wo ich etwa um fünf Uhr nachmittags eintraf. Hinter Salisbury, wo ein freundlicher Gepäckträger mein Bündel in den leeren Wagen eines Bummelzugs ohne Seitengang hievte, zog ich mich um. Bis wir den nächsten Bahnhof erreichten, war ich nicht mehr der gut angezogene Mann. Ich war zu einem Ferienreisenden geworden, der Mr. Vaners sehr große und dunkle Sonnenbrille trug.

Mein Gepäck ließ ich im Bahnhof von Dorchester zurück. Ich hatte nicht die geringste Ahnung, mit welchem Verkehrsmittel ich in die grünen Tiefen Dorsets gelangen sollte. Ein Motorfahrzeug oder ein Pferd konnte ich nicht kaufen, weil es so schwierig wäre, sie wieder loszuwerden. Ein abgestelltes Auto oder ein herumstreunendes Pferd erregen sofort jede Menge Nachforschungen. Mit meinem unhandlichen Bündel zu Fuß zu gehen, war nahezu unmöglich. Einen Bus zu nehmen würde nur einen Aufschub bedeuten, bis ich ohnehin ein privateres Transportmittel finden müßte.

Ich wanderte bis zum römischen Amphitheater und legte mich auf den äußeren grasigen Abhang, um dem Verkehr auf der Straße nach Weymouth zuzusehen und auf einen Einfall zu hoffen. Die Radfahrerschwärme interessierten mich. Seit meiner Kindheit hatte ich kein Rad mehr gefahren und deshalb seine Möglichkeiten vergessen. Diese Ferienreisenden führten auf ihren Rücken und Schutzblechen genug Gepäck für ein bis zwei Wochen mit, aber wie ich meine eigene Campingausrüstung auf einem Fahrrad balancieren könnte, war mir nicht klar.

Ich wartete eine Stunde, und dann kam genau das Fahrzeug daher, das ich brauchte. Seither habe ich bemerkt, daß sie auf den Straßen recht häufig anzutreffen sind, aber dieses war das erste, das ich jemals gesehen hatte. Es war ein Tandem, auf dem Vati und Mutti fuhren und das Baby neben sich in einem kleinen Beiwagen mitzogen. Ich hätte niemals gewagt, einen eigenen Sprößling in einem derartigen Apparat zu befördern, aber ich muß zugeben, daß dies für ein junges Paar mit keinerlei Nerven und wenig Geld eine durchaus vernünftige Art war, Urlaub zu machen.

Ich stand auf und rief ihnen gellend zu, indem ich wild in die Luft hinaus gestikulierte. Sie stiegen ab und blickten ganz erstaunt zuerst auf mich, dann auf das Baby und schließlich auf das Hinterrad.

»Tut mir leid, Sie aufzuhalten«, sagte ich. »Aber darf ich fragen, wo Sie das Ding da gekauft haben? Das ist genau, was ich für mich und Madam und den Kleinen suche!«

Ich glaubte, damit den richtigen Ton getroffen zu haben.

»Hab ich selbst gemacht«, sagte Vati stolzerfüllt.

Er war ein Junge von etwa drei- oder vierundzwanzig. Er besaß die perfekte Selbstbeherrschung und die fröhlichen Augen eines Handwerkers. Man erkennt sie gewöhnlich leicht, diese neue Generation von Handwerkern. Sie wissen, daß die Welt ihnen gehört, und haben für die erklärten Radikalen und für die Vornehmen gleich viel Verachtung übrig. Sie gehören ganz klar zur Klasse X, obwohl ich annehme, daß sie zuerst dieser Rolle entsprechend reden lernen müssen, bevor sie von einer so konservativen Nation anerkannt werden können.

»Sind Sie in der Fahrradbranche?«

»Ich doch nicht!« erwiderte er mit deutlicher Geringschätzung seines gegenwärtigen Transportmittels. »Flugzeugbau!«

Ich hätte es erraten können. Die Aluminiumverschalung und

die geschwungenen, wunderbar gearbeiteten Streben hatten etwas Fachmännisches an sich; und zwei Vorsprünge an der Front des Beiwagens, die ich auf den ersten Blick für Lampen gehalten hatte, waren offensichtlich modellierte Maschinengewehre. Ich hoffte, daß sie eher zu Vatis Vergnügen da waren als für das Kleinkind.

»Es scheint ihm ganz bequem zu sein«, sagte ich zu der Frau.

Sie war ein stämmiges Weibsbild in kurzen Kordhosen, die nicht länger als Schinkenbeutel waren, und mit Beinen, die so rot waren, daß die goldenen Härchen darauf wie ein flächiger Pelz aufschienen. Gar nicht nach meinem Geschmack. Aber mein Geschmack ist alles andere als eugenisch.

»Er liebt das über alles, nicht wahr, Schnucki?«

Sie zog ihn aus dem Beiwagen wie jemand, der einen fetten Welpen aus einem Reitstiefel entkorkt. Ich nehme an, daß sie ihn nicht wirklich am Genick packte, aber meine Erinnerung besteht darauf, daß sie es tat. Das Baby quietschte vor Vergnügen und grapschte nach meiner dunklen Brille.

»Aber Rodney, laß doch den armen Herrn in Ruhe!« sagte seine Mutter.

Das war gut. In ihrer Stimme lag ein Anflug von ›Habt Mitleid mit Blinden‹. Mr. Vaners Brille erlaubte keine zarten Farbschattierungen. Sie machte die Welt dunkelblau.

»Sie würden es wohl nicht verkaufen wollen, nehme ich an?« fragte ich und streckte Vati eine Zigarette hin.

»Wenn wir wieder zu Hause sind, vielleicht«, antwortete er vorsichtig. »Aber zu Hause bin ich in Leicester.«

Ich sagte, ich sei bereit, ihm auf der Stelle ein Angebot für das Fahrrad und den Beiwagen zu machen.

»Und meinen Urlaub abbrechen?« lachte er. »Wohl kaum, Mister!«

»Na ja, was würde es denn kosten?«

»Fünfzehn Pfund und keinen Penny weniger, sonst laß ich's bleiben!«

»Zwölf Pfund zehn würde ich vielleicht gelten lassen«, bot

ich an – ich hätte ihm mit Freuden fünfzig dafür angeboten, aber ich durfte keinen Verdacht erregen. »Ich nehme an, daß ich das ganze Ding zu diesem Preis auch fabrikneu kriegen könnte, aber Ihr Beiwagen gefällt mir, auch wie er befestigt ist. Meine Frau ist ein bißchen nervös, müssen Sie wissen, und sie würde den Junior niemals in etwas reinsetzen, das nicht stabil ist.«

»Stabil ist es«, sagte er. »Und fünfzehn Pfund ist mein letztes Wort. Aber ich kann's Ihnen ja nicht verkaufen, denn was würden wir dann tun?«

Er zögerte und schien mich und den Handel abzuschätzen. Einen guten, aufgeweckten Verstand hatte der Mann. Die meisten Leute wären viel zu unbeweglich, um mitten in ihrem Urlaub eine solche Umstellung in Betracht zu ziehen.

»Haben Sie nichts, das Sie dagegen tauschen könnten?« fragte er. »Ein altes Auto oder ein Zimmer an der See? Wir möchten gerne ein Stück Strand, auf dem wir sitzen könnten, aber bei all den Arztrechnungen und wo Madam doch immer über die Stränge haut ...«

Er zwinkerte mir verschmitzt zu, aber Madam ließ sich nicht provozieren.

»Er ist ein großer Spaßvogel!« erklärte sie mir fröhlich.

»Ich habe eine Strandhütte in der Nähe von Weymouth«, sagte ich. »Ich überlasse sie Ihnen gratis für zwei Wochen und zahle zehn Pfund für das Gespann.«

Madam jauchzte auf und wurde von ihrem Mann sofort mit gestrengem Stirnrunzeln bedacht.

»Ich weiß nicht, ob so 'ne Strandhütte mein Fall ist, und zwölf Pfund müßten es schon sein. Nun wollen wir ja heute abend bis Weymouth kommen. Angenommen wir machen den Tausch, könnten wir dann gleich einziehen?«

Ich sagte ihm, daß sie das allerdings könnten, solange ich vor ihnen dorthin gehen und alles für sie zurechtmachen und vorbereiten könnte. Ich sagte, ich würde mich nach Zügen erkundigen.

»Ach, fahren Sie doch per Anhalter!« sagte er, als wäre das die nächstliegende Art, irgendeine kurze Strecke zurückzulegen. »Ich besorge Ihnen sofort einen Wagen.«

Dieser Bursche muß irgendein Gegenzeichen für die Freimaurerei der Landstraße kennen. Ich selbst besäße nie die Frechheit, auf einer Hauptstraße ein Auto anzuhalten. Warum, weiß ich nicht. Ich bin immer durchaus gewillt, Anhalter mitzunehmen, wenn ich selbst fahre.

Ein halbes Dutzend Autos ließ er vorbeifahren, mit der Bemerkung »Pinkel!«, und hielt dann mit unfehlbarer Sicherheit eines an. Es war ein abgetakelter Morris, in dem sich ein sportlich aussehender Herr breitmachte, der ein Buchmacher oder ein Gastwirt hätte sein können. Es stellte sich heraus, daß er ein Angestellter der Grafschaftsverwaltung war, dessen Aufgabe darin bestand, Dampfwalzen zu inspizieren.

»He, Mister! Können Sie meinen Freund hier nach Weymouth mitnehmen?«

»Dann aber dalli!« antwortete der Fahrer frohgelaunt.

Ich vereinbarte, daß ich die Familie um halb acht am Bahnhof abholen würde, und stieg ein.

Er schaffte die acht Meilen bis Weymouth in einer Viertelstunde. Ich erklärte, daß ich vorausschwirre, um Zimmer zu besorgen für den Rest unserer Radfahrergesellschaft, der bald zu uns stoßen würde, und fragte ihn, ob er von irgendwelchen Strandhütten wisse, die man mieten könnte. Er sagte, Strandhütten gäbe es keine, und daß wir Mühe haben würden, Zimmer zu finden.

»Eine prachtvolle Saison! Am Bankfeiertag schliefen die Leute sogar auf dem Strand!«

Das war niederschmetternd. Offensichtlich war ich bei meinem Angebot für das Familiengespann etwas voreilig gewesen. Ich sagte ihm, daß ich selbst vorhätte, in Weymouth einige Zeit zuzubringen, und wie es denn mit einem Zelt oder einem Bungalow stünde oder auch nur einem jener Wohnwagen, in denen die Dampfwalzenfahrer schliefen?

Das belustigte ihn über alle Maßen.

»Ha!« machte er. »Die sind Eigentum der Grafschaft! So 'n Ding würden die Ihnen nie geben. Aber ich sag Ihnen was!« – er senkte vertraulich die Stimme, wie es die Engländer immer tun, wenn sie jemandem einen Handel vorschlagen (ich glaube, das kommt von dem Nationalbrauch, Geschäfte in Bars zu tätigen) – »Ich weiß von einem Wohnanhänger, den Sie billig kaufen könnten, wenn Sie überhaupt an einen Kauf denken, meine ich.«

Er fuhr mich zur Garage irgendeines angeheirateten Verwandten, wo inmitten eines Schrotthaufens im Hof ein Mordsding von einem Wohnanhänger stand. Er sah ganz nach der Arbeit eines enthusiastischen Bastlers aus, der in seiner Begeisterung für Geräumigkeit und Kinkerlitzchen ganz vergessen hatte, daß das Ding hinter einem Auto um Ecken gezogen werden mußte. Der Verwandte und der Dampfwalzenmensch führten mich durch den Wohnanhänger wie zwei energische Grundstücksmakler, die ein Herrenhaus verkaufen. Ein zweites Eigenheim, nur etwas kleiner, sagten sie. Das war es! Es hatte alles für zwei Leute, außer dem Bettzeug, und für vierzig Pfund sollte es mir gehören. Ich war mit dem Preis einverstanden, unter der Bedingung, daß sie Bettzeug und ein Kinderbettchen für Rodney dreingaben und mich unverzüglich zu einem Campingplatz schleppten. Sie fuhren mich gut zwei Meilen östlich von Weymouth, wo es ein offenes Feld mit einem Dutzend Zelten und Wohnanhängern gab. Ich mietete beim Grundbesitzer einen Platz auf ein halbes Jahr und sagte ihm, daß fürs erste Freunde von mir den Anhänger bewohnen würden und daß ich selbst hoffte, im Herbst für viele Wochenenden herzukommen. Er zeigte keinerlei Neugier; wenn seltsame Wesen beschlossen, auf seinem Land zu kampieren, kassierte er von ihnen fünf Shilling die Woche im voraus und ging danach nie mehr in ihre Nähe.

Als wir wieder in die Stadt kamen, ging ich schnell mit meinen Rettern etwas trinken und verschwand. Es war beinahe acht

Uhr, als ich den Bahnhof erreichte. Vati und Mutti lehnten ziemlich deprimiert an der Barriere.

»Nun, Mister«, sagte mein Flugzeugmechaniker, »Zeit ist Geld, und wie steht's nun?«

Er war etwas verärgert, weil ich zu spät kam. Offensichtlich hatte er gedacht, es sei alles zu schön, um wahr zu sein, und daß er mich nie wiedersehen würde.

Müde wanderten wir zum Campingplatz hinaus. Der Wohnanhänger wirkte in der aufkommenden Dämmerung ganz bezaubernd, und ich hätte ihn den beiden um ein Haar geschenkt. Na ja, jedenfalls kriegte er seine zwei Wochen Gratisferien darin, und ich stelle mir vor, daß er das Tandem und den Beiwagen für die zwölf Pfund mühelos ersetzen konnte. Ich sagte, ich würde vermutlich vor Ablauf seiner vierzehn Tage wieder da sein, aber wenn nicht, sollte er den Schlüssel dem Grundbesitzer übergeben. Ich glaube nicht, daß der Wohnanhänger Gegenstand irgendwelcher Nachforschungen werden sollte, bevor die sechs Monate um sind; und bis dann hoffe ich, England verlassen zu haben.

Ich fuhr das widerspenstige Ding zurück nach Weymouth und kippte bei der ersten Linkskurve in den Straßengraben, denn es war nicht so einfach, den Bogen rauszukriegen. Dann aß ich eine Mahlzeit, und da ich feststellte, daß die Imbißstuben und Teestuben immer noch offen waren, füllte ich den Beiwagen mit einem Vorrat an Keksen und einem Schinken, massenweise Eßwaren und Obst in Konserven, Tabak und ein paar Flaschen Bier und Whisky. Im dritten Lokal, das ich betrat, spähte eine alte Jungfer mit vertrocknetem Gesicht lange und mißtrauisch durch meine Brille und bemerkte:

»Auge verletzt, wie?«

Ich antwortete salbungsvoll, daß es seit meiner Geburt eine Bürde sei und daß ich fürchten müsse, es sei wohl der Wille Gottes, mir das Licht des anderen Auges auch noch zu rauben. Darauf wurde sie sehr teilnahmsvoll, aber ich war gewarnt.

Ich fuhr auf dem Rad durch die Dunkelheit nach Dorchester,

wo ich etwa um Mitternacht zu Tode erschöpft ankam. Ich holte mein Gepäck ab und schnallte es auf den Beiwagen. Dann pedalte ich ein paar Meilen nach Norden in die Stille eines Tals, wo das einzige, was sich bewegte, der Fluß Frome war, der glitzernd über die Kiesel gurgelte. Ich schob mein Gespann von der Straße hinunter in ein Dickicht, packte aus und schlief ein.

Der Schlafsack war ein Hochgenuß. Seit einem Monat hatte ich nur eine halbe Nacht in einem Bett verbracht. Ich schlief und schlief und wurde nur ab und zu ins Bewußtsein zurückgeholt, wenn Blätter oder Insekten sich regten, konnte den Schlaf jedoch immer wieder mühelos aufgreifen wie eine Decke, die man sich über die Ohren zieht.

Es war zehn vorbei, als ich erwachte. Bis Mittag blieb ich in meinem Fell liegen und blickte hinauf durch das Eichenlaub in einen windigen Himmel und versuchte zu entscheiden, was weniger riskant wäre, tagsüber zu reisen oder nachts. Bei Tag würde ich keine besondere Neugier erregen, aber mein Gefährt war so seltsam, daß Dutzende von Leuten sich erinnern würden, es gesehen zu haben; wenn ich nachts reiste, würde jeder, der mich sah, tagelang von mir sprechen. Aber zwischen Mitternacht und drei Uhr früh regt sich nichts in Hof und Dorf. Ich war bereit zu wetten, daß mich niemand sehen würde.

Inzwischen gestand ich mir ein, wohin ich unterwegs war. Der Weg, den ich nehmen wollte, war ein schmaler Pfad den Hügeln entlang, ein Überrest der alten Römerstraße von Dorchester nach Exeter, der nur von Bauernkarren verwendet wurde. In der Finsternis irgendein menschliches Wesen anzutreffen war höchst unwahrscheinlich. Selbst wenn ich in den Hügeln nicht allein wäre, würde ich hören, ehe ich selbst gehört wurde. Ich erinnerte mich, wie ich in jenem Weizenfeld das lautlose Nahen der Radfahrer verwünscht hatte.

Mein provisorisches Lager war ziemlich sicher, obwohl es nahe bei einer Straße war. Den ganzen Tag über sah ich niemanden außer einem äußerst menschlichen Ziegenbock, der zu einer Kuhherde im benachbarten Feld gehörte. Er sah sich den

Beiwagen an und fraß ein paar Zweige des Busches, unter dem er abgestellt war. Er spuckte sie wieder aus und betrachtete mich voller Ironie. Er erinnerte mich an einen alten schnauzbärtigen Landbewohner, der feierlich irgendein Wegerecht abschreitet, das für ihn nicht den geringsten Nutzen hat, nur um es freizuhalten. Es gefällt mir, zu sehen, wie ein Ziegenbock eine Herde Milchkühe auf die Weide begleitet, angeblich um ihnen Glück zu bringen oder das Unkraut zu fressen, das Fehlgeburten verursacht. Ich glaube, seine wahre Funktion ist in Vergessenheit geraten, aber es hat keinen Zweck, sich gegen alte Traditionen zu wehren, noch gibt es einen Grund zur Annahme, daß er keine Funktion mehr hat.

Um Mitternacht brach ich auf. Die ersten drei Meilen führten über eine gut befahrene Nebenstraße, aber ich begegnete nur einem einzigen Auto. Ich hatte Zeit, mein Rad gegen eine Hecke zu lehnen und selbst ins Feld hinüberzusteigen. Die Römerstraße wimmelte von Leben aller Art: Schafe und Kühe lagen darauf, Kaninchen tanzten hinein und hinaus aus uralten Löchern, Eulen segelten und schrien über dem Dornengestrüpp. Ich hatte kein Licht und kippte ständig um in den Wagenspuren, denn der Platz dazwischen reichte für meine drei Räder nur knapp aus. Schließlich stieg ich ab und ging zu Fuß weiter.

Da ich so langsam vorankam und in einem Gewirr von Pfaden und Ginsterbüschen ständig vom Weg abkam, nahmen die Hecken bereits im Zwielicht allmählich Gestalt an, als ich in das Tal hinunterrollte, die Eisenbahn überquerte und dann lautlos durch das schlafende Dörfchen Powerstock glitt. Es wurde Zeit, die Straße zu verlassen. In den umliegenden Feldern, so weit ich diese mit einem Auge absuchen konnte – das außerdem noch nicht gewohnt war, Perspektive abzuschätzen –, gab es kaum Deckung. Als ich auf die vier Mauern eines abgebrannten und zerfallenen Cottages stieß, legte ich das Tandem in die Nesseln, die den alten Boden bedeckten, und montierte den Beiwagen ab, den ich halb unter Ziegelsteinen und Schutt versteckte. Ich machte keinen Versuch, mich selbst zu verbergen, sondern legte mich ins hohe Gras neben einem Bach. Es war ein warmer, stiller Tag, der mit einem Septembernebel anfing, welcher tief über den Wiesen hing. Falls mich jemand sehen sollte, würde ich entweder wirklich schlafen oder mich schlafend stellen, mit dem Kopf auf den Armen – ein Anblick, der zur Ferienzeit an einem Bach durchaus alltäglich ist.

In der Abenddämmerung setzte ich mein Vehikel wieder zusammen und brach um elf Uhr auf. Es gab keine weiteren Dörfer, und die einzigen Hindernisse lagen bei der Kreuzung zweier Hauptstraßen. Die Hunde verbellten und beschimpften mich, wenn ich an Bauernhöfen und Cottages vorbeifuhr, aber ich war immer schon außer Sicht, bevor die Hausbewohner aus dem Fenster blicken konnten, wenn sie es überhaupt taten. Ich fuhr schnell, denn es gab in dieser Nacht noch viel zu tun.

Um halb eins befand ich mich auf dem Kamm eines Halbmonds von niedrigen kaninchenbewohnten Hügeln, dessen Spitzen an der See lagen und zwischen sich ein kleines, üppiges Tal einschlossen. Die äußeren oder nördlichen Hänge blickten auf das Marshwood-Tal hinab. Hier verließ ich den Kalkboden und kam auf Sandstein; die Feldwege waren von den Packpferden von hundert Generationen ausgetreten, die sich von der See zum trockenen, harten Weg der Hügelkämme hinaufschleppten, und verliefen fünfzehn Fuß oder noch tiefer unterhalb der Felder. Diese vom Verkehr eingeschnittenen Wappenfelder von Rot und Grün auf den Hügelflanken sind mir sehr lieb.

Ich schob mein Gespann den Kamm entlang, bis ich zu einem Hohlweg kam, der ins Tal hinabstach. In der Dunkelheit konnte ich ihn kaum wiedererkennen. In meiner Erinnerung war es ein Pfad, der zwar tief war, aber von Sonnenlicht gesprenkelt; nun sah er für mich aus wie eine ausgewaschene Felsspalte in einem Ödland, denn sein Grund war nur so breit wie ein Karren, und seine Seiten, mit den Böschungen und darüber den Hecken und den jungen Eichen, die aus den Hecken emporschossen, schienen wie fünfzig Fuß von fester Finsternis.

Ich ging den Hohlweg hinunter, bis er von einem anderen Heckenweg in rechtem Winkel gekreuzt wurde; dieser führte nördlich zurück zum Kamm, wo er an die Oberfläche stieg und sich in zwei Bauernwege gabelte. Diese wiederum scheinen das Ende und Ziel der kleinen ehemaligen Hauptstraße zu sein, aber wenn man sie nicht beachtet, sondern über ein gutes Stück Weideland weitergeht, kommt man zu einer dichten Hecke, die bergab ins Marshwood-Tal führt. Im Herzen dieser Hecke, die auf dem ganzen Weg von London mein Ziel gewesen war, taucht der Hohlweg wieder auf. Auf der Landkarte ist er nicht vermerkt. Ich nehme an, daß er seit hundert Jahren nicht mehr gebraucht wurde.

Der tiefe Sandsteineinschnitt, dessen Hecken oben miteinander verwachsen sind, ist immer noch da; wer will, kann beim Eingang unter den Wache stehenden Dornen hindurchtauchen und sich einen Weg bahnen bis zu einer Querhecke, die dem Fuß der Hügel entlang verläuft. Aber wer würde das schon wollen? Wo Licht hinkommt, wachsen die Nesseln in Schulterhöhe; wo es keines gibt, ist der Hohlweg mit totem Holz verstopft. Das Innere der Doppelhecke ist für die beiden Bauern, deren Grenzzaun sie bildet, von keinem erdenklichen Nutzen, und niemand außer einem abenteuerlustigen Kind würde es erforschen wollen.

Das war denn auch die Art, wie es ursprünglich entdeckt worden war. In der Liebe wird man wieder zum Kind. Ein Felsen ist eine Klippe, eine Hecke ein Wald, ein Bach ein Fluß, der in weiß Gott was für ein Arkadien strömt. Dieser Hohlweg war unsere Entdeckung, ein Pfad der Gefahr, durch den wir uns kämpfen mußten. Es war erst im Frühling dieses Jahres gewesen, daß ich sie nach England mitbrachte, und die Hügel von Dorset auserkor, um ihr einen ersten Anblick und ein Gefühl des Landes zu vermitteln, das ihr Zuhause werden sollte. Es war für sie auch der letzte Anblick. Ich kann nicht sagen, daß wir irgendwelche Vorahnungen hatten, es sei denn die Anspannung in unserer Liebe. Zwischen Mann und Frau entsteht eine verzweifelte Zärtlichkeit, wenn die Schwingen der Vier Reiter aus den Ecken ihrer Welt gegen innen gerauscht kommen.

Jetzt war es meine Aufgabe zu verhindern, daß Kinder oder Liebespaare sich wieder hier durchzwängten. Ich stemmte den Beiwagen durch das Dickicht und stellte ihn im ersten freien Abschnitt des Hohlwegs ab, über dem das Laub so dicht war, daß unten nur noch Farnkraut wuchs. Dann packte ich die Hippe aus und haute auf das tote Gestrüpp an der Innenseite der Hecke ein. Ich verkeilte das Fahrrad quer zwischen den Böschungen und häufte eine Dornenhecke darüber, die einen Löwen aufgehalten hätte. Am unteren Ende des Hohlwegs boten die herunterhängenden Brombeersträucher genügend Abwehr, und ich verstärkte sie zusätzlich mit einer toten Stechpalme. Das war alles, was ich für den Augenblick zu tun wagte. Es wurde allmählich hell, und die Hiebe meiner Hippe hallten die Hügelflanke entlang.

In die Westböschung und in die Innenseite einer jungen Ulme schnitt ich Stufen ein; der Baum hatte einen überladenen Ast, der tief über die Hecke herabhing und auf der anderen Seite vom Boden her erreicht werden konnte. Diese Ulme machte ich zum Ein- und Ausgang meines Hohlwegs. Die meiste Zeit des Tages verbrachte ich auf dem Baum, von wo ich einen freien Ausblick nach Norden und Westen hatte. Ich wollte den Alltagstrott der benachbarten Bauernhöfe beobachten und feststellen, ob ich irgendeine Gefahr übersehen hatte.

Das Feld östlich des Wegs war eine verwilderte Weide. Eine Stunde nach Morgengrauen kamen die Kühe über den Horizont hereingewandert, nachdem man sie durch ein Gatter getrieben hatte, das ich nicht sehen konnte. Weiter östlich lag ein Hügel mit einer kurzen Grasnarbe, die sich nur für Schafe eignete. Im Westen, unmittelbar unterhalb meines Baumes, lag ein 20 Hektar großes Feld von Weizenstoppeln, das steil zu einem großen, grauen, ansehnlichen Gehöft mit geräumigen Scheunen und einem Ententeich abfiel.

Eine stillere Hügellandschaft findet man wohl in ganz England nicht. Das Treiben auf dem Gehöft unter mir spielte sich hauptsächlich im Tal ab. Von den Bewohnern des Bauernhofs im Osten sah ich niemanden, sondern hörte nur den Jungen, der am Abend die Kühe nach Hause rief – was er tat, ohne je die Weide zu betreten. Auf den Heckensträßchen des Marshwood-Tals herrschte wenig Verkehr. Ich sah den Postboten mit seinem Motorrad samt rotem Beiwagen. Ich sah den Schulbus und gelegentlich ein Auto sowie ein paar Milchwagen, die unter den Bäumen auftauchten, um die Kannen einzusammeln, die auf hölzerne Plattformen an der Straße oder auf das Kiesbett der Bäche gestellt worden waren.

Der Wegabschnitt, den ich mir ausgesucht hatte, war so feucht und dunkel, daß die Wurzeln, die hier über die Erde krochen, weiß waren. Am Abend verlegte ich meine Sachen weiter nach unten in eine winzige Lichtung im Farngestrüpp, die täglich während drei Stunden von der Sonne beschienen wurde. Sie war geschützt durch die hohen Böschungen, gekrönt von unbeschnittenen Eschenhecken und im Osten verstrebt mit Brombeer- und Schlehdornbüschen, die sich bis weit hinaus in die Weide erstreckten.

Ich schnitt das Farngestrüpp zurück und scharrte einen Kanal für den Bach, der nach jedem Regenguß den Hohlweg hinunterrann. Dann legte ich Eschenstecken von Böschung zu Böschung – dort, wo die Entfernung bloße sechs Fuß betrug – und verfertigte darauf eine Affenplattform aus Zweigen und Farngestrüpp. Ein oder zwei Tage später, als ich aus einer eingestürzten Scheune ein paar Ziegelsteine stahl und meine Stecken in der Mitte stützte, war die Plattform so stark und trocken wie ein Lattenrost.

Die Ostböschung war voll von Kaninchenlöchern, die in den schweren Mutterboden entlang der oberen Ebene des Sandsteins führten. Noch in derselben Nacht begann ich an diesen zu arbeiten, mit dem Ziel, mir Schutz vor dem Regen und eine Kochstelle zu verschaffen. Bis zum Morgen hatte ich einen Hohlraum mit einem Durchmesser von etwa zwei Fuß ausgehoben, der lang genug war, um meinen Körper aufzunehmen. Das Dach und die Seiten bestanden aus Erde und der Boden aus Sandstein.

In den Stein hineinzugraben erwies sich, so weich er auch sein mochte, als eine Arbeit ohne Ende; doch ich stellte fest, daß es leicht war, die Oberfläche wegzuschaben und dadurch den Boden Zoll für Zoll abzusenken. Nach einer Woche hatte ich einen Unterstand, auf den ich stolz sein konnte. Das Dach war hoch gewölbt und mit Lehm bepackt. Das Tropfwasser rieselte an den Seiten herunter und wurde von zwei vorspringenden Simsen aufgefangen, die das ganze Erdloch entlangführten und eine Rinne aufwiesen, die das Wasser auf den Hohlweg hinausleitete. Der Boden lag drei Fuß unterhalb der Rinnen und war mit kurzen Eschenreisigbündeln belegt, die dafür sorgten, daß mein Schlafsack nicht auf feuchtem Stein ruhte. Das Loch ähnelte in Größe und Form sehr stark zwei Badewannen, von denen eine auf die andere gedreht worden war.

Sobald mir ein Bart gewachsen war, ging ich zu Fuß nach Beaminster und kam zurück mit einem Rucksack voller Lebensmittel, einem Grill, eisernen Bratspießen und einer kurzen Spitzhacke, deren eines Ende wie eine kleine Streitaxt geformt war. Ich weiß nicht, wofür sie gemacht ist, aber sie schien mir wunderbar geeignet, um auf engem Raum Sandstein zu bearbeiten. In Beaminster erregte ich kein ungebührliches Interesse – bloß irgendein unordentlicher Feriengast mit dunkler Brille – und gab an, daß ich gleich jenseits der Grenze zu Somerset mein Zelt aufgeschlagen hätte. In einem Gasthaus nahm ich eine Mahlzeit ein und las die Zeitung. Das Rätsel von Aldwych wurde nur am Rande erwähnt. Man war zum Schluß gekommen, daß es sich um einen Mord handelte, der von einem oder mehreren unbekannten Tätern verübt worden war. Als ich über die Ulme in den Hohlweg hinunterkletterte, hatte ich das Gefühl, nach Hause gekommen zu sein – ein halb melancholisches Gefühl pantoffelbestückter Entspannung.

Ich machte es mir zur Gewohnheit, tagsüber zu schlafen und

nachts an dem Bau zu arbeiten. Bei Tag zu arbeiten war zu gefährlich; es konnte jemand an der Hecke vorbeikommen, während ich unter der Erde war, und das Geräusch der Hacke hören. Es hatte einen Morgen gegeben, an dem ich beinahe von einer Gruppe von Kindern ertappt worden wäre, die am Rande der Weide Brombeeren pflückten.

Ich trieb das Loch gute zehn Fuß tief in die Böschung hinein und grub dann einen Stollen nach rechts, wobei ich im Grunde nur vorhatte, eine Kochstelle zu schaffen; doch ich stellte fest, daß der Stein dermaßen von Baumwurzeln zersplittert und so leicht zu bearbeiten war, daß ich den Stollen mit einer bienenstockförmigen Grotte abschloß, in der ich bequem kauern konnte. Nach einigen schwierigen Messungen an der Oberfläche (indem ich einen Stecken durch die Hecke bohrte und hinauskletterte, um zu sehen, wo die Spitze herauskam) trieb ich einen Kamin senkrecht nach oben bis in die Mitte eines Brombeerstrauchs. Nun konnte ich nachts ein Feuer riskieren und frisches Essen kochen.

Die ganze Zeit über hatte ich mich gefragt, wie es kam, daß ich keinen Ärger mit Hunden hatte. Ich war bereit, jeden Hund, der mir nachspüren wollte, derart zu erschrecken, daß er nie mehr wiederkommen würde, aber es schien so, als hätte bereits etwas anderes sie für mich in Schrecken versetzt; Hunde machten um den Hohlweg einen weiten Bogen. Der Grund dafür war Asmodeus. Das erste Mal erblickte ich ihn als zwei Ohren und zwei Augen, die anscheinend an einem schwarzen Ast befestigt waren. Als ich den Kopf bewegte, verschwanden die Ohren, und als ich aufstand, war auch der Rest von ihm verschwunden. Ich legte ein paar Brocken Pökelrindfleisch hinter den Ast, und eine Stunde später waren auch diese verschwunden.

Eines Morgens, als ich eben zu Bett gegangen war und mit dem Kopf außerhalb des Baus dalag und Kekse kaute, schlich er auf meine Plattform und beobachtete mich; der Schwanz war fest auf den Boden gepreßt, der Kopf wild und erwartungsvoll.

Er war ein magerer und kräftiger Kater, schwarz, aber mit vielen Härchen, die in einen silbernen Streifen ausliefen, wie bei einer glatthaarigen Schönheit aus dem Mittelmeerraum, die im Ergrauen begriffen ist. Ich glaube nicht, daß es in seinem Fall eine Frage des Alters ist, sondern daß seine Färbung eine Laune der Natur ist, die er von irgendeinem silberhaarigen Vorfahren geerbt hat. Ich warf ihm ein Stück Keks zu; noch während es durch die Luft segelte, war er außer Sicht. Als ich aufwachte, war es natürlich weg, ebenso wie eine halbe Dose Pökelrindfleisch.

Er fing an, mich als kurioses Spektakel für seine Freizeit anzusehen, und saß reglos in einer sicheren Entfernung von zehn Fuß. Nach ein paar Tagen schnappte er mir Futter aus der Hand und fauchte mit gesträubten Haaren, wenn ich es wagte, die Hand auszustrecken, um ihn zu berühren. Zu der Zeit gab ich ihm den Namen Asmodeus, denn er konnte tatsächlich wie der Dämon des Hasses und der Bösartigkeit erscheinen.

Seine Freundschaft gewann ich mit einem Fasanenkopf, den ich an ein Schnurende gebunden hatte. Ich habe festgestellt, daß das, was die Katzen an einem Menschen am meisten schätzen, nicht seine Fähigkeit ist, Futter zu liefern – was sie für selbstverständlich erachten –, sondern sein Unterhaltungswert. Asmodeus sprach mit Begeisterung auf sein Spielzeug an. Nach einer weiteren Woche gestattete er mir, ihn zu streicheln, und gab ein heiseres Schnurren von sich, wobei er sich jedoch, um sein Gesicht zu wahren, schlafend stellte. Kurz darauf begann er gewohnheitsmäßig tagsüber bei mir im Bau zu schlafen und zu jagen, während ich nachts arbeitete. Aber Pökelrind blieb sein Lieblingsfleisch; zweifelsohne bot es ihm ein Höchstmaß an Nährwert bei geringstmöglicher Anstrengung.

Ich machte noch zwei weitere Ausflüge nach Beaminster, wobei ich nachts hin- und zurückging und den dazwischenliegenden Tag – nachdem ich meine Einkäufe gemacht hatte – auf einem mit Ginster bewachsenen Hügel versteckt verbrachte. Von der ersten Expedition kehrte ich mit Lebensmitteln und Paraffin für den Primuskocher zurück; von der zweiten mit einem Topf Leim und einer kleinen Tür, die ich beim Tischler des Ortes bestellt hatte.

Diese Tür oder dieser Deckel paßte genau in den Eingang zu meinem Bau. An der Innenseite befand sich ein kräftiger Handgriff, mit dem ich den Deckel anheben und in der richtigen Position verkeilen konnte; auf der Außenseite brachte ich Tarnung an. Über einen Leimanstrich streute ich eine Lage Sandsteinstaub und klebte darauf ein Arrangement von Zweigen und toten Pflanzen, von denen einige über den Rand der Tür hingen, so daß sie deren Umrisse verdeckten, wenn sie installiert war.

Sobald ich mit der Tür zufrieden war, probte ich einen Drill, um jede Spur von mir im Hohlweg vollständig zu verwischen. Die Plattform wurde zerlegt, die Ziegelsteine verstreut, und die Stecken in die Hecke gestoßen; meine Latrine und Abfallgrube wurde mit einem toten Dornenstrauch bedeckt, und ich selbst war im Bau, alles in zehn Minuten. Falls jemand in den Hohlweg eindrang, mochte er feststellen, daß irgendein Zigeuner dort gelagert hatte, oder auch nicht, aber er würde nicht darauf kommen, daß der Ort im Augenblick bewohnt war. Das einzige Anzeichen dafür war ein scheinbares Kaninchenloch, das trotz der Losung, die ich um die Einfahrt verstreute, etwas künstlich wirkte und das mir Luft zuführte, wenn ich im Bau eingeschlossen war.

Das Tandem war nicht zu sehen. Ich zerlegte es und lehnte die Teile an die Böschung, worauf ich sie mit einem Haufen toten Gebüschs zudeckte. Der Beiwagen war ein ständiges Ärgernis. Ich konnte ihn weder verscharren noch auseinandernehmen, und das grelle Aluminium glänzte durch das Gebüsch, das ich über ihn häufte. Er war so neu und robust, daß ich niemandem vormachen konnte, daß er ohne jede Absicht stehengelassen worden war. Schließlich war ich gezwungen, eine Nacht damit zu verbringen, meinen Schutzwall einzureißen, um das Ding hinaus in den Hohlweg zu schaffen und es halb rollend, halb tragend ins Tal hinunterzubugsieren.

Ich wußte nicht, was in aller Welt ich damit anfangen sollte.

Wo immer ich das Ding hinbrachte, konnte es gefunden werden, und je abgeschiedener der Ort, um so mehr drängte sich die Frage auf, wie es dahin gekommen war. Auch durfte ich keine Zeit verlieren; falls ich jemandem begegnete, würde er mich und meine glänzende und unhandliche Last längst gesehen haben, bevor ich ihn bemerkte. Am Ende schmiß ich das Ding in einen geschützten Bach, in der Hoffnung, daß die Tätigkeit des Wassers es zerstören würde; ich konnte es nicht.

Ich bin nun bereit, die erste Hälfte des Winters zu verbringen, wo ich bin, sofern der Grund des Hohlwegs immer noch unsichtbar ist, nachdem das Laub gefallen ist – was ich für wahrscheinlich halte. Ich bin nicht zu sehen und, wenn ich vorsichtig bin, auch nicht zu hören. Ich vermeide es, Holz zu hacken, und riskiere das Geräusch meiner Hippe nur einmal jede Woche, wenn ich nachts den inneren Kessel mit Gestrüpp fülle und es verbrenne. Das trocknet den ganzen Bau aus und verschafft mir eine Lage heißer Asche, auf der ich jeweils meinen ganzen Vorrat an Fleisch auf einmal rösten kann.

Meine getrockneten Lebensmittel und Konserven reichen noch aus, denn bisher habe ich mich vor allem von den Gaben der Natur ernährt. Vor meiner Tür wachsen Haselnüsse, Schlehen und Brombeeren, und dann und wann ziehe ich einer roten Kuh eine Schüssel Milch ab; sie hat eine große Schwäche für Salz und läßt sich dazu verleiten, inmitten der Kuppeln und Rampen von Brombeergebüsch, welche die Osthecke säumen, stillzustehen.

Meine Steinschleuder versorgt mich mit so vielen Kaninchen, wie ich will. Es ist eine wenig taugliche Waffe. Als jemand, dessen Steckenpferd die Ballistik der Antike und der Moderne ist, sollte ich mich schämen, auf Gummi zurückzugreifen, wenn sich aus gezwirntem Haar oder einer Kordel eine viel bessere Waffe machen ließe. Aber die ganze Angelegenheit ist mir zuwider. Heutzutage muß ich mich zwingen, ein Kaninchen zu schießen. Immerhin ist es absolut entschuldbar zu töten, um sich davon zu ernähren.

Ich bin nicht zufrieden, obwohl diese Art von Robinson-Crusoe-Existenz eigentlich meinem Temperament durchaus entsprechen sollte. Jetzt gibt es nicht mehr genug zu tun. Weder die Einsamkeit noch die Erinnerungen, die dieser Ort weckt, machen mir zu schaffen. Asmodeus ist mir da eine Hilfe. Er ist der lächerliche Gegenstand, an dem eine Menge Sentimentalität sich abreagiert. Ich bin mir meiner selbst nicht sicher. Sogar dieses Tagebuch, von dem ich hoffte, daß es mir meine bösen Ahnungen austreiben würde, hat nichts geklärt.

Ich beginne von neuem mit diesem Schreibheft, denn ich wage nicht, meine Gedanken ohne Kontrolle zu lassen. Wenn ich unter der Lüftung sitze, habe ich gerade genügend Licht. Es tut gut, die weiße Seite davor zu halten. Meine Augen wie mein Verstand sehnen sich nach einem Gegenstand, auf den sie sich konzentrieren können.

Vor einem Monat schrieb ich, daß ich mich nicht einsam fühle. Das stimmte, und es beweist meinen Irrsinn. Sicherheit beruht ihrem Wesen nach darauf, daß ein Gehetzter sich einsam fühlt; nur dann streckt sein ganzes Wesen sozusagen seine Fühler nach der Außenwelt aus. Er entwickelt eine flinke Vorstellungskraft und wird Gefahr gegenüber empfindsam wie ein Tier. Aber ich, ich war versunken in der sanften, launigen Beschäftigung mit meiner Katze und meinem Gewissen. Lieber Gott, ich hätte ebensogut ein pensionierter Generaldirektor einer Firma sein können, der in einem alleinstehenden Cottage lebt und sich milde Sorgen macht, ob jemand seine Spekulationsgeschäfte aufgedeckt hat!

Den größten Irrsinn beging ich, als ich Saul schrieb, er solle mir Bücher schicken. Als mein Bau einmal fertig war, hatte ich zuviel Freizeit und nichts damit anzufangen. Neben meinen anderen unzusammenhängenden Unzufriedenheiten bereiteten mir auch sexuelle Fragen Sorgen.

Ich habe mit meinem Geschlechtsleben nie Probleme gehabt. Wie den meisten normalen Menschen ist es mir stets möglich gewesen, meine Gelüste ohne Mühe zu unterdrücken. Wenn es nicht nötig war, sie zu unterdrücken, hatte ich einen scharfen Sinn dafür, aber meine Gefühle wurden nie tief mit hineingezogen. Ja, ich komme sogar zu der Ansicht, daß ich niemals wahre leidenschaftliche Liebe gekannt habe. Ich habe keinen Zweifel, daß beispielsweise ein Italiener mich für ein perfektes Exemplar des frigiden Angelsachsen halten würde.

Warum also dieser starke Widerwillen, in diesen Hohlweg zu kommen? Ich glaube schon, daß ich Widerwillen an den Tag legte, denn ich weigerte mich, mir einzugestehen, daß dies mein Bestimmungsort war, bis ich auf zwanzig Meilen an ihn herangekommen war – und das obwohl diese Doppelhecke ein ausgezeichnetes Versteck darstellte, wie ich es schleunigst erreichen wollte. Na ja, ich nehme an, ich wollte mir Schmerz ersparen. Aber ich kann mich ja nicht einmal mehr an ihr Gesicht erinnern, außer daß ihre Augen gegen ihre lohfarbene Haut violett wirkten. Und ich weiß, mein Gedächtnis spielt mir da einen Streich, denn ich habe oft bei Mann und Frau nach violetten Augen Ausschau gehalten und nie welche gesehen. Ich wiederhole, ich war niemals verliebt. Der Beweis dafür ist, daß ich die Zerstörung meines Glücks so gelassen hinnahm. Ich war darauf gefaßt. Ich flehte sie an, in England zu bleiben oder wenigstens, wenn sie es schon für ihre Pflicht hielt, zurückzukehren, ihre politischen Tätigkeiten mit etwas Takt zu mildern. Als ich hörte, sie sei tot, litt ich wirklich nur sehr wenig.

Ich schrieb an Saul und bat um Bücher: Sachen mit Substanz, die ich den ganzen Winter hindurch würde wiederlesen können, um bei jeder Lektüre etwas tiefer zu dem vorzudringen, was der Autor meinte, und nicht, was er sagte. Den Brief unterzeichnete ich natürlich nicht, sondern schrieb in Blockbuchstaben und bat ihn, die Bücher an Professor Foulsham postlagernd an ein Unterpostamt in Lyme Regis zu schicken. Foulsham war (und ist bis heute, denke ich) der Dozent für Christliche Ethik zu meiner Zeit, und es schien mir, als ob mein haariges Gesicht dem seinen ziemlich ähnlich sah. Dem war vermutlich nicht so; aber es ist immer gut, wenn man eine Rolle auswählt und sich in sie hineindenkt.

Ich hatte keinen Wunsch, Beaminster noch einmal zu sehen.

Solange die Urlaubsaison andauerte, konnten meine drei Besuche und meine Angaben über meinen Aufenthalt unbestritten gelten, doch ein Mann, der bei den im Oktober aufkommenden Sturmwinden immer noch behauptete, auf den Hügeln zu zelten, würde allerhand Gerede über seinen Aufenthaltsort und den Grund dafür verursachen. Ich wählte Lyme Regis, weil dieses Städtchen eine Winterkolonie von Besuchern empfing und Fremde vermutlich keine Aufmerksamkeit erregen würden.

Ich hatte einen struppigen Bart, der durchaus so überzeugend wirkte wie die meisten, die man in den Künstlerkreisen von Bloomsbury zu sehen bekommt. Mein Auge war infolge des ständigen Badens im Tau und in der Lotion nicht mehr verschwollen; es sah seltsam aus, aber eher wie ein schlechtes Glasauge als wie ein verletztes. An meiner Erscheinung eines harmlosen und ziemlich schmutzigen Sonderlings gab es nichts, was die Neugier der Polizei hätte erregen können. Was meine anderen Feinde anging, so hatten sie nicht mehr Grund, Dorset zu durchkämmen als etwa Kamtschatka.

In den zwei Stunden vor Morgengrauen ging ich bis an die Ausläufer des Städtchens heran und versteckte mich tagsüber im Gebüsch eines großen, leerstehenden Hauses. Am Abend sprach ich im Postamt vor, gab mich als Professor Foulsham aus und fragte, ob ein Paket mit Büchern für mich gekommen sei. Es war einer dieser dunklen kleinen Läden, die Papierwaren und Tabak verkaufen und ein Hinterzimmer haben, in dem die unvermeidliche Kanne Tee am Feuer zieht.

»Tut mir leid! Da ist kein Paket auf diesen Namen«, sagte die Postmeisterin.

Ich fragte, ob ein Brief da sei.

»Das könnte sein«, sagte sie spitz und griff unter die Theke nach einem halben Dutzend Briefen.

Eine Frau, die eine Reihe von Modemagazinen betrachtet hatte, die im Schaufenster an Schnüren hingen, wünschte einen guten Abend und öffnete die Tür, wodurch sie das letzte Abendlicht in den Laden fallen ließ. Die Postmeisterin starrte mich an, als wären ihre Augen steckengeblieben – Schuhknopfaugen waren es, scharf und nervös.

»Im – im Hinterzimmer liegen noch mehr Briefe«, stammelte sie und schob sich in den Aufenthaltsraum, ohne mich aus den Augen zu lassen.

Ich hörte gehetztes Geflüster und wie eine Mädchenstimme sagte: »Ooh, Mutti, das könnte ich nie!« – gefolgt von einer schallenden Ohrfeige.

Ein Schulmädchen von etwa zwölf flitzte aus dem Hinterzimmer, tauchte unter der Tresenklappe hindurch und schoß mit einem entsetzten Blick auf mich die Straße hinunter. Die Postmeisterin blieb auf der Schwelle ihres Zimmers stehen, immer noch fasziniert von meiner Erscheinung.

Mir gefiel das alles ganz und gar nicht, aber ich konnte mir nicht vorstellen, was nicht in Ordnung war. Ich trug meinen Anzug von der Stange und meinen dicken Schal und hatte gedacht, daß ich ziemlich genauso aussehe wie ein wetterfester Uni-Professor auf dem Heimweg von einer Teegesellschaft. Die Brille hatte ich zu Hause gelassen, in der Meinung, daß ich ohne diese gewaltigen Gläser weniger Aufmerksamkeit erregen würde. Tatsache war, daß es nichts ausgemacht hätte, ob ich sie trug oder nicht.

»Nun, Madame«, sagte ich streng, »wenn Sie sich dazu überwinden könnten, Ihres öffentlichen Amtes zu walten, hätte ich jetzt gerne meinen Brief.«

»Kommen Sie mir ja nicht zu nahe!« quiekte sie und verkroch sich durch die Tür.

Es war nicht der geeignete Augenblick für Respekt vor dem Postdienst Seiner Majestät. Sie hatte die Briefe hinter den Drahtverhau fallen lassen, der ihr Bargeld und ihre Briefmarken schützte. Ich griff darüber hinweg und nahm einen Umschlag an mich, der an Professor Foulsham adressiert war.

»Würden Sie sich bitte freundlicherweise davon überzeugen, Madame«, sagte ich, da ich sah, daß sie ihren Mut zusammenraffte, um zu schreien, »daß dieser Brief tatsächlich an mich adressiert ist. Ich bedaure, daß es meine Pflicht sein wird, Ihr sonderbares Betragen zu melden. Guten Tag.«

Diese Überheblichkeit, in einem höchst professoralen Tonfall vorgebracht, ließ sie lange genug mit offenem Mund dastehen, daß ich würdevoll aus dem Laden abgehen konnte. Ich sprang auf einen Bus, der bergauf aus dem Städtchen fuhr, und stieg zehn Minuten später bei einer Kreuzung auf der Grenze zwischen Devon und Dorset aus. Im vorübergehenden Schutz eines Dickichts öffnete ich meinen Brief, in der Hoffnung, daß er mir darüber Auskunft geben würde, weshalb eine Personenbeschreibung von mir an die Postämter von Dorset weitergeleitet worden war.

Der Brief war maschinengeschrieben und nicht unterzeichnet, aber Saul hatte seine Identität unmißverständlich gemacht. Er schrieb etwa folgende Worte:

> Die Papageien haben den Angler ausgezahlt. Ich darf Ihnen keine Bücher schicken, für den Fall, daß sie gefunden und zum Käufer zurückverfolgt werden. Wenn Sie nichts von einem Wohnanhänger wissen, schreiben Sie mir noch einmal, und ich werde es riskieren.
>
> Vor rund zwei Wochen versuchte die Polizei, den Eigentümer eines Wohnanhängers in der Nähe von Weymouth zu finden. Es war eine routinemäßige Ermittlung. Der Campingplatz war menschenleer, und der Besitzer des Grundstücks wollte nicht die Verantwortung tragen für den Schaden, den ein paar Kinder anrichteten, die ein Fenster eingeworfen hatten und nun in dem Wohnanhänger ein und aus kletterten.
>
> Die Polizei brachte in Erfahrung, daß der Eigentümer den Wohnwagen am selben Abend gekauft und vermietet hatte, und zwar just an dem Abend, nachdem ein Mann in der Station Aldwych ermordet aufgefunden worden war, und daß der Eigentümer eine dunkle Brille trug.
>
> Darauf setzte man sich mit einer Familie in Leicester in

Verbindung, welche das Ding gemietet hatte. Man erfuhr, daß der Eigentümer anstelle der Miete ein Tandemfahrrad und einen Baby-Beiwagen angenommen hatte und daß er eine Menge komplizierter Unwahrheiten erzählt hatte, als er über sich selbst Rechenschaft ablegen sollte.
Eine Frau in Weymouth, bei welcher er Lebensmittel kaufte, ist sicher, daß unter seiner Brille ein Auge in schlechterem Zustand war als das andere, doch das war sonst niemandem aufgefallen.
Der Mann wird wegen Mordes gesucht, doch wenn der Fall, wie ich mit Bestimmtheit vermute, ausschließlich von der zweifelhaften Identifikation durch einen Bahnsteigschaffner abhängt, würde kein Geschworenengericht einen Schuldspruch fällen. Und lassen Sie mich Ihnen eindringlich klarmachen, daß, wenn der Gesuchte ein Mann von gutem Charakter wäre, wenn er auf Notwehr plädierte und einen guten Grund für den Angriff auf seine Person anführen könnte, der Fall niemals vor Gericht gezogen würde. Ich rate ernsthaft zu diesem Weg. Der Tote war ein ganz und gar unliebsamer Bursche, den man verdächtigte, im Solde einer fremden Macht zu stehen.
Der Eigentümer des Wohnanhängers wird gewiß aufgespürt und festgenommen werden, denn man weiß, daß er auf den Hügeln bei Beaminster im Freien kampiert oder wohnt. Eine Person, die sich einen Bart hatte wachsen lassen, im übrigen jedoch der Beschreibung entsprach, wurde dreimal in Beaminster gesehen, bevor die Polizeiermittlungen aufgenommen wurden.
Ich habe mich natürlich über die Aldwych-Ermittlungen gründlich auf dem laufenden halten lassen, und Sie können es als Gewißheit annehmen, daß die Polizei nur soviel weiß, wie ich Ihnen mitgeteilt habe, und nicht mehr.

Er schloß mit der Bitte an mich, den Brief unverzüglich zu verbrennen, was ich auch tat.

Ich hatte kaum Angst, daß mein Bau entdeckt würde, und meine erste Reaktion war, Gott zu danken, daß ich nun über das Schlimmste Bescheid wußte und rechtzeitig gewarnt worden war. Doch dann erkannte ich das wahre Ausmaß meines Irrsinns und seine Folgen; eine planlose Suche, die sich auf ganz Dorset erstreckt hatte und insbesondere auf das Hügelland von Dorset, welches meilenweit nordöstlich von meinem wahren Standort lag, würde sich nun auf das engbegrenzte Stück Land zwischen Beaminster und Lyme Regis konzentrieren.

Der Teil von mir, der sich unbewußt um meine Sicherheit kümmerte, behielt die Übersicht über die Minuten (denn ich wagte nicht, länger als ein paar wenige zu bleiben, wo ich war), während mein bewußter Verstand Stunden von verworrenem und panischem Denken durchmachte. Ich dachte ganz ernsthaft daran, Sauls Ratschlag zu befolgen und der Polizei meinen wahren Namen und genug von meiner Auslandsreise zu verraten, um mein Verschwinden und den Überfall auf mich in der Station Aldwych zu erklären. Ich vergaß, daß ich schlimmere Feinde hatte als die Polizei.

Die Sehnsucht, mich zu stellen, war zu diesem Zeitpunkt sehr beharrlich, trat jedoch nie wirklich aus der Welt der Träume heraus. Die Erkenntnis, daß die eine Meute mir auf der Spur war, hatte meine Furcht vor der anderen nur vorübergehend verdrängt. Es gibt kein Tier außer dem Menschen, das gleichzeitig von zwei verschiedenen Meuten gejagt werden kann, ohne daß die zwei zu einer verschmelzen; somit ist es nicht verwunderlich, daß einer bei all seinem Scharfsinn Fehler macht.

Die Vernunft setzte sich durch. Wenn ich meine Identität wieder annahm, waren mir Tod oder Schande gewiß. Und falls irgendwelche vagen Wirrköpfe beschlossen, mich zum Märtyrer zu stempeln, besaß ich alle nötigen Zutaten für einen internationalen Zwischenfall erster Güte. Es war meine Pflicht, mich umzubringen – oder noch einfacher, dafür zu sorgen, daß ich inkognito umgebracht wurde – und nicht etwa Schutz zu suchen.

Zehn Minuten nachdem ich aus dem Bus gestiegen war, stand die Polizei an der Kreuzung. Weder sie noch die Tochter der Postmeisterin hatten Zeit verloren. Sie zündeten die Scheinwerfer zweier Wagen in das Dickicht, in dem ich mich befand, und brachen dann durch das Unterholz.

Die unmittelbare Zukunft machte mir überhaupt keine Sorgen. Es war bereits dämmrig, und ich wußte, daß ich im Dunkeln an einer ganzen Menge Polizisten vorbeikommen und ihnen dabei womöglich noch die Stiefel ausziehen könnte. Ich schlich leise vor ihnen davon, bis ich die Deckung verlassen mußte, indem ich entweder die Straße überquerte oder auf die Hügel im Westen zuhielt. Die Straße wollte ich nicht überqueren – das hieße, die Jagd in mein eigenes Revier zu führen –, auch hatte es keinen Sinn, mich wegzustehlen, um in irgendwelche unbekannten Schwierigkeiten zu geraten. Ich beschloß, mit diesem Haufen Polizisten – es waren etwa fünf Paar von ihnen da – Fühlung zu behalten, und so sprang ich auf die Steinmauer, die das Dickicht eingrenzte, und tat so, als ob ich dort unschlüssig verharrte. Schließlich sah mich einer und schrie »Hallo«. Ich stürzte mich nach Devonshire hinein, einen langen, kahlen Abhang hinunter.

Infolge meines Lebens im Freien und der frischen Herbstluft war ich in prachtvoller Verfassung. Ich erinnere mich, wie leicht meine Muskeln auf meine Aufforderung ansprachen. Mein Gott, bei all dieser Unbeweglichkeit und aasigen Grübelei tut es gut, an den Mann zu denken, der ich einmal war!

Ich hatte vor, still liegenzubleiben, wo immer es einen nicht allzu offensichtlichen Flecken Deckung gab, und die Jagd an mir vorbeiziehen zu lassen; doch ich hatte nicht mit einem jungen und tatkräftigen Inspektor gerechnet, der seinen Mantel abwarf und anscheinend eine Viertelmeile in weniger als sechzig Sekunden laufen konnte. Als wir uns dem unteren Ende des Abhangs näherten, hatte ich keine Chance, im Ginster Verstekken zu spielen oder in einer Hecke zu verschwinden. Der Vorsprung von hundertfünfzig Yards, der mir in der aufkommenden Dämmerung für meine Zwecke großzügig erschienen war, hatte sich auf fünfzig Yards verringert.

Ich mußte weiterlaufen – entweder zu einem Gatter, das auf ein anderes offenes Feld führte, oder zu einem Gatter, hinter dem ich einen matschigen Bauernweg sah, wo das Wasser in den tiefen Hufspuren schwach glitzerte. Ich wählte den Matsch und flankte über das Gatter und hinein in achtzehn Zoll davon. Ich steckte im Schlamm, aber das würde er ebenfalls, und dann könnte es auf die Ausdauer ankommen; da würde er mir keinen Aschenbahnspurt mehr hinlegen. Ich stampfte den Weg entlang und spritzte dabei soviel Schlamm über mich selbst und die Hecken wie ein Pferd. Nun lag er zwanzig Yards hinter mir und verschwendete seinen Atem, indem er mir zuschrie, stehenzubleiben und jeden Widerstand aufzugeben.

Als er immer noch im feuchten Lehm steckte und der Rest der Polizei eben hineingeraten war, bekam ich wieder festen Boden unter die Füße. Die Mauer eines Bauernhauses ragte vor mir empor; es war in der üblichen E-Form angelegt, allerdings ohne den mittleren Sparren, das Wohnhaus lag hinten, und Scheune und Stall bildeten die beiden Flügel. Dieser Ort war augenscheinlich bestens geeignet, um von der Polizei umzingelt und durchsucht zu werden; das würde sie die nächsten paar Stunden beschäftigen, und der Kordon zwischen Lyme Regis und Beaminster, den ich noch durchstoßen mußte, würde gelockert werden.

Ich blickte hinter mich. Der Inspektor war ein Stück zurückgefallen; den Rest der Jagdgesellschaft hörte ich durch den Matsch stapfen und fluchen. Ich legte einen Spurt ein und flitzte um den unteren Sparren des E herum. Aufgrund meiner Kenntnis der allgemeinen Anlage englischer Bauernhöfe war ich sicher, daß mein gesuchter Flecken nicht allzu augenfälliger Deckung gleich um die Ecke liegen würde, und da war er auch. Ich ließ mich inmitten einer Anordnung von Erdhügeln und Schatten flach aufs Gesicht fallen. Ich sah selbst nicht, woraus sie bestanden. Mein Kopf landete in einem Misthaufen, der nach Desinfektionsmitteln roch – vermutlich hatten sie die Schafe gegen Würmer behandelt –, und meine Ellbogen auf einem alten Mühlstein; Hürden und Brennholz waren zu sehen; der dominierende Schatten war der einer alten Steigbügelhilfe.

Der Inspektor raste um die Ecke hinter mir her und in die offenen Stallungen, wo er seine Taschenlampe auf die Karren, die Trockenfutterhaufen und die Mostfässer richtete. Sobald er an mir vorbei war, schoß ich aus dem Hof hinaus, geduckt und lautlos, und ließ mich gegen die Außenmauer fallen. Was die kleineren Dinge anging, hatte ich kein Glück. Diesmal steckte ich mein Gesicht in ein Büschel Brennesseln.

Die Polizisten, eine volle halbe Minute hinter uns, stürmten in den Hof und versammelten sich um ihren Inspektor. Er schrie ihnen zu, die Jungs sollten kommen, er hätte den Kerl in die Enge getrieben. Der Bauernhof und seine Hunde erwachten zu der Feststellung, daß sich ein Verbrecher in ihrer Mitte befand, und so überließ ich die Polizei ihrer Suche; sie war vermutlich langwierig und erschöpfend, denn ihrer Ansicht nach bestand nicht die geringste Möglichkeit, daß ich aus der dreiseitigen Falle, in die ich gerannt war, entkommen konnte.

Ich dachte nicht daran, nach Hause zu gehen. Ich würde in meinem Hohlweg keine Ruhe haben, bis ich nicht eine falsche Fährte gelegt hatte und wußte, daß die Polizei nun dieser folgen und alle anderen aufgeben würde.

Erstens: Ich mußte ein falsches Versteck bauen und der Polizei Gewißheit verschaffen, daß ich dort gelebt hatte, so daß man zwischen Beaminster und Lyme Regis nicht mehr allzu gründlich suchen würde.

Zweitens: Ich mußte die Polizei davon überzeugen, daß ich die Gegend für immer verlassen hatte.

Ich folgte der Hauptstraße, auf der ich mit dem Bus hergekommen war, zurück nach Lyme Regis. Ich sage, ich folgte ihr – das mußte ich, denn ich war mir im Dunkeln meiner Orientierung nicht sicher –, aber ich ging nicht auf ihr. Ich bewegte mich parallel zu ihr, und während drei vollen Meilen mußte ich rund alle zweihundert Yards einen Zaun übersteigen oder eine Hecke durchdringen. Es stellt einen beachtlichen Kraftakt dar, einer Hauptstraße zu folgen, ohne jemals einen Fuß auf sie zu setzen, und ich fühlte mich allmählich höllisch müde.

Das Hochplateau östlich von Beaminster, auf dem ich einen neuen Bau vortäuschen mußte, lag zwanzig Meilen weit entfernt. Ich beschloß, an dem steilen Hügel zwischen Lyme Regis und Charmouth, wo ich ziemlich sicher sein konnte, eine Mitfahrgelegenheit zu finden, ohne daß der Fahrer es merkte, auf einen Lastwagen aufzuspringen.

Etwa eine Meile außerhalb der Stadt machte ich eine Abkürzung hinunter in ein Tal und auf der anderen Seite wieder hinauf zu der steilen Haarnadelkurve, wo der Schwerverkehr auf Schrittempo abbremsen mußte. Ich hielt das für einen erfinderischen und originellen Plan, aber die Polizei, die einen besseren Sinn für Mechanik besaß als ich, hatte bereits daran gedacht. Am steilsten Straßenstück stand ein Polizeisergeant mit einem Fahrrad und hielt wachsam Ausschau.

Ich verwünschte ihn herzhaft und lautlos, denn nun mußte ich wieder zur Talsohle hinuntersteigen, ihn weglocken und wieder zur Straße zurückkehren. Meine Knie waren sehr schwer, aber es gab keinen anderen Ausweg. Ich stellte mich unten in ein kleines Gehölz und kreischte mit verängstigter Sopranstimme Zeter und Mordio – »Hilfe!« und »Lassen Sie mich los!« und »Mein Gott, hilft mir denn niemand!« und stieß dann eine Reihe von hysterischen Schreien aus, die sich grauenvoll anhörten und ganz falsch waren. Die Schreie einer verängstigten Frau sind rhythmisch und völlig unnatürlich, und hätte ich sie richtig nachgeahmt, so wäre ich von dem Sergeanten für ein Gespenst oder irgendeinen idiotischen Jodler gehalten worden.

Ich hörte das Quietschen hastig betätigter Bremsen, und mehrere verschwommene Gestalten rannten ins Tal hinunter, während ich hinauflief. Ich spähte über die Hecke. Der Sergeant war weg. Ein Lebensmittellieferwagen und ein Sportwagen standen leer am Straßenrand. Ich gab meine ursprüngliche Idee, einen Lastwagen zu besteigen, auf und nahm den Sportwagen. Ich rechnete damit, ihn mindestens fünfundzwanzig Minuten lang gefahrlos benützen zu können – zehn Minuten, ehe die Leute in der bewaldeten Talsohle ihre Suche einstellen würden, fünf Minuten, ehe sie zu einem Telefon gelangen konnten, und nochmals zehn Minuten, ehe die Patrouillen und Streifenwagen gewarnt werden konnten.

Um meinen Kopf und über meinen Bart wickelte ich meinen Schal. Dann setzte ich mich vor einen lärmigen Milchwagen, der den Hügel hinaufschepperte, für den Fall, daß der Besitzer das Motorgeräusch seines Autos erkennen würde. Es war ein vorzügliches Fahrzeug. Ich schaffte die neun kurvenreichen Meilen bis Bridport in elf Minuten und die zehn Meilen entlang der Straße nach Dorchester in zehn Minuten. Schon damals war mir dieses Tempo zuwider, und ich schäme mich auch deswegen. Kein Autofahrer hat das Recht, im Durchschnitt mehr als vierzig Meilen pro Stunde zu fahren; wenn er unbedingt seine Mitmenschen in Schrecken versetzen will, sind ja immer ein paar Kriege im Gange, und beide Seiten würden ihm gerne gestatten, seinen Gelüsten freien Lauf zu lassen und gleichzeitig etwas gesunde Leibesertüchtigung zu genießen.

Drei Meilen vor Dorchester bog ich links ab und ließ den Wagen zwischen zwei hohen Hecken in einem vergessenen Feldweg stehen, der nicht breiter war als der Wagen selbst. In den Ausweis des Besitzers steckte ich zehn Pfund, mit einer Bitte um Verzeihung (linkshändig mit Bleistift und in Blockschrift geschrieben), in der aufrichtigen Hoffnung, daß dieses Geld seine Übernachtung und allfällige Verluste decken würde.

Inzwischen war es Mitternacht. Ich überquerte den Hügel, umschlich ungesehen ein Dorf und betrat das Sydling-Tal, das gemäß der Landkarte eines von Dorsets abgeschiedensten Löchern zu sein schien. Den Rest der Nacht verbrachte ich in einem Schober, in warmem und tiefem Schlaf zwischen Heu und Wellblech. Die Wahrscheinlichkeit, daß die Polizei den Wagen vor Tagesanbruch finden würde, war denkbar gering.

Nach einem Brombeerfrühstück zog ich der Wasserscheide entlang nach Norden. Eine Viertelmeile westlich verlief eine Hauptstraße. Ich beobachtete, wie an zwei Kreuzungen Polizisten postiert wurden. Im Tal unten raste ein Streifenwagen gegen Sydling zu. Sie machten keine Anstalten, die Feldwege zu erforschen, vermutlich da sie der Überzeugung waren, daß Verbrecher aus London sich nie weit von der Straße entfernen. Zweifellos besaß Scotland Yard exakte statistische Angaben, die voraussagten, was mein nächster Schritt sein würde. Dank dem Diebstahl eines Autos paßte ich nun endgültig in die Gangster-Schublade – von ihrem Standpunkt aus hatte ich mich selbst lautstark als Gangster zu erkennen gegeben.

Die Hügel zu beiden Seiten des Sydling-Tals boten ein Gelände, das ganz nach meinem Geschmack war: Flecken von Ginster und Flecken von Wald, verbunden mit wuchernden Hecken, die mir Deckung vor vereinzelten Schafhirten oder Bauern gaben, aber nicht so dicht waren, daß ich über sie klettern mußte. Ich ging davon aus, daß alle Höhen mit Posten gesichert waren, und rechnete – vermutlich zu Unrecht – nicht nur mit Augen, sondern auch mit Feldstechern.

Das Tal mündete in einen großen Kessel mit Grasnarbe und Wald, der von keiner Straße durchquert wurde und zwei Meilen vom Dorf entfernt war. Am oberen Talende breiteten sich aufwärts trockene Bachbetten aus, wie die Stäbe eines Fächers. In jedem von diesen hätte ich seit dem September kampieren können.

Ich wählte eines, das auf einer Seite mit Haselsträuchern und auf der anderen mit Eichen bewachsen war. Dazwischen wuchs taillenhohes braunes Farnkraut, durch das sich ein grasiger Reitweg zog, auf dem Kaninchenästen und spielten. Die Lichtung roch nach Fuchs, Gras und Kaninchen, jenem süßen Moschusduft, der in trockenen Tälern in der Luft hängt, wo der Tau schwer ist und das Wasser ein paar Fuß unter dem Boden fließt. Die einzigen Anzeichen menschlichen Lebens waren zwei verfallene Cottages, einige Bündel geschnittene Haselruten und ein paar Patronenhülsen, die auf der Grasnarbe verstreut lagen.

Auf dem grünen Pfad, der zu den Cottages führte, wuchsen hohe Disteln ungestört, was erkennen ließ, daß kaum jemand hier vorbeikam. Die Gärten waren von wilder Vegetation überwuchert worden, aber ein Apfelbaum trug Früchte, trotz den Brombeeren und dem Efeu, die die niedrigen, schwerbeladenen Äste umklammerten. Baum und Garten erinnerten mich ihres Wildwuchses wegen an die Tropen.

Die Cottages hatten kein Dach mehr, aber in einem gab es einen Herd, der zwei Fuß tief in das dicke Mauerwerk führte. Um diesen herum errichtete ich eine rohe Mauer aus abgebrochenen Steinen, und es gelang mir, ein ziemlich überzeugendes Nest für einen Flüchtigen herzustellen, das trockener und luftiger war als mein eigenes, aber weniger sicher. Während ich an der Arbeit war, sah ich niemanden außer einem Bauer, der auf dem gegenüberliegenden Grat durchs Farnkraut ritt. Ich wußte, was er suchte – eine Kuh, die eben gekalbt hatte. Ich hatte sie früher an diesem Tag angetroffen und aus diesem sicheren Zeichen, daß das Gut groß und reich an Versteckmöglichkeiten war, Mut geschöpft.

Bei Einbruch der Nacht machte ich Feuer und häufte es forsch auf bis zum Kamin, damit der Ruß und die Asche wie die Überreste von zahlreichen Feuern aussehen würden. Während es brannte, lag ich im Haselgehölz, für den Fall, daß jemand durch das Licht und den Rauch angelockt würde. Dann hockte ich bis zum Morgengrauen dösend und fröstelnd über der Asche. Ich trug immer noch meinen Stadtanzug, der nicht für die Kälte und den Nebel einer Oktobernacht geschaffen war.

Es war schwierig, diesem Ort den Anschein zu geben, als hätte ich wochenlang da gelebt. Ich verteilte weitherum und unordentlich den Kadaver eines Kaninchens, der ein Stück weiter oben im Tal die Atmosphäre verpestet hatte. Ich beschmutzte und zertrampelte das Innere des Cottage, erntete den Apfelbaum ab und verstreute Kerngehäuse und Nußschalen auf der Erde. Ein Häufchen Federn von einer Ringeltaube und einer Saatkrähe lieferten weitere Hinweise auf meine Ernährung. Die uralten Überreste einer Habichtsmahlzeit zu rupfen war der scheußlichste Teil meiner Arbeit.

Ich verbrachte den Tag damit, im Farnkraut zu sitzen und auf die Polizei zu warten, aber diese weigerte sich, mich zu finden. Vielleicht dachte sie, daß ich zur Küste geflohen war. Schließlich gab es keinen erdenklichen Grund, weshalb ich eher im Sydling-Tal sein sollte als sonstwo. Ich nutzte die Nacht gut aus. Als erstes holte ich auf einem Müllhaufen ein Dutzend leere Dosen und stapelte sie in einer Ecke des Cottage auf; dann zog ich ins schlafende Sydling hinunter und verübte einen lauten Blitzraub im Dorfladen. Damit beabsichtigte ich, die Aufmerksamkeit der verstockten Polizei zu erregen und mir etwas Trokkenfisch zu beschaffen. In dieser Gegend voller Jäger würde es bestimmt irgendeinem Idioten einfallen, Bluthunde auf meine Fährte anzusetzen.

In den wenigen Sekunden, die ich zur Verfügung hatte, konnte ich weder Bücklinge noch Räucherheringe finden, aber vier Büchsen Sardinen und einen kleinen Sack Dünger nahm ich mit. Ich rannte los zu den Hügeln, während das ganze Dorf krächzte und murrte und die Türen knallte. Es war vermutlich das erste Mal in der Geschichte Sydlings, daß man nachts plötzlich Lärm gehört hatte.

Sobald ich wieder in meinem Cottage war, zerstieß ich die Sardinen und den Dünger untereinander, verschnürte die Mixtur in dem Beutel und rieb damit über die Ecke des Herds, wo ich gehockt hatte, und die Mauer, die ich gebaut hatte. Ich zog den Beutel an einer Schnur hinter mir her und legte so eine Schleppe durch die Haselsträucher, über das Heidekraut auf der Hügelkuppe, um das Eichenwäldchen herum und in das Farnkraut, das auf das Cottage hinunterblickte. Dort blieb ich und gönnte mir etwas Schlaf.

Trotz all der Unterstützung, die ich ihnen gewährt hatte, war es beinahe Mittag, ehe die Polizisten die Cottages entdeckten. Sie bewegten sich darin so ehrfürchtig wie in der Kirche und bestäubten alle Stellen, die für Fingerabdrücke in Frage kamen. Es gab keine. Ich hatte meine Handschuhe nie ausgezogen. Sie mußten annehmen, daß sie es mit einem erfahrenen Verbrecher zu tun hatten.

Eine halbe Stunde später kam ein Streifenwagen über die Grasnarbe gerumpelt und dekantierte einen alten Freund von mir in die Cottages. Ich hatte ganz vergessen, daß er inzwischen Polizeichef von Dorset war. Wenn er sich jene Federn genau angesehen hätte, wäre ihm sofort aufgefallen, daß hier ein Habicht und nicht ein Mensch getötet hatte; aber natürlich überließ er die kriminologischen Untersuchungen Scotland Yard, und die würden sich kaum um die Feinheit kümmern, ob der Tod diese Vögel durch das Gefieder der Brust oder des Rückens ereilt hatte.

Der trockene Talgrund sah allmählich aus wie eine Veranstaltung der Cattistock-Jagd. Das Bluthund-Paar, das ich erwartet hatte, traf ein und schleppte in seinem Kielwasser eine blutdürstige Jungfer. Sie feuerte die Hunde mit Gejohle an und hatte derart wuchtige Füße, daß ich sie aus zweihundert Yards Entfernung deutlich sehen konnte – gewaltige, derb beschuhte Schiffe, die durch ein grünes Meer stampften. Hinter ihr folgte das halbe Dorf Sydling und einzelne Vertreter der hiesigen Gentry. Zwei dieser Gesellen waren zu Pferd aufgekreuzt. Ich fand, daß sie mir das Kompliment hätten machen sollen, in roten Jagdröcken zu erscheinen.

Los gingen die Bluthunde auf der Spur der gedüngten Sardinen, und los ging auch ich; ich hatte eine gute halbe Stunde Vorsprung, während sie meinem Beutel durch die Haselsträucher und das Heidekraut folgten. Ich überquerte die Hauptstraße – ein hastiger Spurt von einem Straßengraben zum andern, während der wachestehende Polizist in die ferne Schönheit des Meeres vertieft war – und glitt den Hecken entlang auf ein großes, mit Ginster bewachsenes Hochplateau oberhalb von Cattistock. Dort legte ich ein derart verschnörkeltes Fährtenmuster an, daß jene schiffüßige Artemis denken mußte, ihre langohrigen Lieblinge seien einem Hasen auf der Spur. Ich machte einen Bogen um Cattistock und hörte dessen hübsches Glockenspiel passenderweise das Jägerlied *D'ye ken John Peel* spielen, als ich vorbeikam, gefolgt von *Lead, Kindly Light.* Es war halb sechs Uhr, und die Dämmerung brach herein. Ich watete in den Fluß Frome hinein, unterquerte die Great-Western-Eisenbahnlinie und paddelte etwa eine Meile weit flußaufwärts, wobei ich immer im Schilf Deckung suchte, wenn mich jemand hätte sehen können. Dann vergrub ich die Sardinen im Kies des Flußgrunds und zog unter meiner eigenen Witterung weiter.

Ich habe nicht die geringste Ahnung, was Hunde mit der Fährte eines Menschen anfangen können und was nicht. Ich bezweifle, daß sie meine wahre Witterung von den Cottages bis zu meinem Hohlweg hätten verfolgen können, aber ich mußte mich gegen diese Möglichkeit wappnen. Wenn ich auf jene beiden Tage zurückblicke, muntert mich die gesunde Unverfrorenheit bei allem, was ich damals tat, ein wenig auf.

Ich ging langsam nach Westen, indem ich den Heckensträßchen folgte, aber ohne Risiken einzugehen – langsam, bewußt langsam, mit der Technik, die ich entwickelt habe, seit ich ein Gesetzloser bin. Es war beinahe vier Uhr früh, als ich mich auf den Ulmenast schwang, der mir als Haustür diente, und in den Hohlweg hinunterkletterte. Ich fühlte, wie Asmodeus um meine Beine strich, aber sehen konnte ich ihn in dieser sicheren Grube von Finsternis nicht. Daß ich Dunkelheit mit Sicherheit gleichsetze, unterscheidet mich an sich schon von meinen Mitmenschen. Dunkelheit bedeutet nur dann Sicherheit, wenn alle deine Feinde menschlich sind.

Ich verzehrte ein gewaltiges Frühstück von Rindfleisch und Hafergrütze und legte meinen Stadtanzug beiseite, um daraus Taschen und Seilzeug zu machen – zu etwas anderem taugte er nun nicht mehr. Ich war erleichtert, ihn los zu sein; er erinnerte mich zu stark an den gut angezogenen Mann aus den Zeitungen. Dann schlüpfte ich in meinen Schlafsack, diese unverwüstliche, feuchtigkeitsbeständige Zitadelle des Komforts, und schlief bis zum Einbruch der Nacht.

Als ich erwachte, fühlte ich mich stark und ausgeruht genug, um mich an die zweite Finte zu wagen: die Polizei zu überzeugen, daß ich das Land für immer verlassen hatte. Das war unbesonnen, aber notwendig. Ich glaube heute noch, daß es notwendig war. Wäre ich nicht fortgegangen, so läge das Fahrrad immer noch im Hohlweg, und die Anzeichen meiner Anwesenheit hier wären um einiges klarer, als sie es jetzt sind.

Beim Lichte zweier Kerzen – denn die Batterie des Scheinwerfers war erschöpft – wandte ich mich der unseligen Aufgabe zu, das Tandem wieder zusammenzusetzen. Es war nach Mitternacht, als ich das Gerät vollständig und ohne Löcher aus dem Hohlweg geschafft und das Dornengestrüpp in einer hinlänglich abschreckenden Form wieder aufgebaut hatte.

Ich zog meine wärmsten Arbeitskleider an und riß dabei alle besonderen Kennzeichen sowie das Etikett des Herstellers ab. Ich steckte einen Flachmann mit Whisky in meine innere Brusttasche und nahm reichlich Proviant mit. So konnte ich unbesorgt tagelang wegbleiben. Selbst das Luftloch war nicht mehr verdächtig, da Asmodeus es benutzte, wenn die Türe festgeklemmt war, und der Einfahrt das richtige sandige und von Krallen abgewetzte Aussehen verliehen hatte. Ich glaube, daß er in meiner Abwesenheit den Bau immer als sein Hauptquartier benutzte, aber da er ein reinlicher Kater war, hinterließ er nie eine Spur seines Aufenthalts.

Ich pedalte vorsichtig durch die Heckensträßchen des Marshwood-Tals und hinauf in die dahinterliegenden Hügel. Die Nebenstraßen waren leer. Bevor ich eine Hauptstraße kreuzte, stellte ich jeweils das Rad in die Hecke und erkundete zu Fuß und auf dem Bauch. Einmal wäre ich um ein Haar erwischt worden. Ich kroch beinahe in einen Polizisten hinein, den ich, als er so über mir aufragte, für einen Baumstrunk hielt. Daran war sein gewaltiger Mantel schuld. Den gleichen Fehler machen meines Wissens oft auch Hunde.

Bis zum Morgengrauen war ich an Crewkerne vorbei und ein gutes Stück weit nach Somerset hinein gelangt. Nun war es an der Zeit, daß ich mich sehen ließ und die Polizei auf eine Fährte brachte, die offensichtlich nördlich nach Bristol oder zu einem kleineren Hafen am Bristol Channel führte. Ich sauste durch zwei breit gestreute Dörfer, wo ich den Frühaufstehern einen bestaunenswerten Anblick bot, der ihnen für den Rest des Tages zu reden geben würde; dann weiter in den Fosse Way, wo ich die schnurgerade Straße nach Bristol entlangraste und den vorbeifahrenden Lastwagenfahrern Beifall und Gelächter entlockte. Ich war ein zu unwahrscheinlicher Anblick, um für einen Verbrecher gehalten zu werden – dreckig, bärtig und auf einem Tandem fahrend, ein ebenso ausgefallenes Wesen wie jener amüsante Vagabund, der früher im Varieté auf einem zusammenklappbaren Fahrrad Kunststücke vorführte.

Nachdem ich mich auf einer ganzen Meile der Hauptstraße gezeigt hatte, war ich mehr als bereit, das Fahrrad endgültig und mich selbst bis zum Einbruch der Nacht zu verstecken, aber zu beiden Seiten der großen Römerstraße lag offenes und unangenehm deckungsarmes Gelände; tatsächlich lag das meiste davon tiefer als die Straße. Ich pedalte weiter und immer weiter, in der Hoffnung, einen Wald oder eine Heide oder einen Steinbruch zu erreichen. Es war alles Flachland mit kurzgeschnittenen Hekken und seichten Abflußgräben.

An der Straße lag ein menschenleeres Kohlfeld – eines jener trübseligen Felder mit einem Schlackenweg, der hineinführt, und einer baufälligen Hütte, die sich an einen Müllhaufen lehnt. Nahe der Hütte und einen Steinwurf von der Straße entfernt, stand ein Autowrack. Als der einzige Verkehr aus ein paar schwarzen Punkten in ein bis zwei Meilen Entfernung bestand, schulterte ich das Tandem, um keine Spur zu hinterlassen, und stolperte in den Schutz der Hütte. Ich zerschmetterte die beiden

Lenkstangen, damit das Fahrrad flach auf dem Boden liegen würde, und schob es unter das Auto, worauf ich das zertrampelte Unkraut wieder in eine leidlich aufrechte Stellung brachte. Da wird das Gefährt nicht gefunden werden, bis das Auto über ihm verrottet ist, und dann wird es von den übrigen rostigen Trümmern nicht mehr zu unterscheiden sein.

Nun mußte ich selbst in Deckung gehen. Die Hütte war ein zu augenfälliger Ort. Ich wagte nicht, auch nur eine Viertelmeile weit zu gehen. Es blieb mir nichts anderes übrig, als zwischen diesen verwünschten Kohlköpfen auf dem Lehm zu liegen. In der Mitte des Feldes war ich vollkommen sicher.

Es war ein scheußlicher Tag. Das englische Flachland an einem grauen Morgen erinnert mich an die Hölle der Klassiker – eine formlose Landschaft, wo die Kiebitze zwitschern und die Halblebenden sich an Hügel und Sonnenschein zurückerinnern. Und die Narzisse dieses Hades ist der Kohl. Nach all dem Schmerz und den Gefährdungen, die ich im Verlauf meiner Flucht erlitten hatte, in meiner Heimat unter Kohlköpfen zu liegen, hätte mir nichts ausmachen sollen; aber damals war Sommer gewesen und nun war es Herbst. In einem sanften Nieselregen auf einem Lehmboden stillzuliegen war zum Verzweifeln. Aber wenigstens sicher! Wenn der Eigentümer dieses widerlichen Felds beim Pflanzen gewesen wäre, hätte er sein Setzholz in mich hineingetrieben, ehe er gemerkt hätte, daß ich nicht Matsch war.

Ich langweilte mich dermaßen, daß ich dankbar war, als am frühen Nachmittag beim Gatter zum Feld ein Wagen anhielt und ein Grüppchen von drei Polizisten den Schlackenpfad heraufknirschte. Ich hatte sie schon seit Stunden erwartet; sie wußten, daß ich am Morgen auf dem Fosse Way gesehen worden war und seither nirgendwo, so daß es gewiß war, daß sie jedes mögliche Versteck entlang der Landstraße und ihren Seitenstraßen absuchen würden. Sie schauten in die Hütte und in jenes zerfallene Auto. Ich hielt mein Gesicht schön zwischen meinen Armen unten, so daß ich nicht weiß, ob sie auch nur in das

Kohlfeld hinausblickten. Wahrscheinlich nicht. Es war so offen und unschuldig.

Eine Ewigkeit lang zitterte und grummelte ich auf diesem abscheulichen Feld. Ich versuchte, in unmerklichen Veränderungen meiner Stellung Trost zu finden; es gab keinen, aber es beschäftigte meinen Verstand, beispielsweise meinen Kopf vom Ellbogen auf den Unterarm zu verlagern oder meine Füße so zu drehen, daß sie nicht mehr auf dem Knöchel ruhten, sondern auf dem Rist. Ich analysierte die relative Beschwerlichkeit der verschiedenen Bewegungen, die mir offenstanden. Ich komponierte Muster aus den Kohlalleen, die sich vor meinen Augen in einem Viertelkreis ausbreiteten. Ich folterte mich (denn sogar Folter kann eine Ablenkung sein) mit dem Gedanken an den Flachmann voll Whisky in meiner inneren Brusttasche und der Weigerung, mir zu erlauben sie anzurühren. Ich wußte verdammt gut, daß ich gar nicht wagte, sie anzurühren; die Verrenkungen, die nötig gewesen wären, um an sie ranzukommen, und das Aufblitzen der Vernickelung hätten mich verraten können. Es waren eine Menge Autos und Radfahrer auf der Straße, und der Eigentümer des Feldes, der vermutlich benachrichtigt worden war, daß seine Hütte Polizeibesuch erhalten hatte, lehnte nun in Begleitung zweier Freunde daran und blickte voll nachdenklichem Stolz über seine Besitztümer. Ich kann mir denken, daß es in diesen Dörfern nie mehr soviel Aufregung gegeben hatte, seit 1685 Monmouths Truppen aus dem Sedgemoor geflohen waren, um ihre Pferde in diesem greulichen Ackerland lahmzureiten und durch den Dreck zu kriechen wie ich und die Würmer.

Endlich ging der Kohl-Mann nach Hause zu seiner klitschigen Teemahlzeit, und die Dämmerung brach herein, und ich stand auf. Ich trank ein Viertel von meinem Flachmann und brach auf nach Osten, weg von der Straße. Im Dunkeln querfeldein zu marschieren war nahezu unmöglich. Ich tastete mich an Abflußgräben und Hecken entlang, wobei ich gewöhnlich drei Seiten eines Feldes abklapperte, bis ich den Ausweg fand –

und wenn ich den Ausweg dann fand, führte er mich unweigerlich in ein Dorf oder zurück auf das Kohlfeld.

Nach einer oder zwei Stunden in diesem Irrgarten schritt ich stracks durch die Landschaft aus und überstieg oder durchwatete alle Hindernisse auf meinem Weg. Das war reiner Starrsinn. Ich war naß bis zu den Achselhöhlen; ich hinterließ eine Spur wie ein Flußpferd; und da ich nicht wußte, wohin ich ging, war es völlig zwecklos. Schließlich hielt ich mich wieder an die Heckenwege – oder Straßen, sollte ich eigentlich sagen, denn es handelte sich um schmale asphaltierte Bänder mit niedrigen Hecken. Dort verbrachte ich die meiste Zeit damit, wie ein Misthaufen auszusehen, denn die Straßen waren verhältnismäßig stark mit Fußgängern belebt. Im Durchschnitt kam bestimmt alle zweihundert Yards ein Passant daher. Die abendliche Unterhaltung in jenem trostlosen Tal besteht darin, eine Kneipentour ins nächste Dorf zu machen und wieder heimzugehen. Wenn einer kein Geld fürs Bier hat, legt er sich mit einem Mädchen unter einen Regenmantel. Unter normalen Umständen habe ich nichts als Verständnis für eine derart starke Neigung zu Fortpflanzungsvorbereitungen, aber die Grüppchen am Wegesrand waren nicht als menschlich zu erkennen, bis ich praktisch auf sie getreten war. Meine eigene Grafschaft ist da fröhlicher und heidnischer. Wenn es regnet, verlegen wir unser Liebesspiel in die Zehntenscheune oder den Kirchenvorbau oder unter die Hintertreppe des Frauenvereins, und es ist uns ganz egal, wer uns dabei sieht. Von unverhofften Zeugen dieses Tuns wird erwartet, daß sie lachen und wegschauen.

Ich wäre wohl gezwungen gewesen, einen weiteren Tag auf dem Kohlfeld zu verbringen, wenn ich nicht durch Zufall auf eine Eisenbahnlinie gestoßen wäre, der ich in Richtung Yeovil folgte, wobei ich leise von einer Schwelle auf die andere trat. Zwei Eisenbahnangestellte auf dem Heimweg gingen an mir vorbei, aber ihre Stiefel auf dem Schotter warnten mich rechtzeitig, daß sie daherkamen. Ich ging ihnen und dem einzigen Zug aus dem Weg, indem ich mich am Fuße des Bahndamms flach hinlegte.

Eine dichtere Dunkelheit am Horizont warnte mich, daß ich mich den gedrängten kleinen Häusern von Yeovil näherte. Es war nun etwa zwei Uhr früh, und die Seitenstraßen waren menschenleer; also wandte ich mich nach Süden den Hügeln zu. Als das langsame Herbstmorgengrauen die Nacht in Nebel verwandelte, konnte ich unter meinen Füßen die kurze Grasnarbe spüren und überall dort, wo Mensch oder Tier die Böschung abgescheuert hatten, den matten Glanz von Kalk und Flint erkennen.

Ich trank an dem Quellwasserrohr, das eine Viehtränke speiste, und suchte im Herzen von zwanzig Aren wildem Ginster und Heidekraut Zuflucht. Hier schreckte ich einen alten Fuchsrüden auf und erschreckte mich selbst, als ich es mir recht überlegte, noch viel mehr. Ich schmeichle mir, näher als andere zivilisierte Menschen und die meisten Wilden an ein Tier heranschleichen zu können; tatsächlich war das schon immer meine Lieblingsbeschäftigung, seit ich mit sechs Jahren mein erstes Luftgewehr geschenkt bekommen hatte, zusammen mit der Anweisung – die ich mit einer einzigen Ausnahme immer befolgt habe – nie auf einen Menschen zu zielen. Und doch hätte ich mir bestimmt nie zugetraut, auf drei Meter an einen Fuchs heranzukommen, selbst wenn ich gewußt hätte, wo er war, und ihn vorsätzlich anpirschte. Seltsamerweise machte es mir zu schaffen, daß ich mir angewöhnt hatte, mich mit einer so instinktiven Lautlosigkeit zu bewegen. Ich hielt bereits Ausschau nach möglichen Anzeichen von Demoralisation – krankhaft bemüht, mir zu versichern, daß ich nichts von meiner Menschlichkeit verlor.

Ich wählte einen Südabhang, wo kurzes Heidekraut allmählich die Grasnarbe überwältigte und die grüne Matratze mit einer Federung versah. Die Sonne versprach milde Wärme, und ich breitete meinen Mantel und meine Lederjacke zum Trocknen aus. Ich döste genüßlich, wobei ich stets erwachte, wenn sich ein Vogel auf dem Ginster niederließ oder ein Kaninchen die Wildpfade entlanghoppelte, aber augenblicklich und mühelos wieder einschlief.

Kurz nach Mittag wachte ich endgültig auf. Es war nicht unmittelbar etwas zu sehen, das die plötzliche Klarheit meiner Sinne erklärt hätte, und so spähte ich über den Ginster hinweg. Windwärts befanden sich zwei Männer, die den Hügelgrat entlang bummelten. Der eine war ein Sergeant der Gendarmerie von Dorset; der andere ein Kleinbauer – nach der Tatsache zu urteilen, daß er ein altmodisches Hahngewehr trug. Sie gingen keine zehn Yards von mir entfernt vorbei, der Polizist, der seine Füße fest aufsetzte, als suche er unter der lautlosen federnden Grasnarbe nach Straßenbelag, und der Bauer, der mit den leicht gebeugten Knien eines Mannes, der selten auf flachem Boden geht, einherstapfte.

Ich beschloß, diesen beiden feierlichen Wanderern zu folgen, um zu hören, was sie zu sagen hatten. Sie sprachen über mich, denn der Bauer hatte ohne bestimmten Anlaß bemerkt: »Meiner Ansicht nach war der die ganze Zeit in Somerset drüben« – eine endgültige und unerschütterliche Feststellung, wie wenn einer gesagt hätte: Ich glaube, er ist nach Südamerika gefahren und dort gestorben.

Es ist erstaunlich, wieviel Deckung es auf den Kalkhügeln gibt. Ein ganzer Trupp von Männern könnte sich dort nicht ungesehen bewegen, aber ein einzelner Mann kann es. Die Täler Südenglands sehen von den Hügelkuppen herunter zwar wie Waldgelände aus, aber dort zwingen Hecken und Zäune den Flüchtigen, die Wege anderer Leute zu beschreiten, und früher oder später kann er nicht umhin, ebenso wie ich, sich flach hinzulegen und zu beten, daß die Erde ihn deckt. Aber auf den kahlen – scheinbar kahlen – Hügeln gibt es prähistorische Mulden und Gräben, mit Bäumen bewachsene Buckel, Ginster und die oberen Ränder von Dickichten, einsame Schuppen und Dorngestrüpp. Und die Hecken, wo es welche gibt, sind entweder Miniaturwäldchen oder voller Lücken.

Es war leicht, sie einzuholen. Sie hielten ein angenehmes Tempo ein und blieben ab und zu stehen, um ein paar Worte zu wechseln. Das gewichtige Geschäft des Gesprächs durfte nicht von Bewegung gestört werden. Schließlich entschieden sie sich für ein Gatter und beugten sich darüber, um auf acht Hektaren metallisch grünen Mangolds hinunterzuschauen, die zu den goldenen Hecken des Tales hin abfielen. Ich kroch einen trockenen Graben entlang, um in Hörweite zu gelangen.

Der Sergeant beendete ein langes Gemurmel mit dem Wort »Ausländer«, das er laut und aggressiv aussprach.

»Arr, diese Schweine!« sagte der Bauer.

Der Sergeant bedachte das kritisch und wandte sich dann gemächlich seinem Begleiter und mir zu. Er war ein uniformierter Diener seines Staates und daher, denke ich, zu Diplomatie geneigt.

»Also ganz so weit würd ich nun nicht gehen wollen«, meinte er. »Nicht, daß ich von Ausländern viel halten würde – aber ganz so weit würd ich wohl nicht gehen wollen.«

Es wurde noch viel mehr gesprochen, das ich nicht hören konnte, denn keiner der beiden war aufgeregt genug, um seine Stimme zu erheben. Ich glaube, daß der Bauer bestritt, daß jemals Ausländer nach Dorset kamen. Die Andeutung, daß dem so sein könnte, empfand er beinahe als Kritik an seiner Grafschaft.

»Ich sag Euch, es haben Ausländer nach ihm gefragt«, sagte der Sergeant. »Und das weiß ich, weil der Inspektor zu mir gesagt hat, also er sagte . . .« dann verlor sich seine Stimme wieder.

»Mrs. Maydoone sagt, er sei ein richtiger Gentleman«, kicherte der Farmer.

Der Sergeant kicherte beipflichtend mit und demonstrierte darauf gekränkte Würde.

»Sagt die mir doch, sie könne sich kaum mehr an ihn erinnern! ›Kommt mir ja nicht mit solchen Fragen‹, sagt sie, ›wie wenn der *Bull* ein schmutziges und minderwertiges Wirtshaus wäre‹, sagt sie.«

Das rief wieder Gelächter hervor, das zu einem Gewieher aus vollem Halse anschwoll, als sich die beiden an die üppige Mrs. Maydoone erinnerten und einander in die eigenen, weniger bewundernswert gepolsterten Rippen knufften. Sie war eine anständig lustige Witwe, die den Gasthof in Beaminster besaß, in dem ich zu Mittag gegessen hatte. Die Ärzte, hatte sie mir anvertraut, hätten so was wie Mr. Maydoones Nieren außer in einem Londoner Krankenhaus noch nie gesehen.

Meine zwei Freunde marschierten über die Hügel davon, während ich in dem Graben blieb und diese Brocken von Nachrichten verdaute. Ich war beunruhigt, aber nicht überrascht. Es war nichts als natürlich, daß meine Feinde an Scotland Yards Hinweis auf meinen Aufenthaltsort herankommen würden. Wenn der liebe alte Heilige Georg es nicht zuwege brachte, dann konnte es einer ihrer Zeitungskorrespondenten in London. Es war ja keine vertrauliche Information.

Ich kehrte in meine Sasse im Herzen des Ginsters zurück. Die Frühnachmittagssonne hatte einen erlahmenden sommerlichen Biß in sich, und ich glühte von der Anstrengung meiner Pirsch. In der Dämmerung aß ich den Rest meines Proviants auf und trank wieder an der Quelle. Glücklicherweise ließ ich die halbe Flasche Whisky, die mir noch blieb, unangetastet. Ich hatte Angst vor seiner Wirkung – schwach, aber genug, um mir Selbstvertrauen zu verleihen, obgleich meine sichere Rückkehr zum Hohlweg und meine Seelenruhe für den kommenden Winter davon abhingen, daß ich jetzt mit äußerster Umsicht vorging.

Ich hielt mich an die Hügelkuppen und folgte den Gratwegen nach Süden, bis sie auf dem Eggardon Down endeten. Dort war ich nun verloren. Kein einziger Stern war zu sehen, und obschon ich wußte, daß ich auf dem Hügel von Eggardon war, konnte ich nicht sagen, aus welcher Himmelsrichtung ich eben an ihn herangekommen war; die Pfade, uralte und neuzeitliche, grüne und beschotterte, kreuzten und verzweigten sich wie die Schienen in einem Güterbahnhof. Schließlich stellte ich fest, daß ich im äußeren Graben des antiken Lagers stand, und um mich meiner Orientierung zu versichern, ging ich halb um den gewaltigen Kreis von Feldschanzen herum, bis ich weit unter mir die schwachen Lichter eines Städtchens sah, das Bridport sein mußte.

Die Leere war eine Unendlichkeit, Finsternis mit Ferne, aber ohne Form. Der Südwestwind wirbelte über die Grasnarbe, und die dreifache Linie von begrasten Wällen hing über mir wie eine sanfte See, die durch die Nacht wogte. Ich hätte mich auf den Osthängen der Anden befinden können, mit einem leeren Kontinent von Wald zu meinen Füßen. Das hätte ich mir wünschen können. Dort hätte ich mich allein gefühlt, sicher, als uneinnehmbarer Außenposten der Menschheit.

Eggardon wirkte auf mich wie eine Stadt. In diesem Lager ging es um. Ich fühlte nicht die Gegenwart seiner Erbauer, jener unbekannten Imperialisten, die auf den Kalkhöhen ihr Quartier aufschlugen, sondern ich hatte plötzlich entsetzliche Angst vor den schlafenden Städtchen und Dörfern, die zu meinen Füßen lagen und sich um das leere Eggardon zusammendrängten und warteten. Ungeheuern gleich sprangen eine graue Stute und ihr Fohlen aus einem Graben auf und galoppierten davon. Ein Dornbusch knapp außerhalb müheloser Sehweite schwebte zwischen Realität und Vision; er war rund und schwarz wie ein gähnender Tunnel. Schuldgefühle bedrückten mich. Ich hatte ziellos getötet, und nun scharten sich alle meine Mitmenschen um mich und warteten, auf daß ich nicht wieder töten würde.

Ich stolperte hinunter ins Tal und zwang mich, langsam zu gehen und geradeaus zu blicken. Wenn es auf Eggardon irgendein Lebewesen gegeben hätte, wäre ich mit ihm zusammengestoßen. Ich war besessen von dem Gefühl, daß ganz Südengland auf diesen Hügel einstürmte.

Während ich von Sträßchen zu Sträßchen und von Gehöft zu Gehöft heimwärts floh und flitzte, wollte mir der Beiwagen nicht aus dem Kopf. Ich wollte wissen, ob er angerührt worden war. Wenn die Polizei ihn gefunden und zur Identifikation aus dem Bach geholt hatte, würde sie die Spuren in den Cottages – die nur solange etwas taugten, als niemand sie in Frage stellte – vielleicht verwerfen und die Gegend absuchen, in der ich mich tatsächlich aufhielt.

Obschon er nur ein Feld weit von einer stark befahrenen Seitenstraße entfernt lag, befand sich der Beiwagen an einem sicheren Ort: in einem schlammigen Flüßchen, das zwischen tiefen Böschungen dahinströmte und über dem sich Weißdorn wölbte. Da würde er jahrelang ungesehen bleiben, dachte ich, wenn nicht irgendein Bauerntrampel sich in den Kopf setzte, das Bachbett hinaufzuwaten, oder eine Kuh sich durch die Büsche zwängte.

An einer Viehsuhle stieg ich ins Wasser, bis zu den Knien im Schlamm einsinkend, und bahnte mir einen Weg unter dem Weißdorn hindurch. Ich konnte den Beiwagen nirgends sehen. Ich war mir des Standorts sicher, aber er war nicht da. Noch gestattete ich mir keine Sorge, aber ich empfand doch die Kälte des Wassers als schmerzhaften Stich. Ich drängte flußabwärts, in der Hoffnung, daß der Beiwagen von der Kraft der Strömung verschoben worden war, obschon ich mir durchaus bewußt war, wie ich mich jetzt entsinne, daß höchstens eine Winterflut ihn hätte verlagern können.

Endlich erblickte ich ihn, einen blassen weißen Klotz in der Dunkelheit, schräg an einer mit Schilf bewachsenen Uferböschung liegend, wo das Flüßchen sich weitete. Ich war so froh, ihn zu finden, daß ich nicht zögerte, nicht auf die Eingebung achtete, die förmlich danach schrie, erhört zu werden, und die ich meiner Nervosität zuschrieb. Nach Eggardon wollte ich meiner Phantasie keinen Spielraum mehr geben.

Ich beugte mich über den Beiwagen, als eine Stimme ganz leise meinen Namen rief. Ich richtete mich auf, so verblüfft und fasziniert, daß ich mich sekundenlang nicht rühren konnte. Ein dünner Lichtstrahl blitzte mir ins Gesicht und fiel dann auf mein Herz mit einem Krachen und einem schmetternden Schlag. Ich wurde rücklings über den Kinderwagen geschleudert und klatschte mit meiner rechten Seite in den Schlamm und mit dem Kopf zur Hälfte ins Wasser. An den Sturz kann ich mich nicht erinnern, nur an das Licht und die gleichzeitige Explosion. Ich muß bewußtlos gewesen sein, als ich auf den Schlamm aufschlug, genau so lange, schätze ich, wie mein Herz brauchte, um zu seinem gewohnten Schlagen zurückzukehren.

Ich blieb zusammengebrochen liegen, mit starren Augen, und versuchte, den roten Faden des Lebens wieder aufzunehmen. Hätte ich die Kraft dazu gehabt, so wäre ich in verrücktes Gekicher ausgebrochen; es schien so absolut außergewöhnlich, einen Lichtstrahl durchs Herz verpaßt zu bekommen und immer noch am Leben zu sein. Ich hörte meinen Meuchler mit tiefer, inbrünstiger Stimme den läppischen Kriegsruf seiner Partei ausstoßen, als wolle er Gott für die Ermordung des Ungläubigen preisen. Dann fuhr auf der Straße leise ein Wagen heran, und ich hörte eine Tür knallen, als jemand ausstieg. Ich blieb still liegen, unsicher, ob der Schütze fortgegangen war, um den Neuankömmling zu begrüßen; das war er, denn einen Augenblick später hörte ich ihre Stimmen, als sie sich dem Flüßchen näherten, vermutlich um meine Leiche abzuholen. Ich kroch durch das Gras und das Schilf am anderen Ufer davon und rannte heimwärts. Ich schäme mich keineswegs, wenn ich daran denke, daß ich verängstigt, geschockt und unvorsichtig war. Aus dem Hinterhalt niedergeschossen zu werden ist furchtbar entnervend.

Ich sprang auf meinen Baum und in den Hohlweg hinab, ohne auf den zuckenden Schmerz zu achten, wenn ich meinen rechten Arm bewegte. Dann sperrte ich die Tür des Baus hinter mir zu und legte mich hin, um mich zu sammeln. Als ich wieder eine etwas würdevollere Herrschaft über meinen Geist erlangt hatte, zündete ich eine Kerze an und untersuchte den Schaden.

Die Kugel – Revolverkaliber .45 – war vom Nickel des Flachmanns in meiner Brusttasche abgedreht worden, hatte sich seitlich durch meine Lederjacke gegraben, um dann (Gott sei Dank mit der Spitze voran!) im Fleisch meiner rechten Schulter stekkenzubleiben. Sie war so nahe an der Oberfläche, daß ich sie mit den Fingern herausdrücken konnte. Über meine ganze Brust hinweg war die Haut geprellt und aufgerissen, und ich fühlte mich, als hätte mich eine Dampflokomotive umgefahren; aber ernsthaften Schaden hatte ich keinen genommen.

Ich begriff, weshalb der Jäger sich nicht einmal die Mühe gemacht hatte, seine Beute zu untersuchen. Er hatte dem Lichtstrahl einer Taschenlampe entlanggeschossen, gesehen, wie die Kugel aufschlug, und beobachtet, wie der Whiskyfleck, der im Kunstlicht nicht von Blut zu unterscheiden war, in die Brust meines Mantels schoß und sich ausbreitete. Es war für den Augenblick nicht nötig, mir weitere Aufmerksamkeit zu widmen; für mein Fell oder meine Leber hatte er keine Verwendung.

Ich flickte mich zusammen, steckte mir eine Pfeife an und dachte nach über den Burschen, der auf mich geschossen hatte. Er hatte einen Revolver benutzt, weil eine Büchse bei so viel Dickicht und auf so kurze Distanz unmöglich zu handhaben war, aber seine Technik ließ erkennen, daß er Erfahrung mit Großwild hatte. Er hatte sich in meinen Kopf hineinversetzt. Er wußte, daß ich mir diesen Beiwagen früher oder später wieder ansehen würde. Und wie er mir sanft zurief, damit ich den Kopf drehte, war einfach perfekt.

Sie hatten einen respektgebietenden Agenten ausgeschickt. Er wußte, im Gegensatz zur Polizei, wer ich war und zu welchem Menschenschlag ich gehörte; daher mißtraute er meinen ausgeklügelten falschen Fährten. Er hatte die schlichten Tatsachen erraten: daß ich eine Dummheit gemacht hatte, indem ich nach Lyme Regis ging, und daß meine darauffolgenden Schachtelteufel-Tricks weiter nichts bewiesen, als daß ich Angst hatte. Daher mußte ich unweit von Lyme Regis irgendein sicheres Versteck haben und zwar mit größter Wahrscheinlichkeit gegen Beaminster zu. Seine private Suche nach dem Beiwagen, mit der er vielleicht mehrere Wochen verbracht hatte, konzentrierte sich dadurch auf die richtige Stelle. Daß er ihn fand, verdankte er vermutlich eher seiner Vorstellungskraft als seinem Glück. Er mußte sich in der Nähe eines Feldwegs oder eines Heckensträßchens befinden; er lag vermutlich in Wald oder Wasser. Und wäre ich er gewesen, so hätte ich vermutlich auf Wasser getippt. In meiner Flucht lag ein System. Wenn es darum ging, mich zu verstecken, zu reisen oder meine Verfolger abzuschütteln, wählte ich mit Vorliebe Wasser. Wasser war, wie die Spanier sagen würden, meine *querencia*.

Nun, er hatte mich verfehlt. Ich glaube, daß ich in einem anderen Zusammenhang, der mir entfallen ist, geschrieben habe, daß der Allmächtige sich um den männlichen Einzelgänger kümmert. Nichtsdestoweniger würde dieser Sportsmann (ich gestatte ihm diesen Titel, denn er muß zwei oder drei Nächte lang bei seinem Köder gewacht haben und bereit gewesen sein, noch viel länger zu warten) zufrieden sein. Er hatte den Landstrich gefunden, in dem ich mich versteckt hatte, und er konnte sogar ziemlich sicher sein, wo ungefähr meine Höhle war. Mein panischer Sprint durch die Rieselwiese zeigte, daß ich nach Süden floh. Im Sumpfgebiet würde ich kaum lagern; daher konnte ich mich nur jenseits davon auf oder gleich hinter dem Halbkreis von niedrigen Hügeln befinden. Nun brauchte er nichts weiter zu tun, als gewissermaßen seinem wunden Wild ins hohe Gras zu folgen. Die Jagd hatte sich von ganz England auf Dorset verengt, von Dorset auf die Westecke der Grafschaft und von dieser auf vier Quadratmeilen.

Ich hatte gewußt, daß mich dieses Schicksal, ob es nun um Monate oder Jahre hinausgezögert wurde, irgendwann ereilen würde; aber mein friedliches Leben im Hohlweg hatte meine Furcht stumpf werden lassen. Ich hatte dazu geneigt, über meine Beweggründe nachzugrübeln und mich selbst für meine überlegene Schlauheit zu beglückwünschen und eher zurück- als vorauszublicken. Es gibt allerdings nichts vor mir, dem ich entgegenblicken könnte, weder eine Tat noch ein Ziel; und so klammerte ich mich damals wie auch jetzt an das, was ich habe – diesen Hohlweg. Ich hätte vielleicht entkommen und auf dem Lande leben können, aber früher oder später würde mich die eine oder die andere Meute im Bau aufstöbern, und kein Bau konnte so tief und so gut getarnt sein wie dieser.

Wenn ich hier bleiben wollte, so war es ganz klar, daß ich meine Praxis, den Hohlweg zuzumachen, völlig umkrempeln mußte. Das Dornengestrüpp mußte weg, und der ganze Weg jedem Einblick offenstehen, während ich selbst unter der Erde wohnte.

Ich machte mich sogleich ans Werk. Ein starker Südwestwind fegte den Hügel herunter und trug eine dicke Wolkendecke daher, die hoch genug war, daß der Regen peitschte und brannte, und so niedrig, daß der ganze Himmel in Bewegung zu sein schien. Ich begrüßte den Regen, denn er half mir, alle meine Spuren auszulöschen, und würde die beiden Männer im Wagen von einem Versuch abhalten, mir nachzuspüren, bis die Sicht wieder besser war.

Die östliche Hecke, unter der mein Bau verlief, war so breit wie ein Cottage und versprach, im Winter ebenso undurchdringlich zu sein wie im Sommer. Der westlichen Hecke dagegen, die das gepflügte Feld eingrenzte, hatte man nicht erlaubt, soviel Land wegzufressen, so daß sie eine dünnere Wand bildete. Ich verstärkte die schwächeren Partien und entledigte mich dabei der Stecken meiner Plattform und einer Menge losen Reisigs. Die Stechpalme und die größeren Dornenzweige schob ich in die Osthecke, wobei ich die abgeschnittenen Enden verbarg. Über meiner Abfallgrube trampelte ich die Erde fest, und das Wasser, das nun den Grund des Hohlwegs entlangrauschte, bedeckte die Grube und den Boden mit einer ebenmäßigen Schicht von totem Farnkraut und rotem Sand. Darauf verzog ich mich in mein Heim und überließ es dem Regen, meine Fußspuren wegzuspülen. Ich habe nie Zeit gefunden, die Kleider, in denen ich arbeitete, zu trocknen.

Die Auslöschung war nicht vollkommen. Farnkraut und Nesseln waren geknickt, aber da der ganze Hohlweg voll von absterbendem Herbstschutt war, sah man die Spuren meines Getrampels und meiner Umbauten nicht sehr deutlich. Es blieb ein schwacher, aber unverkennbarer Geruch. Am schlimmsten waren die Stufen, die ich an der Innenseite der Ulme eingeschnitten hatte und nicht mehr unkenntlich machen konnte. Wenn der Bursche, der im Begriff war, mir ins Versteck nachzukommen, ein aufmerksames Auge hatte – und ich wußte, daß dem so war –, würde er diesen Hohlweg ganz sicher verdächtig finden; aber ich hoffte, daß er seinen Verdacht für unbegründet halten und zum Schluß kommen würde, daß ich, ob ich nun einmal zwischen diesen Hecken gewohnt hatte oder nicht, mich nun ins offene Gelände hinaus geflüchtet hatte und meiner Verwundung erlegen war.

Die Türe war ein tadelloses Stück Tarnung; ich hatte um sie herum das gleiche Unkraut gepflanzt wie über ihr, und niemand konnte erkennen, welche davon mit den Wurzeln in der Erde abgestorben waren und welche mit den Wurzeln im Leim. Ein paar Ranken lebenden Efeus hingen von der Hecke über die Tür herunter.

Von nun an war der Kamin meine Ausfahrt aus dem Bau. Der Durchmesser seines Verlaufs durch den festen Sandstein war schon jetzt groß genug, um meinen Körper durchzulassen; nun mußten nur noch die letzten zehn Fuß von gebrochenem Stein und Erde erweitert werden. Ich beendete diese Arbeit noch am selben Nachmittag – ein wahrer Alptraum, denn meine Schulter schmerzte, und ich hörte immer wieder auf, um sie zu schonen. Da fing ich jeweils an, von der Wurzel, dem Stein oder dem Wasser zu träumen, die mir zu schaffen machten, und dann raffte ich mich wieder auf und ging wieder an die Arbeit, halbnackt und verschmiert mit roter Erde, eine Kreatur, deren Geist und Körper nichts Menschliches an sich hatten. Ich glaube, daß ich manchmal im Schlaf gearbeitet habe. Das war das erste Mal, daß ich dieses benommene und erdige Träumen erlebte; seither ist es mir sehr vertraut geworden.

Sehr seltsam kam mir die Röhre vor, als ich sie mir nach einer Nacht voll Schlaf ansah. Ich hatte keinen Versuch unternommen, mehr als daumendicke Wurzeln zu durchtrennen; statt dessen hatte ich sie umgangen. An einer Stelle hatte ich die Röhre ganz vom Kamin weg getrieben, um dann wieder zu ihm zurückzukommen. Das war alles nur zum Besten. Obwohl mir die Kurve beim Ein- und Ausgehen merkwürdige Verrenkungen abverlangte, dienten mir die Wurzeln wie die Sprossen einer Leiter und die Neigung als Schachtsumpf für Wasser. Die Einfahrt war immer noch gut verborgen unter dem Brombeerbusch. Die einzige Katastrophe war, daß mein innerer Kessel nun voll nasser Erde war und ich keine Möglichkeit hatte, sie sonstwohin zu kippen.

Gott! Wenn ich jetzt zurückblicke, erscheinen mir jene blinden Stunden der Arbeit trotz ihrem ganzen schlammigen und schwer faßbaren Grauen als eine glückliche Zeit. Da hatte ich etwas zu tun. Etwas zu tun. Man braucht sich vor Träumen nicht zu fürchten, solange sie Arbeit produzieren. Erst wenn sie anfangen, von sich selbst zu zehren, wird man unsicher in bezug auf die Wirklichkeit, unfähig zwischen der Gegenwart in der eigenen Vorstellung und der Gegenwart, wie sie sich der Außenwelt präsentiert, zu unterscheiden.

Heute habe ich mein Gesicht angestarrt, in der Hoffnung, darin jene geistlichen Attribute zu erkennen, die mich überrascht hatten, als ich zum ersten Mal in den Spiegel des Anglers blickte. Ich wollte Trost von meinem Gesicht, wollte erfahren, daß diese Folter, wie die letzte, es geläutert hatte. Ich sah meine Augen mit Erde verschmiert, mein Haar und meinen Bart von blutroter Erde triefend, meine Haut grau und verquollen wie die eines zertretenen Regenwurms. Es war die Fratze eines wilden Tiers in seinem Bau, verängstigt harrend.

Aber ich darf nicht vorgreifen. Um meinen klaren Verstand zu bewahren, ist es notwendig, daß ich die Dinge der Reihe nach berichte. Das ist der Zweck dieses Bekenntnisses: die Dinge der Reihe nach zu erzählen, vernunftgemäß, exakt: jenen Mann mit seiner Unverfrorenheit, seiner Ironie und seinem Einfallsreichtum wiederzufinden. Indem ich über ihn schreibe, werde ich vorübergehend zu ihm.

Es war Major Quive-Smith, der am Flüßchen auf mich geschossen hatte. Dessen bin ich mir sicher, weil sein darauffolgendes Verhalten und sein Charakter (den ich inzwischen so kenne, wie ein alter Fuchs, der seine Zeitgenossen überlebt hat, die Eigenheiten des Jägers kennt) jenem Mann entsprechen, der geduldig bei dem Beiwagen wartete und der meinen Namen rief, um mich dazu zu bringen, den Kopf zu drehen.

Zwei Tage verbrachte ich damit, mich von meiner Verwundung zu erholen, die an sich harmlos war, sich bei all dieser plötzlichen Schwerarbeit jedoch verschlimmert hatte. Am dritten kroch ich aus meinem Kamin und robbte am Rand der östlichen Weide von Busch zu Busch, bis ich eine efeubewachsene Eiche am unteren Ende des Hohlwegs erreichte. Sie war nahezu abgestorben und ein Paradies für Ringeltauben. Von ihrer Krone aus sah ich das Marshwood-Tal vor mir ausgebreitet wie auf einer Landkarte und überblickte den Hof von Patachons Bauernhaus.

Pat und Patachon sind die Namen, die ich meinen beiden Nachbarn verliehen habe. Wie ein böser Geist lebe ich unvermutet zwischen ihnen, kenne ihre Gewohnheiten und ihren Charakter, darf aber nicht ihre wahren Namen entdecken. Pat, der Bauer, dem die Kühe und die östliche Hecke gehören, ist ein langer, dünner Jüngling mit einem zerfurchten, braunen Gesicht, der Angewohnheit, vor sich hin zu murmeln, und einer Seele, die vom schlechten hausgemachten Apfelwein bitter geworden ist. Die Milchwirtschaft seines kleinen Hofs ist kaum selbsttragend; aber er hat eine tatkräftige Frau mit einer Menge gesunder Hühner, die vermutlich das meiste Geld einbringen. Andererseits ist sie ebenso fruchtbar wie ihre Hennen. Sie haben sechs Kinder mit teuren Vorlieben. Ich beurteile die Kinder nach dem Umstand, daß sie gleichzeitig Bonbons lutschen und Brombeeren essen.

Patachon, der die westliche Hecke und den großen, grauen Bauernhof besitzt, ist ein untersetzter alter Schlawiner mit rotem Gesicht, der immer einen langen Eschenstock in der Hand hält, wenn er nicht ein Gewehr trägt. Sein markiger Dorset-Dialekt ergötzt seine Landarbeiter und ist, denke ich, in einer ganzen Anzahl von regionalen Ausschüssen zu hören. Sein Land erstreckt sich über das untere Ende des Hohlwegs hinaus und rundherum über den Hügel, so daß Pats Weide eine Enklave in seiner Mitte ist. An warmen Abenden schreitet er seine Seite der Hecke ab, in der Hoffnung, Ringeltauben oder Hasen zu erbeuten, aber die einzigen Schüsse, die er je abgefeuert hat, waren auf Asmodeus gerichtet. Der alte Wilderer war zu flink für ihn; alles, was man gegen Asmodeus tun kann, ist dorthin zu schießen, wo er sein sollte, aber niemals ist.

Den ganzen Morgen lang sah ich vom Baum herab nichts Interessantes, aber am Nachmittag fuhren zwei Männer in einem Auto in den Hof von Patachons Bauernhaus und luden eine Reisetasche und ein Gewehrfutteral aus. Dann rumpelten sie den unteren Rand des Stoppelfeldes entlang, wobei sie dem Feldweg folgten, der in den benutzbaren Abschnitt meines Hohlwegs mündete. Ich dachte mir, daß sie auf dem Weg zu Pats Hof waren; wenn sie weiter als das hätten fahren wollen, hätten sie eine bessere Straße gewählt. Ich konnte sie nicht im Auge behalten, denn die Südhänge waren bei Tageslicht viel zu gefährlich. Da gab es tiefe Heckenwege, die überquert oder betreten werden mußten, ohne die Möglichkeit, anderen Fußgängern aus dem Weg zu gehen.

Nach einer halben Stunde waren sie wieder bei Patachon. Einer der Männer stieg aus und ging ins Haus. Der andere fuhr mit dem Wagen weg. Also war jemand gekommen, um im Bauernhaus zu wohnen. Ich hielt weiter auf dem Baum Wache, denn mir gefiel die Sache gar nicht.

Am Abend kamen Patachon und sein Besucher aus dem Haus, mit ihren Gewehren unter den Armen, und machten sich zu einem Rundgang um den Besitz auf. Sie gingen zuerst zu den niedrigen Dickichten am westlichen Ende des Guts, und während einer Stunde sah ich nichts mehr von ihnen. Patachon besaß eine ganze Menge rauhes Land in jener Richtung, das ich mich nie zu erkunden bemüht hatte. Ich hörte ein paar Schüsse. Eine Dreierschar Enten schwirrte nach Norden und verschwand in der Dämmerung. Eine Ringeltaube, die in meinen Baum zurückkehrte, sah mich, ging gegen den Wind in die Kurve und tauchte mit brillanter Virtuosität seitlich weg. Als ich die beiden Jäger wieder zu Gesicht bekam, schlichen sie am Rande des Hohlwegs entlang, nur durch den Abstand der beiden Hecken von mir getrennt. Patachons Besucher war Major Quive-Smith.

Der Bauer hob einen Stein auf und schmiß ihn stracks in den Baum, knapp an meinen Füßen vorbei. Natürlich flog keine Taube aus dem Efeu auf.

»Und wennse da gewesen wäre«, sagte Patachon verbittert, »wärse bestimmt auf die annere Seite geflogen.«

»Das wäre sie wohl«, pflichtete Major Quive-Smith ihm bei. »Zum Donnerwetter! Ich kann mir nicht vorstellen, warum mir der Bursche sein kleines Jagdrecht nicht verpachten will!«

Das erklärte, weshalb er Pat besucht hatte. Und Pat, da bin ich sicher, hatte seine Bitte grob und unumstößlich abgelehnt.

»Ein Sauertopf ist das!« meinte der Bauer. »Ein Sauertopf!«

»Geht er überhaupt selbst auf die Jagd?«

»Nein. Der gönnt sich nie einen Spaß. Aber machen Sie sich keine Mühe wegen dem, Major, denn dieses Jahr ist in der Hecke gar nichts los.«

»Wie meinen Sie das?« fragte Quive-Smith.

Ich sah die schnelle, argwöhnische Kopfdrehung und hörte den kläffenden Ton der Frage.

»Son vermaledeiter Kater! Läßt sich nich fangen. Läßt sich nich abschießen.«

»Wohl sehr menschenscheu, wie?«

»Der weiß so gut wie wir, was wir mit ihm anstellen, wenn wir ihn in die Finger kriegen«, pflichtete Patachon bei.

Sie spazierten ins Bauernhaus hinunter zum Abendessen. Ich stellte fest, daß der Major eine jener unhandlichen deutschen Waffen trug, die unter den beiden Schrotläufen einen Büchsenlauf haben. Als Büchse ist sie auf 200 Yards zu ungenau; für eine Schrotflinte ist sie unnötig schwer. Aber die Drillingsläufe eigneten sich bestens für seine Absicht, vorgeblich Kaninchen zu jagen, während er eigentlich auf größeres Wild aus war.

Quive-Smiths wahre Nationalität und sein richtiger Name sind mir bis heute unbekannt. Als Offizier a. D. hatte er Saul beinahe, aber doch nicht vollständig überzeugt. An seiner gegenwärtigen Rolle, dem unauffälligen Gentleman, der sich mit einem Urlaub im Bauernhaus und ein bißchen billigem und wertlosem Jagen vergnügte, gab es nichts auszusetzen. Groß, blond, schlank und schauspielerisch begabt, konnte er als Angehöriger eines halben Dutzend Länder gelten, je nachdem, wie er sein Haar und seinen Schnurrbart schnitt. Seine Backenknochen sind etwas zu hoch für einen typischen Engländer, aber das sind meine auch. Seine Nase hat jenen unverkennbaren anglorömischen Schnitt, der ihren Besitzer mit wenigen Ausnahmen – und auch das gilt für mich – in die Militärakademie von Sandhurst führt. Er hätte ein Ungar oder ein Schwede sein können, und ich habe sein Gesicht und seine Gestalt auch schon unter hellhaarigen Arabern angetroffen. Ich glaube, daß er nicht rein europäischer Abstammung ist; dafür sind seine Hände und Füße und sein Knochenbau zu zartgliedrig.

Für drei Viertel des Gebiets, in dem ich mich vermutlich aufhielt, die Jagd zu pachten, war ein brillanter Einfall. So hatte er jedes Recht, mit einem Gewehr umherzugehen und damit zu schießen. Wenn er mich zur Strecke brachte, standen die Chancen tausend zu eins, daß der Mord je aufgedeckt wurde. Nach einem oder zwei Jahren würde Saul annehmen müssen, daß ich tot war. Aber wo war ich gestorben? Irgendwo zwischen Polen und Lyme Regis. Und wo war meine Leiche? Auf dem Meeresgrund oder in einer Grube ungelöschten Kalks, wenn Quive-Smith und sein unbekannter Freund mit dem Auto ihr Handwerk verstanden.

Ich war froh um meine zwei ahnungslosen Beschützer: Asmodeus, dessen Anwesenheit im Hohlweg meine eigene eher unwahrscheinlich machte, und Pat, der keine fremden Eindringlinge auf seinem Land haben wollte und sein bißchen Jagdrecht nicht verpachtete. Ich kenne diese Sorte von dyspeptischen John Bulls. Wenn er jemandem verboten hat, auf seinen Grund und Boden zu kommen, ist er bereit, selbst die dringendsten Geschäfte stehenzulassen, um seinen Grenzzaun im Auge zu behalten. Quive-Smith würde sich zwar nicht davon abbringen lassen, Pats Seite der Hecke zu erkunden, aber er würde es heimlich tun müssen und vorzugsweise nachts.

Ich kehrte in meinen Bau zurück, der nun nicht größer war als in den ersten paar Wochen, und viel feuchter. Ich verwünschte mich selbst, daß ich den Kamin nicht erweitert hatte, bevor ich den Hohlweg räumte; dann hätte ich die Erde hinausschaffen können und sie vom Regen wegspülen lassen. Der innere Kessel war unbewohnbar und ist es auch jetzt noch.

Zwei jämmerliche Tage blieb ich in meinem Schlafsack. Ich beneidete Quive-Smith. Er bewies großen Mut, indem er im Alleingang einen Flüchtigen jagte, den er für einen verzweifelten Mann hielt. Zweimal kam Asmodeus durch das Luftloch nach Hause gerast und kauerte sich hinten im Bau zusammen, unberührbar und bösartig – ein sicheres Zeichen, daß sich jemand im Hohlweg befand. Ich blieb still unter der Erde liegen. Ich war und bin verzweifelt, aber ich will jede Gewalt vermeiden.

Am dritten Nachmittag konnte ich die Unbeweglichkeit und den Dreck nicht mehr ertragen und beschloß auf Erkundung zu gehen. Asmodeus war draußen, und so wußte ich, daß kein menschliches Wesen in der unmittelbaren Umgebung war. Ich hoffte, daß Quive-Smith seine Aufmerksamkeit bereits einem anderen Teil der Grafschaft zugewandt hatte oder zumindest einem anderen Gut, aber ich warnte mich selbst davor, seine Geduld zu unterschätzen. Ich steckte meinen schmutzigen Kopf samt den Schultern ins Herz des Brombeerbusches hinaus und verblieb so, um zu lauschen. Den Busch zu verlassen bedeutete ein langes und kompliziertes Unterfangen; ich mußte mich flach auf die Erde legen, mit behandschuhten Fingern die herabhängenden Stiele voneinander trennen und mich mit den Zehen vorwärtsschieben.

Ich setzte mich mitten unter meine grünen Befestigungen, genoß die frische Luft und beobachtete Pats Feld und die Schafe, die jenseits davon weiter unten standen. Das gab nicht viel im Auge zu behalten. Hinter mir war mein eigener Hohlweg, und fünfzig Yards links von mir war die quer dazu verlaufende Hecke, unter welcher ein weiteres Sträßchen zum Hügel hinauf führte; in beiden hätte sich ebensogut ein ganzer Zug Infanteristen befinden mögen, so wenig hätte ich von ihnen oder sie von mir sehen können. Mir gegenüber war eine weitere Hecke, die Pats Weide von Patachons Schafen trennte; zu meiner Rechten bildete die Weide den Horizont.

Etwa um fünf Uhr kam Pat auf das Feld, um eigenhändig die Kühe nach Hause zu treiben – eine Aufgabe, die er bisher stets einem Jungen überlassen hatte –, und blieb noch eine Weile da, um trotzig um sich zu blicken und einen Stock zu schwingen. Bei Sonnenuntergang löste sich Major Quive-Smith von einem braunzerfurchten Kaninchenbau am Hügel und steckte sein Fernglas wieder ins Futteral. Ich hatte nicht die geringste Ahnung gehabt, daß er dort war, aber da ich angenommen hatte, daß er überall war, wußte ich, daß er mich nicht gesehen hatte. Daß er sich von mir sehen ließ, fand ich zuvorkommend.

Er marschierte den Abhang hinunter zu dem Heckenweg, der zu Patachons Hof führte. Sobald er sich im toten Winkel befand, kroch ich bis zur Ecke, um einen Blick auf ihn zu werfen, während er unter mir vorbeiging. Ein Ginstergestrüpp deckte mich gegen die Weide hin, während ich im Winkel der Hecken hockte.

Ich wartete, doch er kam nicht. Dann fiel mir ein, daß er diese tiefen Wege beinahe ebensosehr hassen mußte wie ich; wer sie entlangging, war jedem Gegner, der über ihm war, völlig ausgeliefert. Demnach war er möglicherweise hinter der gegenüberliegenden Hecke und nahm seinen Weg zurück zum Hof über die Felder. Es schien merkwürdig, daß er sich so viel Mühe machen sollte, wenn er doch ohne jedes Risiko hätte durch das Tal heimkehren können; es schien derart merkwürdig, daß ich plötzlich erkannte, daß ich ausmanövriert worden war. Er hatte sich mir absichtlich gezeigt. Wenn ich den Hohlweg heimsuchte, was er vermutete, und auf Rache aus war, wovon er überzeugt sein mußte, dann würde ich genau in der Ecke lauern, wo ich war.

Ich drehte mich um und spähte durch den Ginster. Er rannte bereits lautlos den Abhang herunter auf mich zu. Er hatte mich in den Winkel zweier Hecken gelockt, aus dem es kein Entrinnen gab.

Er hatte mich nicht gesehen. Er wußte nicht, daß ich da war; er konnte nur hoffen, daß ich da war. Ich versuchte es mit einem verzweifelten Bluff.

»Runter von meinem Land!« brüllte ich. »Runter, sag ich, sonst hetz ich euch die Polizei aufn Pelz!«

Es war eine ganz anständige Nachahmung von Pats schriller Stimme, aber es war nicht sehr guter Dorset-Dialekt. Immerhin spreche ich den Dialekt meiner Grafschaft ebenso saftig wie meine alte Amme, und wir sind nahe genug am Bristol Channel, um das Schnarren der westlichen Dialekte zu haben. Ich hoffte, daß Quive-Smith nicht gelernt hatte, den einen Dialekt vom anderen zu unterscheiden.

Der Major hörte auf zu rennen. Es war durchaus möglich, daß Pat auf dem Sträßchen stand und ihn durch die Hecke ansah, und er wollte nicht mehr Streit als nötig.

»Los, rüber zum Gatter, und dann runter von meinem Land!« rief ich.

»Herrje, das tut mir furchtbar leid!« sagte Quive-Smith mit lauter und verlegener Soldatenstimme – er spielte seine Rolle.

Er machte kehrt und schritt mit gekränkter Würde wieder das Feld hinauf. Ich wartete nicht einmal, bis er den Horizont erreicht hatte, denn dort hätte er sich vielleicht hingelegt und seine Beobachtung fortgesetzt. Ich spurtete über die zwanzig Yards gerader Hecke zwischen dem Ginster und meinem eigenen Dornengestrüpp, schlängelte mich unter den Brombeerstrauch und schlüpfte in meinen Bau. Bis zum Einbruch der Nacht blieb ich mit Kopf und Schultern über der Erde, aber ich hörte nichts mehr von ihm.

Ich kann ziemlich sicher sein, daß Quive-Smith niemals hinter das Täuschungsmanöver kommen wird. Pat wird ganz gewiß bei jedem Gespräch grob und wortkarg sein. Falls der Major sich bei ihrer nächsten Begegnung bei ihm entschuldigt, wird Pat die Entschuldigung brummend annehmen, und wenn er geradeheraus gefragt wird, ob er an einem bestimmten Tag zu einer bestimmten Stunde den Major von seinem Land verwiesen habe, so wird er den Fragenden gerne im Glauben lassen, daß dem so war. Meine Gegenwart im Hohlweg ist nach wie vor unbewiesen. Vermutet wird sie allerdings. Bevor Quive-Smith zum Abendbrot nach Hause kam, hatte er sich zweifellos mehrmals dafür in den Hintern getreten, daß er nicht ganz bis in den Winkel der Hecken geschritten war.

Wieviel wußte er? Er war offensichtlich zum Schluß gekommen, daß ich nicht schwer verwundet war; immerhin hatte ich das Flüßchen in einem Tempo hinter mir gelassen, das jede Verfolgung unmöglich machte, und ich hatte auch keinen einzigen Tropfen Blut vergossen. Wo war ich also? Ich nahm an, daß er alle möglichen Verstecke auf Patachons Gut und den zwei oder drei anderen, die er bejagte, ausgekundschaftet hatte. Er hatte keine Spur von mir gefunden, außer im Hohlweg, und er wußte, daß dies einmal mein Hauptquartier gewesen war. War ich noch da? Nein, aber ich könnte wiederkommen; es lohnte sich durchaus, den Hohlweg im Auge zu behalten, bis die Polizei oder die Öffentlichkeit mich anderswo gesichtet hatte.

Sein allgemeines Vorgehen war mehr oder weniger absehbar. Wenn er sich daran gewöhnte, bei Tag auf Pats Weide herumzustöbern, lief er große Gefahr, angegriffen oder wegen Landfriedensbruch angezeigt zu werden, und er mußte um jeden Preis vermeiden, durch einen größeren Aufruhr im Ort Aufmerksamkeit auf sich zu lenken. Tagsüber würde er sich also eher auf den Höhen oder im Hohlweg selbst oder auf Patachons Seite drüben aufhalten. Nach der Abenddämmerung würde er auf Erkundung gehen oder sich auf der Weide auf die Lauer legen.

Ich war mir sicher, daß er unter diesen Umständen die Einfahrt zu meinem Bau nicht finden würde, aber nur unter einer Bedingung – daß ich sie säuberte und nie mehr benutzte. Kein einziges Zweiglein des Gestrüpps durfte verrückt sein und kein einziger Grashalm geknickt, und es durften auch keine losen Erdkrümel daliegen, die ich von meinen Kleidern abgestreift hatte.

Ich fand mich damit ab, daß ich im Bau bleiben mußte, so unerträglich es auch sein mochte. Ich bin fest entschlossen, meiner Ungeduld nicht nachzugeben. Seit neun Tagen bin ich nun unter der Erde.

Ich wage weder zu rauchen noch zu kochen, aber ich habe reichlich zu essen: einen großen Vorrat an Nüssen und den Großteil des Büchsenfleischs und der Lebensmittel, die ich von meinen letzten Ausflügen nach Beaminster zurückgebracht habe. Wasser habe ich weit mehr, als ich brauche. Es sammelt sich in den Sandsteinkanälen, die sich wie Abschlußleisten den Wänden des Baus entlangziehen, und schwappt über auf den Boden. Damit es die Tür nicht unterspült, habe ich zwei Löcher von einem halben Zoll Durchmesser in den Hohlweg hinaus getrieben, indem ich einen Dosenöffner an einem Stecken befestigte und damit bohrte. Tagsüber halte ich sie verstopft, aus Furcht, daß Quive-Smith solche unnatürlichen Quellen bemerken könnte.

Platz habe ich keinen. Der innere Kessel ist ein aufgewühlter Morast von nasser Erde, den ich notgedrungen als Latrine verwende. Ich bin auf den ursprünglich ausgegrabenen Kessel beschränkt, der den Umfang dreier großer Hundehütten hat, und hier liege ich auf oder in meinem Schlafsack. Vergrößern kann ich ihn nicht. Die Arbeitsgeräusche wären im Hohlweg zu hören.

Einen Teil jedes Tages verbringe ich im Kamin eingezwängt,

mit dem Kopf oben im Freien; aber dabei geht es mir mehr um einen Stellungswechsel als um frische Luft. Der gewölbte, gut gedeihende Busch ist so dicht und steht so sehr im Schatten seiner Genossen und der Hecke, daß ich nur sicher sein kann, daß es Tag ist, wenn die Sonne im Osten steht. Das leblose Zentrum des Busches scheint voll von Gasen zu sein, die an sich schon keinen Genuß bringen und außerdem in Suspension den braunen Staub und Schutt enthalten, der von oben herabfällt, sowie den Ruß von meinen Feuern, der sich an der Unterseite der Blätter angesammelt hat.

Asmodeus ist mir, wie immer, ein Trost. Es kommt selten vor, daß man einem Tier seine volle, stille Aufmerksamkeit widmen kann und diese von ihm erwidert wird. Wir bewohnen den gleichen Raum, auf die gleiche Weise, und leben von der gleichen Nahrung, außer daß Asmodeus mit Hafergrütze nichts anfangen kann und ich mit Feldmäusen. In den Stunden, während er dasitzt und sich putzt und ich reglos in meinem Dreck liege, findet, meine ich, eine gewisse schwache Gedankenübertragung zwischen uns statt. Ich kann nicht »befehlen« oder auch nur »hoffen«, daß er eine bestimmte Handlung ausführt, aber zwischen uns fließen Gedanken voller Angst und unzusammenhängende Träume voller Aktivitäten hin und her. Ich würde diese Träume Wahnsinn nennen, wenn ich nicht wüßte, daß sie von ihm kommen und daß sein Verstand, für unsere menschlichen Begriffe, wahnsinnig ist.

Alle Initiative ist dahin. Alles Glück ist dahin. Was sind wir doch abhängig von Glück und Unglück. Ich denke an jene Männer und Frauen – Fälle, die mit meinem ein wenig verwandt sind –, die in einem einzelnen Zimmer wohnen, sich schlecht ernähren und im Bett liegen, da ihr Einkommen für jede spürbare Aktivität zu mager ist. Ihr Leben wäre unerträglich, hätten sie nicht ihre Hoffnungen auf Glück und ihre Ängste vor Unglück. Tatsächlich widerfährt ihnen kaum etwas von beidem; aber ihre Einbildung überhöht, was davon eintrifft.

Mir bleibt nicht einmal die Chance der Einbildung. Mein

Glück und mein Unglück haben einen Zustand des Gleichgewichts erreicht und aufgehört zu wirken. Es war Unglück, daß jener Wohnwagen schuldlos die Aufmerksamkeit der Polizei erregte, und es war fabelhaftes Glück, daß Quive-Smiths Kugel den Flachmann traf. In den meisten anderen Fällen habe ich den Lauf der Ereignisse entweder auf bewußte Planung oder auf meine eigenen instinktiven und animalischen Reaktionen unter Streß zurückführen können.

Nun stehen Glück, Unglück, Bewegung, Weisheit und Torheit alle still. Selbst die Zeit steht still, denn mir fehlt der Raum. Das ist, glaube ich, der Grund, weshalb ich wieder in diesem Bekenntnis Zuflucht gesucht habe. So behalte ich ein Gefühl für die Zeit, für die Kontinuität eines Stroms von Tatsachen. Ich erinnere mich daran, daß ich einmal eine Ausdehnung in der Zeit der Außenwelt hatte und diese Ausdehnung vermutlich von neuem haben werde. Gegenwärtig existiere ich nur in meiner eigenen Zeit, wie man es in einem Alptraum erlebt, und zwinge mir einen Fanatismus des Ausharrens auf. Ohne Gott, ohne Liebe, ohne Haß – und doch ein Fanatiker! Eine Verkörperung jenes für Ausländer mythischen Wesens: der englische Gentleman, der gesittete Engländer. Töten will ich nicht; mich zu verstecken ist beschämend. Also harre ich aus, ohne Ziel.

Ich habe eine Verwendung für dieses Bekenntnis, und so werde ich es abschließen. Bei Gott, es tut gut, mit einer Absicht zu schreiben, es tut gut, die Zeit, die ich darauf verwenden muß, nur ungern zu opfern, statt mich sozusagen an meiner eigenen Brust auszuweinen! Dies wird, denke ich, keine angenehme Aufgabe sein, noch kann ich objektiv bleiben. Aber ich kann und muß offen sein.

Elf Tage lang blieb ich in meinem Bau – eine Woche lang, weil es eine Woche war, zwei weitere Tage, um mir zu beweisen, daß meine Ungeduld sich in Grenzen hielt, und nochmals zwei Tage, um sicherzugehen. Elf Tage schienen mir mehr als genug, um Quive-Smith zu überzeugen, daß ich entweder im Verborgenen gestorben war oder den Bezirk verlassen hatte; nun hatte ich das Recht, herauszufinden, ob er gegangen war. Asmodeus' Verhalten ließ darauf schließen, daß dem so war. Während der mittleren Tage war der Kater mit würdevoller Gelassenheit ein und aus gegangen, mit aufgestellten Ohren und ungesträubten Rückenhaaren. Die letzten drei Tage hatte ich ihn überhaupt nicht mehr gesehen. Seine behutsamen Bewegungen hatten mir den Grund dafür völlig klar gemacht; er konnte den Dreck nicht länger ertragen.

Ohne einen Baum zu erklimmen oder mich auf offenem Gelände zu exponieren – was beides zu gefährlich war –, war es unmöglich, Quive-Smith bei Tag zu bespitzeln; also beschloß ich, ihn nach Einbruch der Nacht im Bauernhaus selbst zu suchen. Zoll für Zoll schob ich mich aus dem Brombeerbusch hervor und robbte auf dem Bauch bis zu der Hecke am oberen Ende von Pats Wiese, dann hindurch und über die dichte Grasnarbe des Hügels bis ziemlich genau zu dem Punkt, an dem der

Major selbst gesessen hatte. Es war kalt und sehr dunkel, mit einem leichten Bodennebel; ich war ganz sicher, solange ich mich langsam bewegte und die Heckenwege mied. Es war himmlisch, auf dem Gras draußen zu sein und zu atmen. Ein heißer Sommermittag hätte mir nicht mehr Genuß bereiten können als diese miese Novembernacht.

Es ging kaum Wind. Die Landschaft war völlig still bis auf das Triefen der Bäume. Ich sah die Lichter in Patachons Hof und roch den süßen Holzrauch aus seinen Kaminen. Ich glitt hinunter ins Tal und arbeitete mich dann dem Rand der offenen Straße entlang bis zum Bauernhof vor, indem ich über einen Obstgarten zur Rückseite des Nordflügels gelangte. Hier gab es eine hohe Mauer, über die das Schrägdach eines Hofgebäudes herunterhing. Vom Scheitel des Giebels herunter würde ich den Innenhof und die ganze Front des Hauses beobachten können. Den Innenhof selbst wollte ich nicht betreten. Selbst wenn mich die Hunde weder gesehen noch gehört hätten, wäre ihnen meine Witterung auch von diesem schwachen Südwestwind zugetragen worden.

Die Mauer bestand aus Flintsteinen und war leicht zu erklimmen, aber da war eine zwei Fuß breite Kluft zwischen dem oberen Rand der Mauer und dem unteren Ende der Schieferplatten, die mir zu schaffen machte. Unterhalb der Schieferplatten führte eine verrottete eiserne Dachrinne entlang, und es war schwierig, auf das Dach zu gelangen, ohne diese eiserne Dachrinne vorübergehend zu belasten. Schließlich kletterte ich über einen stämmigen eisernen Stützarm und die Giebelwand hinauf.

Ich legte mich mit dem Kopf über dem Deckstein auf die Schieferplatten. So konnte ich direkt ins Wohnzimmer des Bauernhauses sehen – ein friedlicher und deprimierender Anblick. Quive-Smith spielte Schach mit Patachons kleiner Tochter. Ich war überrascht, ihn so sorglos vor einem erleuchteten Fenster sitzen zu sehen, mit dem Rollo oben, wo draußen ganz Dorset in Finsternis lag; aber dann begriff ich, daß ich ihn, wie immer, unterschätzt hatte. Dieser schlaue Teufel wußte, daß er sicher war, solange sein Kopf über dem Schachbrett beinahe denjenigen des Kindes berührte. Er brachte der Kleinen das Spiel bei. Ich sah, wie er lachte und den Kopf schüttelte und ihr irgendeinen Spielzug zeigte, den sie hätte machen sollen.

Es war ein schwerer Schlag für mich, ihn immer noch hier anzutreffen. Die elf Tage waren mir wie eine Ewigkeit vorgekommen. Für ihn waren es nur elf Tage gewesen; es war sogar möglich, dachte ich, daß er Spaß gehabt hatte. Meine Enttäuschung verwandelte sich in Wut. Es war das erste Mal in dieser ganzen Angelegenheit, daß ich die Beherrschung verlor. Ich lag auf dem Dach, rupfte an dem Moos auf dem Deckstein herum und verfluchte Quive-Smith, sein Vaterland, seine Partei und seinen Meister in stiller Weißglut. Ich verwünschte ihn zur Hölle, ihn samt seinen Freunden und Patachon und ihrem ganzen Gesinde. Wenn meine Gedanken jene Mauern getroffen hätten, hätte ich ein Massaker angerichtet, das eines von den Anathemata tausend wütender Priester aus der Ewigkeit herabgerufenen Jehovahs würdig gewesen wäre.

Das rüttelte mich aus meiner Melancholie auf, dieser lodernde, stumme Orgasmus der Wut. Ich dachte keinen Augenblick daran, daß ich mir das alles selbst eingebrockt hatte, noch überlegte ich mir, daß ich, wenn ich tatsächlich in jenes Wohnzimmer verpflanzt worden wäre, allen Anwesenden gegenüber eine verdammt alberne korrekte Höflichkeit an den Tag gelegt hätte. Ich ließ mich einfach gehen. Ich kann mich an nichts Vergleichbares erinnern, seit ich mich zum letzten Mal an sprachlosen Wutanfällen erfreute – ganz recht, erfreute –, als ich sieben Jahre alt war.

Ein Anfall von Frösteln holte mich auf den Boden der Wirklichkeit zurück. Ich hatte vor Zorn geschwitzt, und nun kühlte sich mein Schweiß in der Nachtluft ab. Es ist seltsam, daß ich das bemerkte, denn meine Kleider waren so ununterbrochen naß wie diejenigen eines Seemanns zur Zeit der großen Segelschiffe. Im Schweiß muß eine besondere Heilkraft liegen, die uns nicht nur körperlich, sondern auch seelisch abkühlt.

Quive-Smith konnte noch wochenlang hierbleiben. Der Gedanke, in den Bau zurückzukehren, war mir unerträglich. Ich beschloß, mich wieder ins offene Gelände zu schlagen. Ich rede mir das jetzt nicht ein. Ich hatte wirklich vor, die Flucht zu versuchen, so schlecht meine Chancen auch standen. Wenn man meine Erscheinung in Betracht zog, wäre es für mich hundertmal schwieriger gewesen, überhaupt nur zu leben und mich zu bewegen, als wie ich das erste Mal entkam. Damals wurde ich für tot gehalten, und niemand hielt nach mir Ausschau; nun hätte ich beim ersten Gerücht von meiner Gegenwart die Polizei am Hals. Aber ich wollte nicht mehr zurück. Ich beabsichtigte, mich durch die Hügel zu pirschen, mich in Scheunen und im Ginster zu verstecken, und mich von rohem Schaffleisch zu ernähren, wenn es nichts anderes zu essen gab. Ich könnte Quive-Smith im Auge behalten, bis er nach London zurückkehrte oder wo immer sonst seine unzweifelhafte Begabung, die Verderbtheit einer verderbten Welt zu fördern, gebraucht werden mochte.

Ich beobachtete das Wohnzimmer, bis das Kind zu Bett ging. Dann gesellte sich der Major zu Patachon, der vor dem Feuer saß, und Patachons Frau kam mit zwei riesigen Porzellankrügen voll Most herein. Alle drei machten es sich mit Zeitungen gemütlich. Hier gab es nichts mehr zu erfahren.

Ich robbte seitlich zur Giebelwand hinüber, mit meinem ganzen Gewicht auf Schulter und Oberschenkel, die linke Hand auf den Decksteinen und die rechte Hand ausgestreckt, um die Schieferplatten vor mir zu betasten, für den Fall, daß eine davon lose war. Ich machte mir weiß Gott Sorgen wegen des Geräuschs, das eine einzelne Schieferplatte machen könnte, die das Dach hinunter in die Regenrinne rutschte! Einige Fuß von der Wand entfernt senkte sich unter mir etwas. Die Schieferplatten sackten ab. Ich schien auf einer schweren Flüssigkeit zu schwimmen, die sich meinem Körper anschmiegte, plötzlich spröde wurde und auf den Boden der Scheune herabkrachte. Einen Augenblick lang hing ich am Deckstein, und dann gab auch der nach. Fünf Fuß breit steinerne Dachziegel, eine kompakte Fläche von Schiefer, und ich selbst donnerten hinab auf einen Stapel von eisernen Tränken. Es klang wie eine einstürzende Gießerei.

Später stellte ich fest, daß ich die Wunde in meiner Schulter wieder aufgerissen und verschiedene Schnitte und Prellungen erlitten hatte, aber im Augenblick war ich lediglich etwas durchgeschüttelt. Ich rappelte mich aus jenem Chaos von Eisenzeug auf und huschte zur offenen Scheunentür. Ich trat nicht hindurch. Quive-Smith hatte das Wohnzimmerfenster aufgeschmissen, und seine langen Beine kamen bereits über den Sims. Mein einziger Gedanke war, daß er nicht erfahren durfte, daß ich mich noch in diesem Teil des Landes aufhielt. Die Hunde fingen an zu bellen und sprangen gegen ihre Ketten an. Patachon öffnete die Haustür und stampfte über die Schwelle, in der Hand eine Taschenlampe.

Ich zog mich in die Scheune zurück und tauchte unter die Tränken. Sie waren Seite an Seite aufgestellt, so daß zwischen jedem Paar für mich Platz war, und vom Schiefer und Schutt des Daches zugedeckt. Unmittelbar danach traten Quive-Smith und der Bauer in die Scheune.

»Zum Teufel mit ihm!« wetterte Patachon, als er den Schaden besah, »das ist dieses Schwein von Mörder ist das, der hinter meinem Käse her ist. Über die Scheune und runter in die Molkerei! Wußt' ich's doch, daß er mich beklaut. Über die Scheune und runter in die Molkerei!«

Ich kann nicht glauben, daß er auch nur eine Unze Käse verloren hatte, aber Bauern haben immer den Verdacht, daß ihnen etwas gestohlen wird; bei ihnen gibt es so vieles zu stehlen. Quive-Smith war so nett, meiner Meinung zu sein.

»Ach, ich glaube nicht, daß jemand auf dem Dach war«, sagte er. »Sehen Sie mal da!«

Ich wußte, worauf er zeigte – einen gebrochenen Balken. Er war nicht einmal mit einem Knacken entzweigebrochen. Er hatte nur nachgegeben, wie ein Schwamm aus Holzstaub.

»Totenuhrkäfer«, meinte der Major. »Das gleiche habe ich schon mal gesehen, im Osten von Yorkshire, bei Gott! Eine Zehntenscheune war das. Hat einem armen Kerl den verdammten Hals gebrochen!«

Es klang nicht ganz überzeugend, aber es war ein tapferer Versuch, den richtigen Ton zu finden.

»Verrottet!« pflichtete ihm Patachon mit entrüsteter Stimme bei. »Zum Teufel mit dem Ding, das ist ja verrottet!«

»Mußte ja mal kommen«, erwiderte Quive-Smith. »Wir sollten dankbar sein, daß niemand verletzt wurde.«

»Dreihundert Jahre ist der nun da«, grummelte Patachon, »und ausgerechnet *uns* muß er auf den Kopp fallen.«

»Na ja«, sagte der Major munter. »Ich werde mich der Sache morgen früh widmen und Ihnen zur Hand gehen. Jetzt können wir hier nichts machen! Rein gar nichts!«

Ich hörte sie die Scheune verlassen und strengte meine Ohren an, um ihre individuellen Schritte zu unterscheiden und absolut sicherzugehen, daß nicht einer von ihnen zurückblieb oder umkehrte. Ich hörte, wie die Bauernhaustür geschlossen und verriegelt wurde, und wartete, bis die nächtliche Stille wiederhergestellt war, bis die leisen Geräusche von aufgehenden Fenstern und zugehenden Schlafzimmertüren verstummt waren, bis die Ratten über den Scheunenboden zu trippeln begannen. Dann schlich ich zur Tür und hinaus, wo ich wie eine nächtliche Raupe im Winkel zwischen der Mauer und dem dreckigen Innenhof entlangkroch.

Für das, was ich dann tat, habe ich keine Entschuldigung. Ich hatte angefangen, wie ein Tier zu denken; ich hatte Angst, war aber auch ein wenig stolz darauf. Instinkt, rettender Instinkt hatte mich immer beschützt. Ich fügte mich bereitwillig seiner Macht, ohne mich selbst zu mahnen, daß der Instinkt auch tödliche Fehler begehen konnte. Wenn dem nicht so wäre, könnte ja das Gejagte stets dem Jäger entkommen, und die Raubtiere wären genauso ausgestorben wie die großen Saurier.

Verflogen war mein Ekel vor meinem Bau; verflogen war

mein fester Entschluß, ungeachtet der Schwierigkeiten, Nahrung und Zuflucht zu finden, ins offene Gelände hinauszuziehen. Ich dachte nicht, überlegte nicht vernunftgemäß. Ich war nicht mehr der Mann, der die ganze Schlauheit und Loyalität einer Weltmacht ersten Ranges herausgefordert und um ein Haar besiegt hatte. Indem ich wie ein wildes Tier lebte, war ich wie ein wildes Tier geworden, unfähig, emotionellem Druck nicht nachzugeben, unfähig, zwischen allgemeiner Gefährdung und einer bestimmten Gefahrenquelle zu unterscheiden. Ich konnte zwar einen Fuchsrüden aufschrecken und mich ebenso leise bewegen und ebenso leicht schlafen, aber der Preis, den ich dafür bezahlt hatte, war, daß ich meine gewöhnliche menschliche Schlauheit verloren hatte.

Ich hatte einen schlimmen Schreck bekommen. Ich war verletzt und durcheinander. Und so strebte ich ohne zu denken nach SICHERHEIT – nicht der Form von Sicherheit, die in diesem Fall adäquat gewesen wäre, sondern nach SICHERHEIT ganz allgemein. Und das bedeutete meinen Bau; Dunkelheit, Ruhe, Freiheit von Verfolgung. Ich kam nicht einen Moment lang auf den Gedanken – ebensowenig wie, nehme ich an, ein Fuchs auf einen solchen Gedanken kommt – daß die Höhle auch den Tod bedeuten könnte. In meiner Panik, als Quive-Smith mich niederschoß, hatte ich genauso gehandelt, aber damals war es entschuldbar gewesen. Ich wußte nicht, womit zum Teufel ich es zu tun hatte, und einfach nur nach SICHERHEIT zu streben war da ebenso vernünftig wie jede andere Reaktion. Jetzt danach zu streben war eine bloße Reflexhandlung.

Ich wählte natürlich den schönsten und schlausten Weg; daß das Tier diese Sinnlosigkeit in höchster Vollendung ausführen würde, durfte ich erwarten. Ich ging durch Wasser und durch Schafe. Ich watete in Deckung, um sicherzugehen, daß ich nicht verfolgt wurde. Ich stellte endgültig und bestimmt fest, daß ich nicht verfolgt wurde; daß ich auf dem Hügel über meinem Hohlweg allein war. Dann legte ich die letzte

Runde mit äußerster Vorsicht zurück und schlüpfte in meinen Bau, wobei ich auf jedes tote Blatt und jeden Grashalm achtgab.

Den ganzen folgenden Tag verbrachte ich unter der Erde und gratulierte mir zu meinem Glück. Der Gestank und der Dreck waren abscheulich, aber ich ertrug sie mit einem heiligen Masochismus. Ich redete mir ein, daß ich in drei oder vier Tagen meine Tür öffnen und die Höhle säubern und trocknen könnte, und dann würde Asmodeus zurückkommen, und wir könnten friedlich zusammenleben, bis ich es wagen konnte, in den Häfen herumzulungern und das Land zu verlassen. Meine Hände waren wieder in Ordnung und wiesen nur wenige Deformationen auf. Das linke Auge war immer noch seltsam, aber das rechte war so verdreckt, verschleiert und blutunterlaufen, daß der Unterschied zwischen den beiden nicht mehr auffällig war. Eine Rasur und ein Haarschnitt waren alles, was ich brauchte, um irgendwo als Verbrecher gelten zu können, der soeben seine Entlassung aus dem Gefängnis mit einem zweitägigen Saufgelage gefeiert hatte.

Nach Einbruch der Nacht hörte ich im Hohlweg draußen irgendwelches Treiben und setzte mich mit dem Ohr zum Luftloch. Ich konnte die Geräusche nicht interpretieren. Es waren zwei Männer da, aber sie sprachen nicht miteinander. Ich nehme an, daß sie flüsterten, aber wegen der Krümmung der kurzen Röhre konnte ich ein so leises Geräusch nicht hören. Etwas Schweres wurde verschoben, und einmal hörte ich etwas gegen die Tür schlagen. Meine Gedanken spielten mit der Vorstellung einer Menschenfalle, einem Balken vielleicht, der mir auf den Kopf fallen würde; sie waren ganz gewiß dabei, auf dem Wildpfad, den ich einst benutzt hatte, etwas zu basteln. Da ich ihn nicht mehr benutzte, fühlte ich mich sehr schlau und sicher. Ich sagte mir, daß ich enttäuscht sei, bloß enttäuscht, denn nun würden sie nochmals eine Woche oder zwei auf das Ergebnis ihrer Falle warten, und ich würde unter der Erde bleiben müssen.

Wie ich jetzt einsehe, war ich mir die ganze Zeit über meiner

Todesangst bewußt, und mein Herz pochte, als sei ich um mein Leben gelaufen. Nur mit Mühe konnte ich mich davon abhalten, laut zu sprechen. Ich bin sehr schlau, sagte ich mir immer wieder. Sie werden wegen Mordes geschnappt, sagte ich, wenn sie jemand anderen erwischen. Und dann stieg mir das Entsetzen in der Kehle hoch, denn im Hohlweg war es still, und kleine Krümel Erde fielen durch mein Schlupfloch in den inneren Kessel herab.

Ich lag zwischen den beiden Höhlen, beobachtete das Rieseln von Erde und hörte den schnellen Hieben eines Hackbeils zu. Ein Mann, so dachte ich, sprang oder fiel in das Loch, und ein Schwall von Geröll kullerte bis auf den Boden herab. Ich griff nach meinem Messer und wartete. Er ist mir völlig ausgeliefert, sagte ich, ich kann jede Bedingung stellen, die ich will. Ich war besessen von der Idee eines Gesprächs, nicht des Mordes. Ein vernünftiger Mann, sagte ich mir. Er wird ein Einsehen haben. Er spielt ja Schach.

Dann war nichts mehr zu hören, rein gar nichts. Der Mann war im Loch steckengeblieben oder gestorben. Ich kroch über den Haufen stinkender Erde hinauf und legte mich auf den Rücken, um einen Eschenstecken bis zur Biegung in den Kamin hinauf zu stecken. Er traf nicht auf einen Körper, wie ich erwartet hatte; er traf auf ein hartes Hindernis. Ich zog mich zurück so weit ich konnte, aus Angst vor irgendeiner Falle oder einem Sprengkörper, und stocherte heftiger. Das Ding fühlte sich fest an, mit einer glatten Unterseite. Ich zündete eine Kerze an und untersuchte es. Es war das abgesägte Ende eines Baumstamms, der in mein Loch gerammt worden war.

Ich kroch zur Tür und stemmte mich dagegen; nichts rührte sich. Da empfand ich ein Gefühl der Panik, in die sich eine gewisse Erleichterung mischte, daß nun endlich Schluß war. Ich hatte vor, hinauszustürzen und sie schießen zu lassen. Ein schneller Tod, verdientermaßen. Ich nahm die Axt, die den Sandstein ausgehöhlt hatte, und trieb sie zwischen die Planken der Türe. Sie prallte ab. Ich riß die Planken weg. Dahinter befand sich eine Eisenplatte. Sie klang hohl, außer in der Mitte. Sie hatten sie festgekeilt, mit einem hölzernen Spannbalken, dessen anderes Ende an der gegenüberliegenden Böschung des Hohlwegs ruhte.

Ich weiß nicht, was dann mit mir geschah. Als ich Quive-Smiths Stimme hörte, lag ich auf dem Schlafsack, mit dem Kopf auf den Armen, und machte mir vor, meine Situation durchzudenken. Ich war beherrscht, aber meine Ohren dröhnten, und meine Haut trieb kalten Schweiß aus. Ich denke, wenn man einen Anfall von Hysterie lange genug und hart genug unterdrückt, verliert man das Bewußtsein. Irgendwas muß nachgeben, und wenn der Geist nicht will, dann muß es der Körper tun.

Quive-Smith sagte eben:

»Können Sie mich hören?«

Ich riß mich zusammen und klatschte mir eine Handvoll Wasser über den Kopf. Es hatte keinen Sinn, Stille zu wahren; er mußte mich gehört haben, als ich gegen das Eisen hämmerte. Es blieb mir nichts anderes übrig, als zu antworten und Zeit zu gewinnen.

»Ja«, sagte ich, »ich kann Sie hören.«

»Sind Sie schwer verwundet?«

Zum Teufel mit ihm, daß er die Frage zu diesem Zeitpunkt stellte! Später wäre es mir sehr zunutzen gekommen, wenn ich ihnen hätte einreden können, daß ich an einer vernachlässigten Wunde litt und hilflos war. Tatsächlich aber antwortete ich die Wahrheit:

»Nichts Erhebliches. Sie haben einen Flachmann mit Whisky getroffen, hinter dem eine Lederjacke lag.«

Er murmelte etwas, das ich nicht verstehen konnte. Er sprach mit dem Mund nahe beim Lüftungsloch. Sobald er seinen Kopf wegruckte, verlor sich seine Stimme.

Ich fragte ihn, wie er mich gefunden hatte. Er erklärte, daß er von der Scheune stracks zum Hohlweg gegangen sei, auf gut Glück hin annehmend, daß ich für das eingestürzte Dach verantwortlich sei und daß er mich dabei sehen könnte, wie ich in mein geheimnisvolles Versteck zurückschlich.

»Einfach«, sagte er, »so einfach, daß ich große Angst hatte, ich verhalte mich genau so, wie Sie es von mir erhofften.«

Ich sagte ihm, daß ich nie versucht hatte, ihn umzubringen, daß es mir dutzendmal möglich gewesen wäre, wenn ich es gewollt hätte.

»Das hab ich mir gedacht«, erwiderte er. »Aber ich baute darauf, daß Sie mich unbehelligt lassen würden. Sie hätten mich nur gegen die Polizei eingetauscht, und es war offensichtlich klüger, mir weiszumachen, daß Sie sich verzogen hatten. Das ist Ihnen tatsächlich gelungen.«

Seine Stimme hatte eine erschöpfte Rauheit an sich. Er muß die ganze Zeit, die er im Bauernhaus verbrachte, in Todesangst gelebt haben. Ein mutigerer und schlauerer Mann als ich, aber er hatte keine – ich wollte eben Moral schreiben. Aber weiß Gott, was ich für ein Recht habe, eine für mich zu beanspruchen! Ich habe weder Grausamkeit noch Ehrgeiz in mir, glaube ich; aber das ist das einzige, was mich von Quive-Smith unterscheidet.

»Könnten Sie mir nicht einen saubereren Tod geben als das hier?« fragte ich.

»Mein lieber Freund, ich will überhaupt nicht, daß Sie sterben«, sagte er, »jetzt nicht mehr. Ich bin so froh, daß Sie genügend Verstand hatten, um nicht auszubrechen, während ich Sie da drinnen einsperrte. Diese Situation hat mich genauso überrumpelt wie Sie. Versprechen kann ich Ihnen nichts, aber Ihr Tod erscheint mir völlig unnötig.«

»Die einzige Alternative ist der Zoo«, antwortete ich.

Darüber lachte er, einen nervösen, unbeherrschten Augenblick lang. Herrgott, muß er erleichtert gewesen sein, zu wissen, wo ich war!

»Nichts ganz so Drastisches«, sagte er. »Ich fürchte, daß Sie in Gefangenschaft nicht überleben würden. Nein, wenn man meinem Rat folgt, werde ich Anweisung erhalten, Sie in Ihre alte Stellung und zu Ihren Freunden zurückkehren zu lassen.«

»Unter welcher Bedingung?«

»Eine Kleinigkeit – aber darüber müssen wir jetzt noch nicht sprechen. Nun denn, wie steht es bei Ihnen mit Lebensmitteln?«

»Danke, recht gut.«

»Keine kleinen Leckerbissen, die ich Ihnen vom Bauernhof bringen könnte?«

Darüber verlor ich um ein Haar die Beherrschung. Die Stimme des Mannes hatte genau den richtigen Anflug von Besorgnis an sich; nur ein winziger Hauch von Ironie zeigte mir, daß er seine Rolle mit großem Vergnügen spielte. Er hätte mir zweifellos alles gebracht, was ich verlangte. Wenn das Katz-und-Maus-Spiel subtil genug für seinen Geschmack sein sollte, durfte es von echter Freundlichkeit kaum zu unterscheiden sein.

»Ich glaube nicht«, antwortete ich.

»Na schön. Aber es ist nicht nötig, daß Sie noch weiter leiden.«

»Hören Sie mal!« sagte ich. »Sie werden nicht mehr aus mir herauskriegen als Ihre Polizei, und Sie können nicht unbeschränkt hierbleiben. Warum bringen wir es also nicht hinter uns?«

»Ich kann monatelang hierbleiben«, gab er leise zurück. »Monatelang, verstehen Sie. Ich und mein Freund werden die Lebensgewohnheiten und die Ernährung des Dachses studieren. Der große Baumstamm, der Ihre Türe festklemmt, dient uns als Sitzplatz. Der Busch, den wir vor Ihre Tür gestellt haben, ist ein Versteck für die Kamera, und bald wird sich darin auch eine Kamera befinden. Ich fürchte, daß alle diese Vorbereitungen verschwendet sind, da nie jemand in den Hohlweg kommt. Aber wenn dem so wäre – na ja, dann wird er nichts weiter sehen als wie mein Freund oder ich mit dem harmlosen Studium des Lebens der Dachse beschäftigt sind. Wir könnten sogar einen netten jungen Mann mit einem Mikrofon kommen lassen, der den Kindern erzählen kann, was Meister Grimbart unter dem Bürzel hat.«

Ich nannte ihn einen verdammten Idioten und sagte ihm, daß die ganze Gegend von Neugier verzehrt würde – daß ihr ganzes Treiben binnen vierundzwanzig Stunden in aller Munde sein würde.

»Das bezweifle ich«, antwortete er. »Auf dem Bauernhof achtet niemand auf meine harmlosen Streifzüge. Manchmal gehe ich mit einem Gewehr aus, manchmal ohne. Manchmal zu Fuß, manchmal im Auto. Wie sollten sie darauf kommen, daß ich immer in diesem Hohlweg stecke? Sie hat man nie gesehen. Mich wird man nie sehen. Und was meinen Gehilfen betrifft, der steht mit mir in überhaupt keinem Zusammenhang. Er wohnt in Chideock, und seine Vermieterin hält ihn für einen Nachtwächter in Bridport. Wenn er jeweils hierherkommt, ist er nicht ganz so vorsichtig, wie ich es gerne hätte. Aber schließlich können wir von einem besoldeten Agenten auch nicht erwarten, daß er unsere Erfahrung besitzt, nicht wahr, mein lieber Freund?«

Dieses »mein lieber Freund« von ihm machte mich rasend. Ich schäme mich, wenn ich daran denke, daß ich vor Wut meine Axt gegen die Tür rammte.

»Wie steht's damit?« fragte ich.

»Das macht erstaunlich wenig Lärm«, sagte er gelassen.

Das traf zu, sogar in meinem engen Raum. Er erklärte, daß über dem Eisen Filz und Sperrholz lagen.

»Und wenn Sie es durchdenken«, fügte er hinzu, »was würde geschehen, falls jemand Sie hörte? Jener unsympathische Bauer, dem das Feld über Ihrem Kopf gehört, zum Beispiel? Sie würden mich zwingen, Sie beide zu beseitigen und die Leichen so hinzulegen, daß es nach Mord und Selbstmord aussieht.«

Das stimmte alles – jedenfalls stimmte es soweit, daß es keinen großen Sinn hatte, ihn darauf hinzuweisen, daß er nicht an mich herankommen konnte, ohne selbst ein gefährliches Risiko einzugehen. Er hatte die einzige Schußwaffe und sämtliche Trümpfe in der Hand. Er konnte ein mehr oder weniger zufriedenstellendes Ergebnis absehen, wenn er mich umbrachte; aber wenn ich ihn umbrachte, sah ich nichts weiter vor mir als einen Mord auf meinem Gewissen und schließlich Tod oder Schande von seiten des Geheimdienstes, für den er arbeitete. In psychologischer Hinsicht war ich ihm auf Gedeih und Verderb ausgeliefert. Mein Verstand kauerte sich ängstlich zusammen.

»Wir müssen unser Gespräch nun beenden«, sagte er. »Keine Unterhaltung bei Tageslicht, dies wird unsere Regel sein. Ich werde von zehn Uhr früh bis acht Uhr abends Dienst haben, und während den letzten beiden Stunden können wir miteinander sprechen. Mein Gehilfe wird in der übrigen Zeit Dienst haben. Nun lassen Sie mich die Lage völlig klarstellen. Ich denke, ich kann Sie nicht daran hindern, oberhalb der Türe gewaltsam einen Weg ins Freie zu bahnen. Aber falls Sie das tun, werden Sie niedergeschossen, bevor Sie schießen können, und wieder in Ihrem gemütlichen Heim eingesperrt. Ihre Hintertür ist sehr gründlich blockiert, und wenn wir hören, daß Sie sich daran zu schaffen machen, schneiden wir Ihnen die Luft ab. Nehmen Sie sich also in acht, mein lieber Freund, und verlieren Sie nicht den Mut! Immer mit der Ruhe – so lautet die Devise. Ihre Freilassung ist gewiß.«

Stundenlang saß ich da mit meinem Ohr an der Lüftung. Ich erwartete nicht, etwas zu erfahren, aber das Gehör war der einzige meiner Sinne, der mit meinen Kerkermeistern in Verbindung bleiben konnte. Solange ich sie hörte, konnte ich mir einbilden, daß ich nicht ganz wehrlos war, daß ich Pläne schmiedete und Hinweise sammelte für einen Ausbruch.

Ich hörte das Vogelgezwitscher bei Tagesanbruch. Ich hörte ein Knistern, als Quive-Smith den Schutzschirm von totem Dornengestrüpp vor meiner Tür zurechtrückte oder beschnitt. Dann hörte ich ein leises Stimmengemurmel, das ich als das Geräusch der Wachablösung durch Quive-Smiths Gehilfen interpretierte. An jenem ersten Tag konnten sie natürlich ihren Zeitplan nicht einhalten. Vermutlich mußte der Major telegraphisch Meldung machen.

Der neue Mann saß ganz still. Ich malte mir seine Gestalt als

Silhouette aus, die auf die Dunkelheit der Tür geworfen wurde. Ich hatte ihn nur aus der Ferne gesehen. Ich stellte ihn mir dunkel und stämmig vor, als Kontrast zu Quive-Smith, der hell und hochgewachsen war. Ich lag ganz falsch.

Die ganze Zeit, die ich vor der Lüftung hockte, hatte sich mein Verstand durch die wildesten Vorstellungen einer Flucht treiben lassen, sie umklammert, sie verworfen, um sich schließlich auf die zwei praktikablen Pläne zu konzentrieren. Der erste bestand, wie Quive-Smith vorgeschlagen hatte, darin, über der Tür schräg nach oben einen Gang zu graben. Ich nahm einen meiner langen Bratspieße und trieb ihn durch die rote Erde. Soweit ich feststellen konnte, ging er über ihre Platte durch; aber dieses Wissen nützte mir nichts. Wie er gesagt hatte, wenn ich meinen Kopf rausstreckte, würden sie auf mich schießen – und von seinem Tonfall wußte ich, daß er nicht meinte, um mich zu töten, sondern um mich vorsätzlich zum Krüppel zu machen. Der endgültige Durchbruch würde unweigerlich so viel Lärm machen, daß der Wächter mehr als rechtzeitig gewarnt würde.

Die zweite und viel wahrscheinlichere Fluchtmöglichkeit führte durch das Schlupfloch. Sie hatten mich nicht ganz so perfekt eingesperrt, wie sie meinten. Ihr Baumstrunk hatte nicht die ganze Röhre blockiert; nur ihren senkrechten Abschnitt zwischen der Erdoberfläche und der Biegung. Der Gang, den ich durch den Sandstein gegraben hatte, war frei. Ich brauchte nichts weiter zu tun, als einen neuen Gang durch die Erde zu graben, und das konnte ich doch bestimmt so leise tun, daß draußen kein Geräusch zu hören war.

Ich kroch in den verstopften inneren Kessel und fing an, mit meinem Messer zu graben. Es war nicht genug Platz da, um mit der Axt zu arbeiten; ich kniete auf dem Haufen Dreck und Erde, und mein Körper füllte die ganze Röhre aus. Sehr leise und behutsam, indem ich Erdklumpen und Steine mit der Hand auffing und minutenlang durch eine Wurzel schabte, die ich mit einem Ruck hätte wegreißen können, machte ich mich daran, eine Röhre parallel zum Baumstrunk zu graben. Das Tosen meines Atems, der pochte und schnaufte wie die Dieselmaschinen, die mich nach England gebracht hatten, war bei weitem das lauteste Geräusch.

Die Luft war schlecht, denn der Durchzug zwischen Schlupfloch und Kamin war nicht mehr da. Das Kohlendioxid, das ich ausatmete, sammelte sich zwischen meinen Schultern und der Arbeitsfläche. Meine Energie schwand zusehends. Ich räumte einen Fuß dick Lehm und gebrochenen Sandstein weg, dann mußte ich zurück an die Lüftung gehen, um zu atmen. In der nächsten Schicht räumte ich sechs Zoll weg; in der nächsten drei; in der nächsten wieder drei. Aber damit verstieß ich gegen die Gesetze der geometrischen Progression und klappte zusammen, bevor ich die Lüftung erreichte.

Ich hatte mir beharrlich eingeredet, daß mein Gefühl äußerster Mattigkeit schiere Schlaffheit sei; aber jetzt war es ganz klar, daß mein Körper zusammenbrechen würde, wie auch immer ich ihn zu zwingen versuchte, wenn ich ihm nicht erlaubte, den Gesetzen zu gehorchen, die seinen Sauerstoffbedarf regelten. Weiß Gott, was ich in jenem Dreckhaufen einatmete! Wenn ich die genauen Angaben über Arbeit und Ruhezeit hätte, könnte irgendein Chemiker das zweifellos herauskriegen. Da ich in dreizehn Tagen nur ein paar Stunden außerhalb des Baus verbracht hatte, muß es da neben Kohlendioxid noch viele andere Gase gegeben haben.

Nach einer unbekannten Zeitspanne kam ich wieder zu mir. Im ursprünglichen Bau war reichlich Luft vorhanden, solange ich nicht zu lange oder zu schnell an etwas arbeitete. Die Lüftung war eine rund vier Fuß lange Röhre und krümmte sich von der Böschung zur Seitenwand des Baus herab. Sie hatte einen Durchmesser, der groß genug war, daß Asmodeus ein und aus gehen konnte, aber so klein, daß ich immer staunte, wie er das fertigbrachte.

Zu der Zeit kam es mir vor, als ob ich eine bemerkenswerte Selbstbeherrschung an den Tag legte. Ich konzentrierte mich darauf, an der Lüftung ein- und auszuatmen, zwang meinen

Verstand sich zu leeren und in dem Zustand zu verharren, in dem jede Tätigkeit durch Schock verhindert wird und der Geist sich befreit, um durch den Raum zu wandern, besessen von Nebensächlichkeiten. Ich fühlte, daß ich, um eine fürchterliche Wendung zu gebrauchen, der »Kommandeur meiner Seele« war. Ich war noch kaum auf die Probe gestellt worden. Ich habe den Verdacht, daß die einzigen Momente, in denen ein Mann sich als Kommandeur seiner Seele fühlt, jene sind, in denen er nicht das geringste Bedürfnis nach einem solchen Organ hat.

Während kurzer Zeiträume, die durch längere Atempausen unterbrochen wurden, arbeitete ich am alten Kamin. Es gab keinen Platz, um auszuholen oder zuzustechen, keinen Ort, an den ich die herunterfallende Erde schaffen konnte. Es war, als versuchte ich, mich durch einen Sandhaufen zu wühlen, unmöglich zu atmen, unmöglich den Schutt zu entfernen. Ich hätte mir mehr Luft zuführen können, indem ich ein weiteres Loch in den Hohlweg hinaus bohrte (obschon mir das im inneren Kessel nicht viel gebracht hätte), aber ich wagte nicht, ihnen einen direkten Einblick in den Bau zu verschaffen. Die einzige Stärke meiner Position bestand darin, daß sie nie sehen konnten, was ich tat.

Der Tag ging schnell vorbei. Die Zeit schleppt sich nur dann dahin, wenn man schnell denkt, und alle meine geistigen Prozesse hatten sich verlangsamt. Ich lag an der Lüftung, als die Nacht hereinbrach und Quive-Smith mir fröhlich einen guten Abend wünschte.

»Es ist alles ganz prächtig gelaufen«, sagte er. »Prächtig! In einer Stunde werden wir Sie draußen haben. Frei, um nach Hause zu gehen, frei, um auf Ihrem hübschen Landsitz zu leben, frei, um alles zu tun, was Ihnen beliebt. Darüber bin ich sehr froh, mein lieber Freund, denn ich habe große Achtung vor Ihnen, wissen Sie.«

Ich erwiderte, daß ich an seiner Achtung zweifelte, da ich ihn als gutes Parteimitglied kannte.

»Das bin ich«, räumte er ein. »Aber ich kann einen Individualisten wie Sie durchaus bewundern. Was ich an Ihnen achte, ist, daß Sie kein anderes Gesetz brauchen als Ihr eigenes. Sie sind bereit zu herrschen oder dann unterdrückt zu werden, aber gehorchen werden Sie nie. Sie können mit Ihrem eigenen Gewissen fertig werden.«

»Das kann ich nicht. Aber ich sehe, was Sie meinen«, sagte ich.

»Das müssen Sie können! Daß ein Mann in Ihrer Stellung etwas macht, das Sie im anschließenden Verfahren als reine Sportpirsch bezeichnet haben! Um dann in Aldwych seelenruhig einen Spion auf die Stromschiene zu schmeißen!«

Ich schwieg. Ich wußte nicht, wohin das führen würde. Ich verabscheute die Philosophie, die er mir zuschrieb; das war ein Zerrbild der Wahrheit.

»Ich mache Ihnen nicht den geringsten Vorwurf daraus, daß Sie sich gewehrt haben«, fuhr er fort. »Der Mann war wertlos und stand Ihnen im Wege. Wie konnte es anders herauskommen? Ich wäre enttäuscht – und das meine ich wirklich ernst –, in einem so anarchischen Aristokraten wie Ihnen auf einen Haufen rührseliger Skrupel zu stoßen.«

»Das ist eher Ihre Ethik als meine«, antwortete ich.

»Aber mein lieber Freund!« protestierte er. »Zwischen uns liegen Welten! Wir sind darauf aus, die Masse zu disziplinieren und zu erziehen. Wenn ein Individuum das behindert, werden wir es ganz gewiß zerquetschen; aber für das Wohl der Masse – des Staates, sollte ich wohl sagen? Sie dagegen, Sie kümmern sich einen Dreck um den Staat. Sie gehorchen Ihrem eigenen Geschmack und Ihren eigenen Gesetzen.«

»Das ist an sich richtig«, gab ich zu. »Aber ich habe große Achtung vor den Rechten anderer Individuen.«

»Freilich. Aber vor der Nation überhaupt nicht. Geben Sie es doch gleich zu, mein lieber Freund, Sie könnten bestens ohne jeden Staat zurechtkommen!«

»Ja, verdammt noch mal!« antwortete ich wütend – sein pseudosokratisches Kreuzverhör war mir zuwider. »Ohne die schamlosen Politiker, die dieses Land regieren, und die inkompetenten Idioten, die das gern möchten, und Ihre verfluchten Rampenlicht-Cäsaren.«

»Es hat keinen Sinn, jetzt unverschämt zu werden«, lachte er. »Rampenlicht hat auf die gefühlsmäßig empfindende Öffentlichkeit genau die gleiche Wirkung wie Westminster Abbey und die Eskorte eines Monarchen – und ist dabei wesentlich billiger. Aber ich bin froh, daß Sie diesen eher kindischen Loyalitäten entwachsen sind, denn so werden wir keine Mühe haben, uns auf die Bedingungen zu einigen.«

Ich fragte, wie seine Bedingungen lauteten. Er schob mit einem Stecken ein Stück Papier durch die Lüftung herunter. Ich nahm es an mich, samt dem Stecken.

»Das brauchen Sie nur zu unterschreiben, und schon sind Sie frei«, sagte er. »Es gibt nur eine ernste Einschränkung. In Ihrem eigenen Land lassen wir Sie in völliger Freiheit. Sollten Sie jedoch versuchen, den Kontinent zu erreichen, wird alles nochmals von vorne anfangen, und diesmal werden wir kein Erbarmen haben. Ich denke, Sie werden zugeben, daß das nach dem, was Sie getan haben, eine vernünftige Bedingung ist.«

Ich bat ihn um Licht. Ich wollte nicht Kerzen und Sauerstoff verbrauchen. Ohne zu zögern steckte er seine Taschenlampe die Röhre hinunter. Er wußte inzwischen, daß er mich zwingen konnte, sie zurückzugeben.

Der Vordruck, den ich nach ihrem Wunsch unterschreiben sollte, war langatmig, aber einfach. Es war ein Geständnis, daß ich am -ten August versucht hatte, den großen Mann zu ermorden, daß ich dies mit dem Wissen (Zustimmung zu schreiben wagten sie doch nicht ganz) der britischen Regierung unternommen hatte und daß ich ohne Bestrafung freigelassen worden war, unter der Bedingung, daß ich in England bleiben würde. Das Dokument war unterzeichnet von ihrem Polizeichef, von Zeugen und von einem öffentlichen Notar aus London, der meine Unterschrift beglaubigt hatte, obschon sie zu der Zeit gar nicht dastand. Er war übrigens, nach seiner Adresse zu urteilen, ein ganz angesehener Notar.

Es war eine gute Taschenlampe, und ich benutzte sie in der nächsten Viertelstunde dazu, Ordnung in meine Ausgrabungen zu bringen. Dann gab ich sie ihm mit dem Papier zurück. Es hatte keinen Sinn, Entrüstung zu zeigen.

»Ich würde ja nicht versuchen, Sie dazu zu überreden«, sagte er, »wenn Sie den üblichen bürgerlichen Nationalstolz besäßen. Ein Mann von Ihrer Sorte wird lieber zum Märtyrer. Aber da Sie an nichts anderes als an sich selbst glauben, warum nicht unterschreiben?«

Ich sagte ihm, daß mir etwas an der öffentlichen Meinung liege.

»Die öffentliche Meinung? Nun ja, wir würden dieses Dokument nicht veröffentlichen, es sei denn bei unmittelbar drohender Kriegsgefahr und falls Ihre Regierung ihr übliches Erbauungsschauspiel inszenieren sollte. Und nach dem, was ich vom Temperament der englischen Öffentlichkeit in Krisenzeiten weiß, zu urteilen, würde man Sie wahrscheinlich als Volkshelden feiern.«

»Das würde man möglicherweise«, antwortete ich. »Aber ich unterschreibe keine Lügen.«

»Aber, aber, bloß kein Heldentum!« bat er mich in seiner verdammten herablassenden Art. »Sie sind ein guter Engländer, und Sie wissen, daß die Wahrheit stets relativ ist. Aufrichtigkeit ist das einzige, was zählt.«

Ich mache mir Vorwürfe, daß ich mich mit ihm auf eine Diskussion einließ, aber was blieb mir schon anderes übrig? Nach meiner langen Einzelhaft war ich froh, eine kultivierte Stimme zu hören, sogar die seine. Es war, in gewissem Sinne, nicht viel anders, als wenn man im Klub einen Langweiler am Halse hat, dessen Ansichten entweder links außen oder rechts außen liegen. Da können Sie nichts anderes tun, als dem Burschen zuzuhören. Sie wissen zwar, daß er unrecht hat, aber da Sie vom Standpunkt der Individuen aus argumentieren und er im Sinne irgendeiner mythischen Masse argumentiert, gibt es keinerlei gemeinsame Basis. Und es ist völlig unmöglich, sich zu erklären.

Der großen körperlichen Erschöpfung und dem Unbehagen, denen ich ausgesetzt war, will ich kein großes Gewicht beimessen. Sie verliehen ihm zwar in bezug auf Geisteskraft einen enormen Vorteil über mich, aber den besaß er ohnehin. Er trieb mich sanft von einem unhaltbaren Standpunkt zum anderen. Er hätte ein freundlicher Doktor sein können, der einen Verbrecher gegen die Moral untersucht.

»Ich glaube«, sagte er schließlich, »daß es für uns beide viel leichter wäre, wenn Sie mir erzählten, warum Sie den Attentatsversuch unternommen haben.«

»Das habe ich Ihren Leuten schon vor langer Zeit erzählt«, gab ich ungeduldig zurück. »Ich wollte sehen, ob es möglich wäre, und sein Tod wäre für die Welt kein großer Verlust.«

»Dann hatten Sie also doch die Absicht zu schießen«, sagte er, indem er meine Aussage ganz natürlich hinnahm. »Sehen Sie, ich konnte Ihnen nicht richtig helfen, bevor Sie das zugegeben hatten.«

Ich erkannte, daß ich mich vor ihm und vor mir selbst verraten hatte. Selbstverständlich hatte ich die Absicht zu schießen gehabt.

Für konfuse Köpfe – also neunzig Prozent von uns, ganz gleich welcher Klasse wir angehören – sind ihre Verhörmethoden verheerend. Es ist einfach, einen Menschen dazu zu bringen, die Lügen, die er sich selbst einredet, zu gestehen; ihn dazu zu bringen, die Wahrheit zu gestehen, ist sehr viel schwieriger. Wenn sie freilich mit ihrer Technik einmal die Wahrheit aus ihm herausgepreßt haben, ist er so formbar und demoralisiert, daß er jede Interpretation, die der Verhörende ihr aufprägen will, akzeptieren wird. Dieses Verfahren ist ebenso unmoralisch wie wirkungsvoll, ob es nun von Psychoanalytikern angewendet wird oder von der Geheimpolizei. Sie zwingen uns, unsere Beweggründe zu sehen, und im

Grauen vor dieser Entblößung sind wir bereit, jede Abscheulichkeit zu bekennen.

Ich hatte das alles natürlich schon einmal durchgemacht, aber vor Richtern, die um vieles gröber und weniger intelligent vorgingen als Quive-Smith. Körperliche Folterung verstärkte nur meinen Starrsinn. Ich war so sehr damit beschäftigt, mir selbst zu beweisen, daß mein Wille stärker war als mein Körper, daß sich die Frage, ob meine Intelligenz nicht hoffnungslos von meinen Gefühlen überschattet worden war, gar nie stellte.

»Ja«, gab ich zu. »Ich hatte die Absicht zu schießen.«

»Aber weshalb?« fragte er. »Politischer Mord entscheidet doch nichts?«

»Im Lauf der Geschichte hat er schon so manches entschieden«, sagte ich.

»Ich verstehe. Also eine Angelegenheit der hohen Politik?«

»Wenn Sie möchten.«

»Dann müssen Sie es doch mit jemandem besprochen haben?«

»Nein. Ich ging allein, auf eigene Verantwortung.«

»Zum Wohle Ihres Landes?«

»Des meinen und anderer.«

»Dann haben Sie also, obwohl Ihre Regierung nichts von Ihnen wußte, in gewissem Sinne in deren Interesse gehandelt?«

»Ich gebe nichts dergleichen zu«, sagte ich, denn ich sah, worauf er hinauswollte.

»Mein lieber Freund!« seufzte er. »Nun sagen Sie ja, daß Sie keine Lügen unterschreiben. Lassen Sie mich in Ihrem Kopf ein wenig Klarheit schaffen, dann werden Sie sehen, daß ich das gar nicht von Ihnen verlange. Sie haben doch eine ganze Anzahl Freunde im Außenministerium, nicht wahr?«

»Ja.«

»Manchmal erstatten Sie ihnen nach Ihrer Rückkehr von einer Auslandsreise informell Bericht. Damit will ich nicht sagen, daß Sie ein Agent sind. Aber wenn Sie irgendwelche interessanten Eindrücke erlebt hätten, würden Sie sie doch beim Lunch an den richtigen Mann weiterleiten?«

»Das habe ich auch schon getan«, räumte ich ein.

»Dann stellen Sie sich vor, Sie hätten Erfolg gehabt und wir hätten das Attentat vertuscht. Hätten Sie Ihren Freunden mitgeteilt, daß er tot ist?«

»Ja, das nehme ich an.«

»Sehen Sie, Sie betrachten sich also doch als Diener Ihres Staates«, sagte er.

»Nicht in dieser Sache.«

»Ojeoje!« klagte Quive-Smith geduldig. »Ein Mann mit Ihren Erfahrungen in fremdländischer Gesellschaft sollte nicht diese englische Abneigung gegen vernünftige Gespräche haben. Exakt und ausschließlich in Angelegenheiten von solcher Tragweite betrachten Sie sich als Diener des Staates. In Ihrem Alltag ist das anders. Da sind Sie ein Individualist, der seinen eigenen Gesetzen gehorcht. Und doch geben Sie zu, daß Sie in dieser Sache aus Gründen der Staatsräson gehandelt haben und daß Sie die Absicht hatten, den Staat zu informieren.«

Ich wiederhole, daß ich ihm nicht entkommen konnte, daß ich in einem Raum eingesperrt war, der acht Fuß lang, vier Fuß hoch und drei Fuß breit war. Der Umstand, daß er frei war und ich lebendig begraben, verlieh mir ein Gefühl der Unterlegenheit ihm gegenüber. Natürlich war es so. Offensichtlich war es so. Und doch, warum sollte es so sein? Ich wußte, daß er nichts von dem begriff, was mir wichtig war, daß er nicht die geringste Ahnung von meinem Wertsystem hatte. Und da ich mir dieser Werte sicher war, hätten unsere äußeren Umstände eigentlich nichts ausmachen sollen.

Ich sehe jetzt, daß er in meinem Kopf eine Menge Unsinn zerstörte. Vielleicht war es das, mehr als alles andere, was mir das Gefühl verlieh, am Ende eines Angelhakens zu zappeln.

»Aber ich handelte nicht auf Anweisung des Staates«, sagte ich.

»Ich habe Sie auch nicht gebeten, so was zu unterschreiben. Mit dem Wissen der Regierung, lautet die Formulierung. Das wäre keineswegs eine Lüge. Wir brauchen uns nicht einmal auf diese Worte festzulegen. Mit dem Wissen meiner Freunde – wie wäre es damit?«

»Es ist nicht wahr.«

»Ich will nicht andeuten, daß Sie bezahlt wurden. Nein, ich denke, daß Sie das, wie Sie sagen, mehr oder weniger aus einer sportlichen Gesinnung heraus taten!«

»Das habe ich Ihnen ja gesagt«, antwortete ich.

»Ach ja. Aber ein Attentat aus Sportsgeist! Seien wir ehrlich, das würden Sie doch nicht einmal selbst glauben, nicht wahr.«

»Wieso nicht?« fragte ich wütend.

»Weil es unglaubwürdig ist. Ich will wissen, warum Sie uns so hassen, daß Sie bereit sind, ein Staatsoberhaupt zu ermorden. Was waren Ihre Beweggründe?«

»Politisch.«

»Aber Sie haben zugegeben, daß Ihnen an Politik nichts liegt, und das nehme ich Ihnen ohne weiteres ab. Vielleicht meinen wir dasselbe. Wollen wir sagen, daß Ihre Beweggründe patriotischer Natur waren?«

»Das waren sie nicht«, antwortete ich.

»Mein lieber Freund!« protestierte er. »Aber sie waren doch bestimmt nicht persönlich!«

Nicht persönlich! Doch was konnten sie sonst schon sein? Er hatte mich dazu gebracht, mich selbst zu erkennen. Kein Mensch würde tun, was ich tat, wenn er nicht von Trauer und Wut kaltgezogen worden war und sich von seinem eigenen Zorn dazu weihen ließ, an einem Ort Gerechtigkeit zu üben, der sich der Reichweite jeder anderen Macht entzog.

Ich verließ die Lüftung und legte mich mit dem Kopf beim Eingang zum inneren Kessel hin; das war das Höchstmaß an Ungestörtheit, das mir offenstand. Seine Stimme murmelte weiter, wurde zornig. Das war mir egal. Ich kämpfte mit der

Selbsterkenntnis, die er mir aufgezwungen hatte. Endlich schwieg er, und ich ergab mich meinem Elend.

Ich will versuchen, darüber in aller Ruhe zu schreiben. Ich glaube, daß mir das inzwischen möglich ist. Ich bin ein Mann, der ein einziges Mal geliebt hat und es nicht wußte, bis sie tot war. Vielleicht ist das nicht ganz richtig. Ich liebte von ganzem Herzen, war mir dessen jedoch selbst kaum bewußt – jedenfalls nicht im Vergleich zu der Ekstase und Herrlichkeit, welche die Liebe für sie bedeutete. Ich war zu diszipliniert, zu zivilisiert. Ich liebte sie, wie ein chinesischer Mandarin eine Blume lieben mochte, als etwas, das an sich schön war und mit dem zu leben unzweifelhaft schön war.

Als ich von ihrem Tod erfuhr, weinte ich nicht. Ich redete mir sofort ein, daß Liebe Einbildung sei. Ich trauerte, daß ein so erlesenes Werk der Natur vernichtet worden war. Im bewußten Teil meines Verstandes trauerte ich mit dem gleichen Kummer, den ich empfunden hätte, wenn mein Haus, in dem fünfzehn Generationen gelebt haben, abgebrannt wäre – das Gefühl eines unersetzlichen, furchtbaren Verlusts, der über jede Verletzung hinausging, aber keine heiße, menschliche Trauer.

Das ist, sage ich, was ich zu fühlen glaubte. Wer gelernt hat, seine Gefühle nicht seinen Mitmenschen aufzudrängen, hat auch gelernt, sie sich selbst nicht aufzudrängen.

Und doch war ich wahnsinnig vor Kummer und Haß. Ich bezeichne mich als zu jenem Zeitpunkt wahnsinnig, weil ich es nicht wußte. Die Lauheit meiner Trauer war nicht Gleichgültigkeit; es war die Leere, die mich erfüllt, wenn ich nicht zu erfahren wage, was ich denke. Ich weiß, daß ich von Wut verzehrt wurde. Ich entsinne mich meiner giftigen Gedanken, und doch waren sie mir damals völlig unbewußt. Ich unterdrückte sie so schnell, wie sie in meinen bewußten Verstand vordrangen. Ich wollte nichts mit ihnen zu tun haben, mit Trauer oder Haß oder Rache nichts zu tun haben.

Als ich nach Polen ging, fand ich, daß ich einen recht konventionellen Weg eingeschlagen hatte: hinausziehen und in rauhem Gelände etwas töten, um meine Sorgen zu vergessen. Ich hatte mir nicht eingestanden, was ich zu töten gedachte. Ich gestand es mir nicht ein, bis Quive-Smith jede mögliche Selbsttäuschung zerstörte.

Sie war so flink und feinfühlig. Sie konnte nicht anders, als sich eine gute Sache sofort zu eigen zu machen. Impulsiv, geistvoll, intelligent, das alles mit so viel Energie, daß sie zu strahlen schien. Ein Junge, der solche Sachen sehen konnte, sagte mir, daß sie manchmal von einem sichtbaren Nimbus umgeben sei. Für so etwas habe ich keinen Sinn. Aber so, wie ich mich an sie erinnere, drang ihr Leben über ihren Körper hinaus; weder eine Berührung noch ein Blick vermochten mit Sicherheit zu sagen – hier beginnt sie, und da hört sie auf. Ihre Haut war keine Oberfläche; sie war eine unbegrenzte Pracht von blassestem Rosa und Orange, der es gefiel, sich um jene straffen Glieder zu formen.

Sie wußte, denke ich, daß wir uns ähnlich waren in unserer Mischung von Impulsivität und Intelligenz. Ihre Gefühle beherrschten ihren Verstand; obschon sie ihre Seite mit vernichtender Logik unterstützte, hatte die Logik nichts mit ihrer Hingabe zu tun. Von mir selbst hätte ich das nie vermutet, und doch ist es wahr. Ich habe nie Partei ergriffen, bin nie rückhaltlos in die eine oder die andere Waagschale gesprungen; noch werden mir Enttäuschungen, vorausgesetzt es sind schwerwiegende, bewußt, ehe der Anlaß längst vorbei ist. Und doch werde ich von meinen Gefühlen beherrscht, auch wenn ich sie im Kindbett ermorde.

Sie haben sie gefaßt und erschossen. Sie erschossen. Staatsräson. Ja, ich weiß schon, aber sicherlich ist die Erhaltung eines solchen Individuums genau das, wofür wir leiden, wofür wir kämpfen, wofür wir dieses Leben erdulden. Überzeugungen? Politik? Religion? Aber deren Zweck ist es doch, eine solche Frau – oder einen solchen Mann, wenn Sie wollen – hervorzubringen. Sie an die Wand zu stellen, sie – es gibt keine Sache, die einen derart teuflischen Akt rechtfertigen würde. Das Leben eines solchen Geschöpfs ist es, das jede Sache rechtfertigt, für die sie sich engagieren will. Welchen anderen Maßstab haben wir? Ist in der Weltgeschichte jemals ein Mensch zum Christen geworden, weil ihn das Athanasianische Glaubensbekenntnis überzeugte? Aber wie viele Millionen haben sich vom Leben eines einzigen Heiligen überzeugen lassen!

Den Menschen, die ein solches Sakrileg begehen konnten, erklärte ich den Krieg, allen voran jenem Mann, der ihnen ihren Glauben geschenkt hat. Wie lächerlich ist es, daß eine Einzelperson einer Nation den Krieg erklärt! Das war ein weiterer Grund, weshalb ich vor mir selbst verbarg, was ich eigentlich tat. Mein Krieg war für mich eine sinnlose Sache, die ebenso mitfühlend belächelt werden konnte, wie ich über ihre Leidenschaften zu lächeln pflegte. Und doch ist mein Krieg in Wahrheit alles andere als sinnlos. Er kostet nur wenig Menschenleben und Leiden. Die Hauptmacht des Feindes aufspüren und vernichten – und ich hätte sie vernichtet, wenn nicht der Wind gewechselt hätte.

Ich erkannte, daß ich mich seit dem Tage, als ich gefaßt wurde, nur von der Einsamkeit und Unsicherheit hatte unterkriegen lassen. Wie konnte ich mir eingestehen, daß ich, der Mandarin, den Krieg erklärte, daß ich, der gefühllose Liebhaber, mich vom Tode meiner Geliebten derart hatte aufwühlen lassen? Daß ich, der zivilisierte, gewissenhafte Sportsmann, mich wie ein Eiskremverkäufer mit einem Messer benahm?

Nun, das alles wurde jetzt, da ich in der Stille meines einstweiligen Grabes lag, endlich eingestanden. Und so ging ich seelisch zum Angriff über.

Angriff! Wieder: Wie lächerlich ist es, daß ein Mann, der nicht einmal genug Platz zum Stehen hat, sich einen Angriff zutraut! Aber nun war ich nicht mehr der passive Dulder. Meine Demoralisierung war entsetzlich gewesen, solange ich mir keiner Sache bewußt war, für die ich duldete. Nun, da ich um sie wußte – mein Gott, da fiel mir ein, daß es 1915 in Ypres Männer gegeben hatte, deren Unterstände noch kleiner und feuchter waren als meiner!

Ich weiß nicht, wie lange ich dalag. In Gedanken schweifte ich über gewaltige Entfernungen im geographischen Raum, über alle Bewegungen meines Angriffs und Rückzugs, aber weder in meinem Innern noch in der Außenwelt gab es irgendeine Tätigkeit, an der sich die Zeit messen ließ. Schließlich wurde ich vom spürbaren Ansteigen des Wassers geweckt.

Zuerst dachte ich, daß es draußen heftig regnen müsse, und stieß einen Stecken in meine zwei Abflußröhren hinunter, um sie freizumachen. Er stieß auf harte Sperren. Natürlich hatten sie meine Löcher gefunden und verstopft. Das erhöhte mein Unbehagen – wenn das überhaupt noch möglich war –, brachte mich jedoch nicht in Gefahr. Sobald das Wasser die Höhe des Simses erreicht hatte, würde es unter der Tür hindurch abfließen.

Beinahe frohgelaunt sprach ich durch die Lüftung. Ein Gefühl der Unbeschwertheit beflügelte mich, ähnlich, nehme ich an, wie bei einem reuigen Sünder nach der Beichte. Ich wußte, warum ich in meinem Bau war. Ich fühlte, daß was ich getan hatte, sich gelohnt hatte.

»Jemand da?« fragte ich.

Quive-Smith antwortete. Die Nacht war verstrichen, und der andere Mann war dagewesen und wieder gegangen.

»Das einzige, was Sie erreichen werden, ist, mir eine Lungenentzündung anzuhängen, mein lieber Freund«, sagte ich.

»Das Delirium«, sagte er, »wird Ihre Handschrift nicht verändern.«

Es war das erste Mal, daß ich ihn verärgert hatte; er ließ mich die Grausamkeit in seiner Stimme hören.

Ich fing wieder an zu wühlen, da ich hoffte, mit meinem frischen Mut irgendwann nach Einbruch der Nacht bis an die Erdoberfläche vorzustoßen. Aber es war nicht der Mut, den es zu vervielfachen galt; es war der Sauerstoff. Ich mußte die Arbeit nach immer kürzeren Zeiträumen abbrechen und mir eine größere Sicherheitsspanne gönnen als zuvor. Wenn ich in Ohnmacht fiel, mit dem Gesicht in das Meer von Schlamm, auf dem mein Schlafsack schwamm, wäre alles vorbei.

Als ich nicht mehr schaffen konnte, rollte ich den unbrauchbaren Sack zusammen und stellte eine Lage von Büchsen auf das Bündel. Darauf setzte ich mich, vornübergebeugt mit dem Genick an der Decke und meinen Ellbogen auf den Knien. Das war unbequem, aber die einzige Alternative bestand darin, in voller Länge im Wasser zu liegen. Das hätte mich zwar nicht nasser gemacht, als ich ohnehin schon war, aber mir wäre viel kälter gewesen. Ich fröstelte andauernd. Nichtsdestoweniger muß die Temperatur im Bau um einiges über derjenigen der Außenluft gelegen haben. Die Dichter irren sich, wenn sie das Grab als kalten Ort beschreiben.

Am Abend, dem dritten seit meiner Gefangennahme, versuchte Quive-Smith, mich zum Reden zu bringen, aber ich weigerte mich. Schließlich hörte ich, wie sein Kollege ihn ablöste. Der Major wünschte mir eine gute Nacht und bedauerte, daß ich ihn dazu zwang, meine Unannehmlichkeiten zu vergrößern. Ich verstand nicht, was er damit meinte. Danach herrschte Stille – eine Stille, die vollkommener war als alles, was ich bisher erlebt hatte. Sogar bei Nacht und begraben konnten meine Ohren leise Geräusche von Vögeln und Tieren wahrnehmen.

Die Nacht schleppte sich endlos dahin. Ich begann, unter Halluzinationen zu leiden. Ich erinnere mich, daß ich mich fragte, wie sie wohl hereingekommen war, und sie anflehte, vorsichtig zu sein. Ich hatte Angst, wenn sie wegging, könnten die denken, sie sei ich, und schießen. Selbst als ich nicht bei Sinnen war, konnte ich mir nicht vorstellen, daß jemand ihr etwas antun könnte, weil sie war, wie sie war.

Auch sie gingen vorüber, diese Träume. Es war die ständig wachsende Anstrengung des Atmens, die sie verscheuchte. Ich rang verzweifelt nach Luft. Als ich sprach, konnte ich mir bei dem Mann kein Gehör verschaffen, und so hämmerte ich sanft an die Tür. In der Biegung der Lüftung erschien ein Lichtstrahl. Quive-Smith hatte sie verstopft, ehe er ging.

»Lassen Sie das!« befahl eine tiefe Stimme.

»Ich dachte, es sei immer noch Nacht«, antwortete ich wie ein Idiot.

Ich meinte, daß ich nicht an die Tür gehämmert hätte, wenn ich gewußt hätte, daß es bereits Morgen war. Ich wollte nicht, daß irgendein unschuldiger Mensch in die Abrechnung verwikkelt wurde.

»Ich habe Anweisung, den Bau aufzubrechen und zu schießen, wenn Sie Lärm machen«, sagte er stur.

Er hatte die Stimme eines Polizisten im Zeugenstand. Daher und von dem, wie ihn der Major beschrieben hatte, war ich mir ziemlich sicher, was für ein Typ er war. Er stand nicht aus Ehrgeiz und Liebe zum Spiel an sich in diesem Dienst, was beides zweifellos für Quive-Smith zählte; er war ein gedungener Agent.

Ich sagte ihm, ich sei ein wohlhabender Mann, und wenn ich entkäme, könnte ich ihn für den Rest seines Lebens finanziell unabhängig machen.

»Lassen Sie das!« antwortete er wieder.

Ich spielte mit dem Gedanken, einen fetten Geldschein durch die Lüftung hinaufzuschieben, aber es war zu gefährlich, ihn wissen zu lassen, daß ich Geld bei mir hatte; er wäre in der Lage gewesen, mir unbeschränkte Summen abzupressen und keine Gegenleistung zu erbringen.

»Na schön«, sagte ich. »Ich werde nicht mehr reden. Aber ich möchte, daß Sie wissen, daß ich, wenn man mich rausläßt, an jede kleine Gefälligkeit denken werde, die Sie mir erwiesen haben.«

Er gab keine Antwort, aber er steckte den Stopfen nicht zurück.

Ich bugsierte meinen zusammengerollten Schlafsack zur Lüftung hin und setzte mich darauf, das Gesicht an die Öffnung gepreßt. Draußen schien die Sonne. Ich konnte sie nicht sehen, aber in der Biegung dieser nachgeahmten Kaninchenröhre glühten die tieforangen Kristalle des Sandsteins von ihrem Licht. Das ergab eine Illusion von Wärme und Weite. Die vierundzwanzig Zoll Sand, die so nahe und direkt unter meinen Augen lagen, verloren jede Perspektive. Die winzigen Unregelmäßigkeiten wurden zu Sanddünen und die Röhre zu einer Wüste, in der die Sonne noch den Horizont tränkte, während sich darüber die dunklen Wolken des Chamsin zusammenbrauten.

Meine Uhr war stehengeblieben, aber ich denke, es muß beinahe Mittag gewesen sein, ehe Quive-Smith seinen Dienst antrat. Das erste, was ich von ihm hörte, war ein Schuß – so nahe, daß ich sicher war, daß er etwas im Hohlweg abgeknallt hatte – und dann das Gelächter der beiden Männer.

Bei Einbruch der Dämmerung begann er mich zum vierten Mal zu verhören. Seine Methode war herzlich und raffiniert. Er gab mir eine Übersicht der Nachrichten in der Morgenzeitung, sprach dann über Fußball und kam von da auf seine Kindheit; er war, wie er sagte, in England erzogen worden.

Seine persönlichen Erinnerungen waren freimütig, obschon er weit mehr andeutete, als er tatsächlich sagte. Seine Mutter war eine englische Gouvernante gewesen. Sie fühlte sich seinem Vater gegenüber sozial unterlegen und moralisch überlegen – eine gräßliche Kombination – und hatte versucht, aus ihrem Sohn einen braven kleinen Briten zu machen, indem sie den Union Jack schwang und ihm den Patriotismus mit der Rückseite einer Haarbürste einbleute – mit dem natürlichen Ergebnis, daß seine Liebe zu seinem Mutterland nie über diesen Berührungspunkt hinauswuchs. Über seinen Vater gab er nichts preis; ich reimte mir zusammen, daß er irgendein obskurer Baron war. Als ich später Quive-Smiths wahren Namen erfuhr, erinnerte ich mich, daß seine unstete Familie die Angewohnheit hatte, ausgefallene Ausländerinnen zu heiraten, weswegen sie von ihresgleichen kaltgestellt wurde. Eine seiner Großmütter stammte aus Syrien. Das erklärte die beinahe weibliche Zartheit seines Knochenbaus.

Dann verleitete er mich dazu, von meiner eigenen Jugend zu sprechen, doch sobald ich merkte, wie mich die vertrauliche Atmosphäre, die er schuf, zu berühren begann, hielt ich den Mund. Ich kannte inzwischen seine Methoden. Es bestand nie eine Chance, daß ich seinen Wisch unterzeichnen würde, aber er brachte es immer noch fertig – und das ist ein Beweis seiner erstaunlichen Technik –, daß ich mich fragte, ob ich mich nicht in absurdem Maße donquichottisch benahm, indem ich mich weigerte.

Er drohte, wieder die Lüftung zu blockieren, wenn ich nicht mit ihm sprach. Ich gab zurück, daß ich sterben würde, wenn er das Loch verstopfte; und für den Fall, daß er sich dadurch ermuntert fühlte, fügte ich hinzu, daß mir das Ersticken angenehmer erschien als jeder andere Tod, den ich mir selbst zufügen konnte.

Tatsächlich dachte ich nicht im geringsten daran, Selbstmord zu begehen, nun da ich den Zweck meines Daseins kannte. Selbst während der ersten verlorenen und hoffnungslosen Tage war Selbstmord nur eine Möglichkeit gewesen, die ich neben einem Dutzend anderer gleichbedeutender Pläne erwog. Ich glaube nicht, daß man sich umbringt, wenn man nicht ein bestimmtes Begehren danach verspürt. Der Selbstmord ist fast nie eine Tat, in die ein Mensch sich hineinsteigern muß; er ist vielmehr eine Versuchung, gegen die er ankämpfen muß. Ich bin mit seelischen Gebrechen mehr als großzügig ausgestattet, aber die schwarze selbstmörderische Depression gehört zufälligerweise nicht dazu.

Er lachte und sagte, daß er mir soviel Luft verschaffen würde, wie ich wollte, soviel Luft, wie ich wollte, und zwar durch die Sorte Filter, die ich verdiente. Er hatte sein englisches Benehmen völlig abgelegt. Es freute mich ungemein zu wissen, daß ich ihm auf die Nerven ging.

Ich hörte, wie er irgendeinen klobigen Gegenstand in die Röhre schob und ihn ganz bis zur Biegung hinunterstopfte. Das war mir ziemlich gleichgültig. Ich wußte aus Erfahrung, daß der Luftvorrat im Bau und was unter der Tür hindurchsickerte ausreichten, um mich während vielen Stunden am Leben zu erhalten.

Ich blieb still und überlegte, ob ich die Sperre in den Bau herunterzerren sollte. Ich konnte sie erreichen. Die Röhre hatte die

Form meines Armes mit gebeugtem Ellbogen und war anderthalbmal so lang. Aber es bestand ein ernstes Risiko. Wenn er meinen linken Arm packte und festmachte, während ich damit aufwärts tastete, würde er danach in der Wahl seiner Kreuzverhörmethoden nicht mehr so zimperlich sein.

Ich stocherte mit einem Stecken und stellte fest, daß das Ding weich und steif war. Zoll für Zoll schoben sich meine Finger vorwärts, bis sie es streiften, dann schnellte meine Hand zurück. Ich dachte, ich hätte ein Gemenge aus Drähten und Zähnen berührt, aber noch bevor mein Arm wieder ganz aus der Röhre draußen war, wurde mir bewußt, worum es sich tatsächlich handelte. Ob der gleichzeitigen Mischung von Entsetzen und Erleichterung und Zorn wurde mir speiübel.

Ich nahm Asmodeus' Kopf in die Hand und zog seine sterblichen Überreste in den Bau. Armer alter Kerl, er war aus nächster Nähe voll in die Brust getroffen worden. Es war meine Schuld. Menschen, die ruhig im Hohlweg saßen, waren, gemäß seiner einzigen Erfahrung, freundlich und hatten Pökelfleisch. Er war erschossen worden, als er sich vertrauensvoll aufsetzte, um ihnen zuzusehen.

Ich erstickte vor Kummer und Wut. Ja, ich weiß – oder eine Seite von mir wußte es – das war die idiotische, unentschuldbare Liebe eines Angelsachsen zu seinem Tier. Aber Asmodeus' Zuneigung hatte mich weit mehr gekostet als diejenige eines Geschöpfs, das man von Geburt an gefüttert und aufgezogen hat. Unsere Kameradschaft hatte etwas Strenges an sich, wie die tiefe Liebe zweier Menschen, die sich in mittlerem Alter kennengelernt haben und von denen jeder auf ein in keiner Weise gemeinsames, gänzlich unabhängiges Leben zurückblickt.

Quive-Smith lachte keckernd und sagte mir, daß ich mir das wirklich nur selbst vorzuwerfen hätte; daß er hoffe, ich sei nicht zu stolz, um am folgenden Abend mit ihm zu sprechen. Er hatte natürlich nicht wissen können, daß Asmodeus mein Kater war, aber er hatte sich ganz richtig ausgerechnet, daß ich seine Sperre in den Bau hineinziehen würde und sie nie mehr würde hinausstoßen können. Mein Gott, wenn er gewußt hätte, in welcher Atmosphäre ich lebte, wäre er nie auf den Gedanken gekommen, daß eine tote Katze es noch schlimmer machen könnte!

Nachdem der andere Mann seinen Dienst angetreten hatte, machte ich mich daran, meinen versteiften Körper zu entwirren. Als ich meine Bettzeugrolle verlagerte, hatte ich das Gefühl, daß ich nicht einmal hätte aufstehen können, wenn die notwendige Raumhöhe vorhanden gewesen wäre. Ich kniete im Schlamm, die Hände auf dem Türsims, und versuchte, meine Beine zu strecken. Mein Eindruck hatte nicht getrogen – ich war erstarrt, mit dem Kinn zwei Zoll über den Knien.

Schlaf hatte ich nicht nötig, denn ich hatte von jeden vierundzwanzig Stunden einige halb dösend, halb bewußtlos verbracht. Während der Nacht arbeitete ich an meinem Körper, und als er sich endlich bereit erklärte, sich zu entfalten, stützte ich mich auf Zehen und Hände und machte jene Leibesübungen, die meines Wissens Geschäftsleute vor dem Frühstück verordnet bekommen. Ich hörte auf zu frösteln und verzehrte eine kräftige Mahlzeit aus Hafergrütze, die ich mit Whisky angefeuchtet hatte. Ich wünschte, mir wäre der Gedanke an ein beschränktes Maß an Leibesertüchtigung schon früher gekommen, aber ich hatte mich von der dreckigen Natur meines Zustands demoralisieren lassen. Und zudem hatte kein Zweck für Körperkraft bestanden.

Es wirkt lächerlich, wenn ich sage, daß Quive-Smith sich zum Tode verurteilt hatte, indem er Asmodeus erschoß; es war in gewissem Sinne ein so geringfügiges Verbrechen. Patachon hätte den alten Wilderer ohne zu zögern abgeschossen. Dann hätte ich nicht weniger um ihn getrauert, aber Patachon das Recht zu dieser Tat eingeräumt. In der gleichen Weise räumte ich Quive-Smith das Recht ein, am Flüßchen auf mich zu schießen. Ich kann die Wirkung, die das Erschießen dieses Katers auf mich hatte, weder erklären noch rechtfertigen. Es befreite mich. Ich hatte beabsichtigt, ohne Blutvergießen durch den Kamin zu fliehen. Doch von nun an richteten sich alle meine Pläne auf einen schnellen und todbringenden Durchbruch in den Hohlweg. Endlich war ich imstande, mir einzugestehen, daß alle meine Pläne einer gewaltlosen Flucht unmöglich waren. Die einzige praktische Methode bestand darin, den wachhabenden Mann umzubringen, bevor ich zu graben anfing und nicht danach.

Die Lüftung war mein einziges Mittel zu körperlicher Berührung mit ihnen. Ich sann nach über eine Anzahl raffinierter Lockmittel, die den Major dazu bringen würden, den Arm in die Röhre herunterzustecken. Diese Art von Falle war ihm offenbar noch nicht in den Sinn gekommen und konnte daher gelingen. Aber sie würde mir nichts nützen, entschied ich, selbst wenn ich Quive-Smith fangen konnte. Man kann einen Mann nicht schnell umbringen, wenn man nur seinen Arm zur Verfügung hat. Er konnte um Hilfe schreien.

Ihn durch die Lüftung umbringen? Nun, da gab es nur eine Möglichkeit, und zwar mußte ich die Kurve geraderichten, damit ich ein Geschoß die Röhre hinaufjagen konnte. Mit irgendeinem behelfsmäßigen Spieß nach ihm zu stechen war zwecklos; um sofortigen Tod zu bringen, mußte ich eine schwere Waffe mit hoher Anfangsgeschwindigkeit abschießen.

Ein eiserner Bratspieß bot sich sogleich als geeignete Waffe an. Er würde über die kurze Distanz von rund dreieinhalb Fuß zwischen der Spitze und seinem Kopf treffsicher fliegen; aber er ließ sich weder mit meiner Steinschleuder noch mit einer anderen Aufhängung ihres Gummibandes abschießen. Ich brauchte etwas in der Art eines Bogens.

Keines meiner Holzstücke eignete sich dafür. Ich hatte zu wenig Platz, um einen Eschenstab zu handhaben, der lang genug war, um beim Biegen die nötige Kraft aufzubringen. Ein eigentlicher Bogen oder jede andere Art von Antrieb mittels der Spannkraft von Holz war ausgeschlossen. Mit gebogenem Stahl oder einem gedrehten Seil hätte es vielleicht geklappt, aber ich besaß weder das eine noch das andere.

Ich ließ meinen Blick über meine vollen und leeren Büchsen

schweifen, in der Hoffnung, eine andere Kraftquelle zu finden. Einige lagen auf meinem Schlafsack; andere unter Asmodeus. Ich hatte seinen Kadaver auf eine Plattform aus Büchsen gelegt. Ein letzter Tribut der Sentimentalität. Den Schlamm hätte er nie ertragen können. Als ich meine Hand auf ihn legte, wurde mir bewußt, daß in seinem Körper Kraft lag. Er würde selbst Rache üben können.

Ich häutete Asmodeus ab und schnitt sein Fell in Streifen. Ich habe mich schon immer für die Mechanik der Waffen von früher interessiert und muß bekennen, daß ich meine Freunde oft damit gelangweilt habe, daß ich behauptete, die römische Artillerie sei jeder anderen bis zu den Napoleonischen Kriegen überlegen gewesen. Die Maschine, die ich mir nun ersann, war ein äußerst grobes Modell einer handgespannten Balliste. Ich erinnere mich, daß ich einmal etwas Ähnliches im Einsatz gegen Kaninchen erwogen hatte, aber da sie mir lebendig sympathischer waren als tot, baute ich das Ding nie.

Ich fertigte einen quadratischen Rahmen, dessen aufrechte Seiten von zwei Backsteinen gebildet wurden und dessen Querstreben zwei stämmige Eschenscheiter abgaben, welche in grobe Kerben an den Ober- und Unterseiten der Backsteine paßten. Parallel zu den Backsteinen und an deren Innenseite zwirnte ich zwei Rohhautstreifen zu Säulen. Durch das Zentrum jeder Säule trieb ich einen langen Pflock, welcher drei bis vier Zoll über den Backstein hinausragte. An den Spitzen der beiden Pflöcke befestigte ich einen breiten Riemen so wie eine Bogensehne an den Enden eines Bogens. Die Zwirnung und das Einschrumpfen der Rohhautstreifen hielten den ganzen Rahmen stramm und preßten die Pflöcke hart gegen die Backsteine zurück.

Auf der Rückseite der Backsteine und mit viereckigen Banden an sie geschnürt, lag eine Holzleiste von einer Packkiste, in deren Mitte ich eine halbkreisförmige Öffnung schnitt. Um die Balliste abzuschießen, mußte ich mich auf den Rücken legen und die Füße auf die äußeren Enden dieser Holzleiste stellen.

Die Spitze des Spießes wurde durch die Öffnung geführt und von ihr gestützt; der Ring des Spießes wurde in der Mitte des Riemens von Daumen und Zeigefinger der rechten Hand erfaßt. So wurden die Pflöcke vom Zug zwischen Hand und Füßen auf meine Brust zu bewegt, gegen die Drehkraft der Rohhautsäulen. Wenn der Spieß abgeschossen wurde, knallten die Pflöcke zurück auf die Backsteine, die am Berührungspunkt mit Stoff gepolstert waren.

Bis ich die Maschine fertiggestellt hatte, war es Morgen, und Quive-Smith hatte wieder Dienst. Aus Angst vor Lärm wagte ich nicht zu üben, also schlief ich so gut es ging und wartete auf das abendliche Verhör. Ich hatte vor, höflich zu sein, denn ich wollte Auskünfte über den Gehilfen des Majors. Ich hatte nicht die geringste Ahnung, was ich mit ihm anfangen sollte – ich war nicht in der Lage, Gefangene zu machen –, aber ich hatte das Gefühl, daß er mir lebend mehr nützen könnte als tot.

Zu der Stunde, als Pat, Patachon und ihre Feldarbeiter sich alle an ihre jeweiligen Kaminfeuer zurückgezogen hatten, eröffnete Quive-Smith das Gespräch. Nachdem wir ein paar vorsichtige Gemeinplätze gewechselt hatten, sagte er:

»Sie sind unvernünftig, wirklich unvernünftig. Ich bin überrascht, daß ein Mann von Ihrem Verstand solche Lebensbedingungen erträgt!«

In seiner Stimme bemerkte ich einen Anflug von Ungeduld. Er hatte allmählich gemerkt, daß die Beobachtung von Dachsen in einem feuchten Hohlweg an Novemberabenden nicht ein Spaß war, den irgend jemand lange fortsetzen möchte. Er mußte sich wünschen, daß er nie auf den Einfall dieses unschätzbaren Geständnisses gekommen wäre.

»Ich kann sie ertragen«, antwortete ich. »Sie sind derjenige, der umsonst leidet. Ich bin zum Schluß gekommen, auch wenn ich Ihr Dokument unterzeichne, werden Sie doch nie Gelegenheit haben, es zu veröffentlichen. Es wird keinen Krieg geben. Also spielt es gar keine Rolle, ob ich unterschreibe oder nicht.«

Ich dachte, das würde ihm als Kostprobe britischer Kasuistik gefallen: abzustreiten, daß es mir unbehaglich war, aber eine heuchlerische Rechtfertigung vorzubringen, um mehr Behaglichkeit zu erlangen. Es war ein Bilderbuchbeispiel, das gut genug war, um jeden Ausländer reinzulegen.

In Tat und Wahrheit hätte kein einziger Engländer, den ich kenne, seinen verdammten Wisch unterschrieben – wobei er sich zum Teil aus Ehrengründen geweigert hätte, hauptsächlich jedoch aus schierem Starrsinn. Er ist ein neurotisches Wesen, der John Bull von heute, wenn man ihn mit dem Rindfleisch-und-Bier-Junker von vor hundert Jahren vergleicht; aber von Urgroßvaters Halsstarrigkeit hat er kein Quentchen eingebüßt.

»Sie haben vollkommen recht, mein lieber Freund«, sagte Quive-Smith. »Ihre Unterschrift ist weiter nichts als eine notwendige Formalität. Das Ding wird vermutlich bis in alle Ewigkeit auf dem Grunde irgendeines Archivs bleiben.«

»Schon, aber sehen Sie mal!« antwortete ich. »Daß Sie nicht reden, traue ich Ihnen zu. Ich weiß nicht, wer Sie sind, aber Sie müssen in Ihrem Dienst ein ziemlich hohes Tier sein und einen Sinn für Verantwortung haben. Aber wie steht es mit diesem anderen Burschen? Vielleicht setze ich mich möglicher Erpressung aus, vielleicht wechselt er aber auch die Seite.«

»Er weiß nicht, wer Sie sind«, erwiderte Quive-Smith.

»Wie kann ich dessen sicher sein?«

»Ach, gebrauchen Sie doch ihren Kopf, Mann!« antwortete er verächtlich – es freute mich, daß seine Stimme nicht mehr ihren üblichen Tonfall von ironischer, aber dennoch echter Achtung hatte. »Ist das wahrscheinlich? Er weiß nicht einmal, wer ich bin, geschweige denn Sie. Heute früh hat er sein Möglichstes getan, um es herauszufinden. Ich nehme an, Sie haben versucht, ihn zu bestechen.«

»Ist er Engländer?« fragte ich.

»Nein, Schweizer. Ein Volk, mein lieber Freund, von ganz außergewöhnlicher Dummheit und ohne jede Moral. Eine sehr seltene Verbindung, die nur das lange Leben unter einer demokratischen Regierung hervorbringen konnte. Ein Schweizer

Agent ist der perfekte Typ für einen Zweiten Mörder bei Shakespeare.«

Ich unterließ die höhnische Bemerkung, die sich aufdrängte. Niemand würde Quive-Smith die Rolle eines Ersten Mörders geben. Er gehörte ganz klar in die Klasse der Auftraggeber.

Ich wollte, daß er weiterredete, damit er nicht darauf bestehen würde, daß ich sein Dokument sofort unterschrieb. Ich fragte ihn, was an der Demokratie falsch sei.

Er hielt mir einen langen Vortrag, der zu einer Philippika gegen das britische Weltreich entartete. Da und dort warf ich ein provozierendes Wort ein, um ihn anzustacheln. Er haßte uns wie die Pest, sah uns so (das sagte er selbst) wie die Goten das römische Weltreich angesehen haben mußten, als einen korrupten Haufen moralisierender Luxusliebhaber, die ihre Grenzen nur wahren konnten, indem sie den unermeßlichen Reichtum und die leidenden Millionen, die dahinterstanden, ausbeuteten – und das obendrein ineffizient. Es war in der Tat eine Rede, die ebensogut aus dem Munde des Gegenstücks zu seinem Chef auf der anderen Seite von Polen hätte kommen können.

Er besaß sogar die Unverfrorenheit, mich einzuladen, mich der Siegerseite anzuschließen. Er sagte, sie bräuchten in jedem Land natürliche Führungspersönlichkeiten wie mich; ich hätte bloß zu unterzeichnen, und schon würde man die Vergangenheit ruhen lassen und mir jede Möglichkeit bieten, meinen Willen zur Macht zu befriedigen. Daß natürliche Führer keinen Willen zur Macht besitzen, sagte ich ihm nicht. Er hätte nicht verstanden, was ich damit meinte.

Ich glaube durchaus, daß er es ernst meinte. Ich wäre ein sehr nützliches Werkzeug gewesen, voll und ganz in ihrer Gewalt. Wenn Sie je auf einen Agitator stoßen, der nie Armut gelitten hat, ist es ganz vernünftig zu fragen, ob er jemals in meiner Lage gewesen sei und was er angestellt habe, von dem unsere Polizei nichts weiß und eine fremdländische Polizei alles.

»Ich werde am Morgen unterschreiben«, sagte ich.

»Warum nicht gleich?« antwortete er. »Warum eine weitere Nacht leiden?«

Ich fragte ihn, wohin in aller Welt ich gehen konnte. Ich sagte ihm, bevor man mich auf die Öffentlichkeit loslassen könne, müsse er mir Kleider besorgen, und wenn ich anständig gekleidet sei, müsse er mich zu seinem Bauernhof bringen, damit ich mich waschen könne. Das alles konnte nicht im Augenblick bewerkstelligt werden, ohne viel Neugier zu erregen.

»Ich verstehe Ihren Standpunkt«, sagte er. »Gut, ich werde Ihnen morgen früh Kleider bringen.«

»Und schaffen Sie Ihren Schweizer weg, bevor wir uns unterhalten! Das macht mir am meisten Sorgen. Ich traue ihm nicht über den Weg.«

»Mein lieber Freund«, protestierte er. »Ich wünschte, Sie würden mir ein wenig Taktgefühl zutrauen.«

Als der Zweite Mörder seinen Dienst angetreten und es sich für die Nacht gemütlich gemacht hatte, fing ich an, mit der Balliste zu üben, wobei ich einen Mantel in die Lüftung hineinstopfte, damit das Knallen der Pflöcke nicht zu hören war. Die Hautstreifen hatten sich in noch engere Windungen zusammengezogen. Es war eine stärkere Waffe, als ich brauchte, und höllisch streng zu spannen; ich mußte beide Hände einsetzen, die Linke hielt den Schaft des Spießes, die Rechte umklammerte den Ring, der horizontal gerichtet war, damit er sich nicht verfing, wenn er durch die Öffnung flog. Auf eine Entfernung von vier Fuß durchschlug der Spieß mühelos zwei Büchsen Tomaten und bohrte sich sechs Zoll tief in die Erde. Ich schoß ihn nicht mehr als ein Dutzend Male ab, denn die Konstruktion war nicht allzu solide.

Ich entstopfte die Lüftung und fächelte eine Stunde lang, um die Luft zu erneuern. Weiß der Himmel, ob es wirklich einen Unterschied machte, aber der Versuch lohnte sich, denn meine nächste Aufgabe bestand darin, den Schweizer dazu zu bringen, sein Ende der Lüftung zu verstopfen und es verschlossen zu halten, während ich die Röhre geraderichtete.

Ich fing an zu stöhnen und zu murmeln, um ein wenig an seinen Nerven zu sägen. Als er mir befahl, damit aufzuhören, sagte ich, das würde ich, wenn er mir die Uhrzeit sage.

»Halb drei«, sagte er mürrisch.

Eine weitere Stunde lang verhielt ich mich ruhig, und dann schnappte ich wieder über – Schluchzen und irres Gelächter und flehende Bitten an ihn, mich herauszulassen. Er ertrug mein Gelärme mit ärgerlicher Geduld (vielleicht auf jene mutmaßliche Belohnung hoffend) und zwang mich zu einem derart hysterischen Theater, bevor er endlich das Loch zustopfte, daß ich obendrein bereits mir selber auf den Wecker ging. Immerhin spielte ich meine Rolle so gut, daß ich meine Gefühle dabei tatsächlich abreagieren konnte.

Den Tunnel geradezurichten war leicht und ging ganz leise vonstatten. Ich grub mit dem Messer und fing die Erde Handvoll um Handvoll auf. Von Zeit zu Zeit ließ ich ein Gestöhne los, um ihn davon abzuhalten, den Stopfen wieder zu entfernen. Die Biegung verschwand und an ihre Stelle trat ein leerer Hohlraum, wie ein Kaninchennest, mit zwei Eingängen. Sein Stopfen war ein Stück Sackleinen. Ohne seine Stellung zu verändern, breitete ich auf meiner Seite die Falten aus. So konnte ich mühelos atmen und jedes Geräusch im Hohlweg hören.

Ich legte den aufgerollten Schlafsack unter meinen Schulterblättern zurecht und legte mich auf den Rücken in den Schlamm, die Maschine im Anschlag und den Spieß auf den Riemen aufgesetzt. Ich mußte bereit sein, augenblicklich zu schießen, wenn der Kopf eines Mannes vor der Röhre erschien. Die Entfernung des Sackleinens würde mir Zeit zum Spannen geben, und wenn jemand in die Röhre blickte und bemerkte, daß ihre Form verändert worden war, so wäre dies das letzte, was er je bemerken würde.

Ich hoffte, daß der Schweizer das Sackleinen in Ruhe lassen würde. Ich hätte ihn zwar ohne Gewissensbisse getötet, aber wenn er den Stopfen erst unmittelbar vor Quive-Smiths Eintreffen entfernte, würde ich vielleicht nicht imstande sein, rechtzeitig auszubrechen, um den Major zu überraschen. Ich murrte also weiter vor mich hin, um zu beweisen, daß ich ein Ärgernis war und noch lebte, aber nicht so viel, daß er versucht gewesen wäre, das Sackleinen herauszuziehen und mich zu beschimpfen.

Das Licht des Morgens schimmerte durch die Tuchfalten. Ich wartete. Ich wartete, so schien es mir, bis lange nach Mittag, ehe Quive-Smith eintraf. In Wirklichkeit war er früh dran – das heißt, wenn er gewöhnlich um zehn kam.

Zum ersten Mal konnte ich ihr ganzes Gespräch mithören. Zu dieser Morgenstunde unterhielten sie sich mit gedämpfter Stimme und so wenig wie möglich.

»Es ist verrückt geworden, Sir«, meldete der Schweizer ungerührt.

»Ach, das nehme ich nicht an«, antwortete Quive-Smith. »Er versucht nur die Krisis abzuwenden. Er wird sich bald wieder beruhigen.«

»Heute abend um die gleiche Zeit, Sir?«

»Wenn nicht, werde ich Sie benachrichtigen. Haben Sie der Frau gesagt, daß Sie vielleicht abreisen werden?«

»Ja, Sir.«

Ich hörte seine schweren Schritte durch den Matsch davonklatschen. Während dieser ganzen Zeit lag ich auf dem Rücken und starrte durch die Röhre.

Ich kann mich nicht erinnern, daß mir das Spannen der Balliste auch nur die geringste Mühe machte. Licht blitzte auf, als er den Stopfen entfernte. Ich schreckte zusammen, und diese leichte Muskelzuckung schien den Riemen zurückzuziehen. Unmittelbar danach tauchte sein Kopf auf. Ich bemerkte die Überraschung in seinen Augen, doch da war er, glaube ich, schon tot. Der Spieß traf ihn direkt über der Nase. Als er verschwand, sah er aus, als hätte ihm jemand einen Ring in die Stirn geschraubt.

Ich hackte auf mein Ende der Lüftung ein, bis sie breit genug war, um meinen Körper aufzunehmen, dann kroch ich hinein und brach mit einem Stoß meines Kopfes und meiner Schultern in den Hohlweg durch. Quive-Smith lag auf dem Rücken und sah mir zu. Ich hatte meine Daumen auf seiner Luftröhre, bevor ich überhaupt merkte, was geschehen war. Das fußlange Stück Spieß, das hinter seinem Schädel herausragte, stützte seinen Kopf in äußerst lebensechter Weise auf. Er hatte keine Kleider zum Wechseln dabei. Vielleicht hatte er gar nicht die Absicht, mich am Leben zu lassen, nachdem er meine Unterschrift hatte; vielleicht glaubte er auch nicht daran, daß ich unterschreiben würde. Letzteres ist die nachsichtigere Annahme. Er hatte einen geladenen Revolver in der Tasche, doch auch das beweist weder das eine noch das andere.

Ich verbrannte das skandalöse Dokument, dann streckte ich mich und spähte durch die Hecke über die einst vertrauten Felder. Pat war nirgends zu sehen, und seine Kühe weideten friedlich. Patachon unterhielt sich auf dem Hügel mit seinem Schafhirten. Es war ein feuchter Novembertag, ohne Wind, ohne Sonne, von einer derart sanften Neutralität, daß ich, der geradewegs von meiner Exhumierung an diese Luft kam, nicht sagen konnte, ob es fünf oder fünfzehn Grad über dem Gefrierpunkt war. Nach Quive-Smiths Uhr war es erst elf. Ich verzehrte sein Mittagessen. Siehe, da lag Sisera tot, und der Nagel steckte in seiner Schläfe.

Ich zerstörte seinen Schutzschirm aus Gebüsch und seine Kamera (obwohl ich wußte, wie gründlich er war, überraschte es mich doch, daß er tatsächlich sein Dachsstudium in Szene gesetzt hatte) und faltete die schwere Autodecke zusammen, die ihn warmgehalten hatte. Dann verschob ich den Balken, der zwischen den beiden Böschungen des Hohlwegs verkeilt war, und öffnete die Tür des Baus. Der Gestank war entsetzlich. Ich war erst seit einer halben Stunde im Freien, aber das reichte schon aus, um die Atmosphäre, in der ich gelebt hatte, so zu empfinden, als wäre sie von einem anderen Menschen geschaffen worden.

Ich setzte auf dem Primuskocher etwas schlammiges Wasser auf und wischte meinen Körper ab – eher eine Geste als eine wirkliche Reinigung. Es war himmlisch, mich trocken und warm zu fühlen, nachdem ich mit ihm die Kleider getauscht hatte. Er trug schwere Whipcord-Reithosen, über seinen Tweedsachen einen kurzen, pelzgefütterten Jagdrock – eher mitteleuropäisch als englisch, aber für seine Zwecke das ideale Kleidungsstück – und über alledem einen lammfellgefütterten Trenchcoat.

Als ich angezogen war, durchsuchte ich seine Papiere. Er hatte die Partei- und Identitätsausweise seiner eigenen Nation bei sich, auf denen sein wahrer Name stand. Außerdem hatte er einen britischen Paß. Er lautete nicht auf den Namen Quive-Smith. Den Namen und die Rolle hatte er sich nur für diesen Auftrag zugelegt. Als Beruf war »Firmendirektor« angegeben, was fast so unverbindlich ist wie »Autor«. Für diese Bezeichnungen kann fast jedermann in Frage kommen, wie jeder Polizeirichter weiß; aber sie sehen eindrucksvoll aus.

In einem Gurt um seine Taille fand ich £ 200 in Gold und einen zweiten Paß. Er war zweimal von irgendwelchen obskuren Konsulaten verlängert worden, enthielt aber weder Stempel noch Visa, was bewies, daß er noch nie zum Reisen benutzt worden war. Ich durfte annehmen, daß dieser Paß seine Privatangelegenheit war. Das Foto zeigte ihn mit dunkelgefärbtem Haar und Gesicht und ohne Schnurrbart. Wenn ich in Quive-Smiths Geschäft wäre, würde ich dafür sorgen, daß ich einen ähnlichen Paß besäße; falls er jemals eine Meinungsverschiedenheit mit seinen Vorgesetzten haben sollte, konnte er vollständig verschwinden und in einem sehr angenehmen kleinen Land in Lateinamerika eine neue Heimat finden.

Ich schob alle festen Pläne auf, bis ich mit dem Schweizer gesprochen hatte, doch als ich mein Haar schnitt und mich rasierte, ließ ich einen Schnurrbart stehen, der genau wie derjenige des Majors aussah, und kämmte mein Haar wie er aus der Stirn gerade nach hinten. Der Name und die Identität des Firmendirektors würden mir vielleicht gut zustatten kommen.

Ich entfernte, was noch von Asmodeus übrig war, und begrub ihn in dem Hohlweg, wo er gelebt und gejagt hatte, zusammen mit einer Büchse Pökelfleisch, die ihm durchhelfen sollte, bis er die Bewegungen des Wilds in seinen neuen Jagdgründen erfaßt hatte. Das aufgerissene Loch, das mein Ausbruch hinterlassen hatte, verstopfte ich mit meinen alten Kleidern, meinem Bettzeug und Erde, und nahm aus dem Bau mein Geld und das Schreibheft mit, das die ersten beiden Teile dieses Tagebuchs enthielt. Dann setzte ich die ursprüngliche Tür wieder ein und legte die Eisenplatte an die Böschung, wo ich sie mit Erde und Schutt zudeckte. Wenn im Frühjahr die Nesseln und das Farnkraut wachsen – und sie werden auf dieser umgegrabenen Erde dicht wachsen –, wird von uns allen keine Spur mehr zu sehen sein.

Ich lehnte Quive-Smiths Leiche an einen Busch, wo sie nicht im Wege war. Kein nettes Vorgehen, aber seine Belagerung hatte mein Feingefühl zerstört. In mir war kein Platz mehr für irgendeine andere Empfindung als unermeßliche Erleichterung. Nach Einbruch der Dämmerung ging ich auf Pats Weide umher, um meine Beine an Bewegung zu gewöhnen. Ich war sehr schwach und vermutlich ein wenig wirr im Kopf. Das machte nichts. Da mir nun nichts weiter übrig blieb, als verrückte Risiken einzugehen, war es kein Nachteil, ein bißchen verrückt zu sein.

Die Spuren im Matsch sagten mir, daß der Schweizer immer über das obere Ende des Hohlwegs kam und ging. Die abnormal kleinen Spuren, die Quive-Smiths Füße hinterließen, waren unverkennbar. Ich war gezwungen gewesen, meine eigenen Schuhe anzubehalten, und die Fersen seiner Socken waren Klumpen unter meinen Fußsohlen.

Im dunkelsten Abschnitt des Hohlwegs kauerte ich mich an die Böschung und wartete. Ich hörte den Burschen schon aus einer Viertelmeile Entfernung kommen. Wenn die Wege trokken waren, bewegte er sich ziemlich leise, aber mit Matsch hatte er keine Geduld.

Als er ein paar Schritte von mir entfernt war, blitzte ich ihm mit Quive-Smiths Taschenlampe ins Gesicht und befahl ihm, die Hände hochzunehmen. Noch nie habe ich einen so zu Tode erschrockenen Mann gesehen. Von seinem Standpunkt aus war er in einer gottverlassenen Gegend von einem Wahnsinnigen überfallen worden, der eine saftige Rechnung mit ihm zu begleichen hatte.

Ich befahl ihm, mit dem Gesicht zur Hecke zu stehen, während ich ihm seine Papiere, seine Pistole und seine Hosenknöpfe abnahm. Von diesem Trick hatte ich nur gehört und ihn nie mit eigenen Augen gesehen. Er ist wirkungsvoll. Ein Mann mit den Hosen an den Knöcheln unten ist nicht nur in seinen Bewegungen gehemmt; sein Kampfgeist ist zerstört.

Er trug einen Paß auf sich. Ich nehme an, das tun diese Burschen immer. Ein Blick auf die erste Seite verriet mir, daß er Muller hieß, daß er eingebürgerter Engländer war und Hotelportier. Er war ein großer Mann und hellhaarig, mit einem hellen Schnurrbart, den er zu Spitzen gewichst hatte. Er sah aus, als ob er einen pensionierten Unteroffizier des Verbands ehemaliger Soldaten zum Vorbild genommen hätte.

»Ist er tot?« stammelte der Mann.

Ich wies ihn an, sich umzudrehen und hinzusehen, wobei ich ihn in Schach hielt, während ich die Lampe auf Quive-Smiths nackte Leiche richtete. Dann stellte ich ihn wieder mit dem Gesicht zur Hecke hin. Er zitterte vor Angst und Kälte. Seine Beine pulsierten. Er zeigte auch alle anderen unwillkürlichen Anzeichen von Panik. Ich hatte seine Phantasie aus der Bahn geworfen.

Er sagte immerzu: »Was ... was ... was ...«

Ich glaube, er wollte fragen, was ich mit ihm zu tun gedachte.

»Wer bin ich?« fragte ich.

»Das weiß ich nicht.«

»Denken Sie noch mal nach, Muller!«

Ich legte die kalte Schneide meines Messers an seine nackten Oberschenkel. Gott weiß, wofür er sie hielt oder was er sich ausmalte, das ich damit anstellen würde! Er brach wimmernd auf dem Boden zusammen. Ich wollte, daß seine Kleider mehr oder weniger sauber blieben, und so hob ich ihn an einem Ohr auf und lehnte ihn neben Quive-Smith an den Weißdornbusch.

»Wer bin ich?« fragte ich erneut.

»Der von Aldwych ... die ... die Polizei hat Sie gesucht.«

»Wer ist der Mann, dessen Kleider ich trage?«

»Nummer 43. Ich habe ihn vor diesem Auftrag noch nie gesehen. Ich kenne ihn als Major Quive-Smith.«

»Warum hat Major Quive-Smith mich nicht der Polizei ausgeliefert?«

»Er sagte, Sie seien einer seiner Agenten und wüßten zuviel.«

Das klang nach einem echten Stück Quive-Smithscher Erfindungsgabe; es erklärte einem einfachen Gemüt, warum es notwenig war, mich aus dem Weg zu schaffen und warum sie unabhängig von der Polizei arbeiteten; es sicherte ihm auch die eifrige Mitarbeit des Zweiten Mörders.

»Was habt ihr in jener Nacht mit meiner Leiche tun wollen?«

»Das weiß ich nicht«, schluchzte er, »ich schwöre Ihnen, ich weiß es nicht. Ich hatte Anweisung, jede Nacht im Auto zu bleiben, bis ich einen Schuß hörte, und dann zu ihm zu kommen.«

»Woher hatten Sie die Eisenplatte?«

»Ich ließ sie in Bridport zuschneiden, an dem Morgen, als er zum ersten Mal entdeckte, daß Sie da waren. Ich traf ihn jeweils vor dem Bauernhaus, um meine Befehle entgegenzunehmen.«

»Wie viele Jahre arbeiten Sie schon in Hotels?«

»Zehn Jahre. Zwei als Nachtportier.«

»Irgendwelche Angehörigen?«

»Eine Frau und zwei winzige Babys, Sir«, sagte er kläglich.

Ich hatte den Verdacht, daß er log; in seiner Stimme lag etwas Winselndes. Und ich hatte das Gefühl, daß seine Auftraggeber für ein Unternehmen von unbestimmter Dauer nicht ausgerechnet einen Familienvater ausgewählt hätten angesichts des ihnen zu Gebote stehenden Menschenmaterials.

»Wo meint Ihre Frau, daß Sie sind?«

»Auf Ablösung in – in Torquay.«

»Glaubt sie das auch?«

»Ja.«

»Macht es ihr nichts aus, keine Post von Ihnen zu erhalten?«

»Nein.«

»Kommt ihr nie der Gedanke, daß Sie mit einer anderen Frau zusammensein könnten?«

»Nein.«

»Sehen Sie sich vor, Muller!«

Ich hob bloß den Revolver auf die Höhe seiner Augen. Er kreischte, daß er gelogen habe. Er fuchtelte mit der rechten Hand in der Luft herum, als ob er so die Kugel im Fluge abfangen könnte. Dieser jämmerliche Kerl fürchtete den Tod genau wie er einen Geist fürchten würde. Ich gebe zu, daß der Tod ein grausiger Besucher ist, aber gewiß doch auch ein vornehmer? Selbst ein Mann, der aufs Schafott geht, hat das Gefühl, daß er sich irgendwie bemühen sollte, diesen Gast mit Würde zu empfangen.

»Von wem nehmen Sie Ihre Befehle entgegen?« fragte ich.

»Vom Geschäftsführer des Hotels.«

»Sonst niemandem?«

»Von niemand anderem, das schwör ich!«

»Welches Hotel?«

Er gab mir den Namen des Hotels und seines Geschäftsführers an. Ich will sie hier nicht nennen. Es sollte über jeden Verdacht erhaben sein, aber ich habe kaum Zweifel, daß es gerade deswegen, wenn auch aus keinem anderen Grund, von unseren Leuten verdächtigt wird. Wenn dem nicht so ist, brauchen sie nur nachzusehen, welches in der letzten Oktoberwoche einen Nachtportier verloren hat, der nie zurückgekehrt ist.

»Was haben Sie verbrochen?« fragte ich.

Mir war klargeworden, daß sie etwas gegen ihn in der Hand hatten, was aus ihm ein so gehorsames und bedingungsloses Werkzeug machte. Nachtportiers sind nach meiner Erfahrung bemerkenswert für ihre schroffe Unabhängigkeit.

»Notzucht«, murmelte er, sichtlich verschämt.

»Wie?«

»Sie lud mich ein, auf ihr Zimmer zu kommen – wenigstens dachte ich das. Ich hätt's nicht tun sollen. Das weiß ich. Aber ich hatte gerade Feierabend. Und dann – dann bin ich ein bißchen grob an sie rangegangen. Ich dachte, sie hätte mich verführen wollen, verstehen Sie. Und da schrie sie, und der Geschäftsführer und ihr Vater kamen herein. Sie sah aus wie ein Kind. Ich dachte, ich hätte den Verstand verloren. Sie hatte mir bloß freundlich zugelacht, Sir, als sie eines Abends reinkam, und ich hatte mir gedacht ... Ich hätte schwören können, daß sie ...«

»Ich weiß, was Sie sich dachten«, sagte ich. »Warum hat man Sie nicht angezeigt?«

»Um des Hotels willen, Sir. Der Geschäftsführer hat die Sache vertuscht.«

»Und gefeuert wurden Sie auch nicht?«

»Nein. Der Geschäftsführer zwang mich, ein Geständnis zu unterschreiben, und alle waren Zeugen.«

»Und so haben Sie seither alles getan, was sie Ihnen befohlen haben?«

»Ja.«

»Warum haben Sie sich nicht eine andere Arbeit gesucht?«

»Sie wollten mir keine Referenzen geben, Sir, und das kann ich ihnen nicht zum Vorwurf machen.«

Er schämte sich wirklich. Sobald er an die wahren Schwierigkeiten seines Alltagslebens erinnert worden war, hatte er das Reich seiner panikerfüllten Phantasie verlassen. Sie hatten den armen Teufel gleich doppelt in der Zange. Sie hatten sich nicht nur seines Gehorsams vergewissert, sondern überdies seine Selbstachtung zertrümmert.

»Sehen Sie denn nicht, daß die Sie reingelegt haben?« fragte ich.

Dessen war ich mir sicher. Jedes wirklich begabte kleine Luder von siebzehn Jahren hätte jenes rätselhafte Lächeln und die verstörende Verwandlung von der Verführerin in das entsetzte Kind schauspielern können.

»Das würde ich ja gern glauben«, sagte er kopfschüttelnd.

Kein Wunder hatte er Quive-Smith zur Verzweiflung getrieben!

Ich selbst wurde wieder zu einem menschlichen Wesen. Nach allem, was ich wußte, konnte Muller auch ein Verbrecher von der wüstesten und daher feigsten Sorte sein. Ich mußte ihn kleinkriegen. Das war nicht nur gespielt; ich hätte ihn ohne zu zögern umgebracht, wenn er sich nicht als nützlich erwiesen hätte. Aber ich war beinahe so erleichtert wie er, als ich nicht zu Gewaltmaßnahmen greifen mußte. Ich sagte ihm, er solle seine Hosen wieder hochziehen, und gab ihm ein Stück Schnur, um sie zusammenzuhalten, und eine Zigarette. Den Revolver behielt ich natürlich in seinem Gesichtsfeld, nur um ihn daran zu erinnern, daß noch nicht alles in Butter war.

»Kennt man Sie auf dem Hof?« fragte ich.

»Ja. Ich habe den Major da hingefahren.«

»In welcher Funktion? Als sein Diener?«

»Ja. Er sagte ihnen, ich mache selbst an der Küste unten Urlaub.«

»Sind Sie seither auf dem Hof gewesen?«

»Einmal. Ich hab dort zu Mittag gegessen, an dem Tag, als ... als ...«

»Als ihr mich lebendig begraben habt.«

»Ach, Sir! Wenn ich es doch nur gewußt hätte!« heulte er. »Ich dachte, Sie seien einer von denen – ehrlich, das dachte ich! Es war mir doch egal, wenn die sich gegenseitig ermordeten. Ich dachte, je mehr, desto besser, wenn Sie verstehen, was ich meine.«

»Sie scheinen sich inzwischen sehr sicher zu sein, daß ich nicht einer von denen bin«, sagte ich.

»Ich weiß, daß Sie's nicht sind. Ein Gentleman wie Sie würde nicht gegen sein Vaterland arbeiten.«

Würde er das bestimmt nicht? Ich weiß nicht. Ich mißtraue

dem Patriotismus; ein vernünftiger Mensch kann heutzutage nur wenig finden, für das zu sterben sich lohnen würde. Aber gegen etwas sterben – in Europa herrscht genügend Ungerechtigkeit, um selbst den liebenswürdigsten oder dekadentesten Kerl in die Schlacht ziehen zu lassen.

Ich verstand jedoch, von welchem Nutzen Muller für seine Auftraggeber gewesen war. Ein Nachtportier muß in der Lage sein, seine Kunden aufgrund geringster Hinweise einzuschätzen, besonders wenn sie ohne Gepäck erscheinen. Er muß beispielsweise den Unterschied zwischen einem Herzog und einem Börsenhengst erkennen können, auch wenn sie mit dem gleichen Akzent sprechen und wenn dieser viel besser gekleidet ist als jener.

Ich erklärte ihm, daß er keine Gefahr zu befürchten habe, solange er nicht die Nerven verliere; er müsse nun zurück zum Bauernhof gehen und Patachon sagen, daß Quive-Smith nach London zurückgerufen worden sei, seine Sachen packen und sie im Auto wegbringen.

Quive-Smith hatte mit größter Wahrscheinlichkeit seine Gastgeber gewarnt, daß er von einem Tag auf den anderen abreisen könnte, so daß der Plan nicht übermäßig verwegen war. Muller besaß die richtige Ausstrahlung von Autorität; mit der Autodecke über dem Arm machte er einen gut ausgebildeten und anständigen Eindruck, auch wenn er etwas schmutzig war. Er war so gekleidet, daß er als Nachtwächter in Chideock oder auch als Diener im Urlaub gelten konnte: er trug einen strammen Tweedanzug, einen alten Pullover aus Veloursstoff und einen steifen weißen Kragen.

Das größte Risiko bestand darin, daß Muller, wenn er einmal im Bauernhaus angelangt war, zum Schluß kommen könnte, daß seine vormaligen Auftraggeber mehr zu fürchten seien als ich. Diesen Punkt stellte ich ihm gegenüber mit äußerster Offenheit klar. Ich sagte ihm, wenn er nicht binnen einer Viertelstunde wieder aus dem Bauernhaus gekommen sei, würde ich hereinkommen und ihn holen und behaupten, ich sei der Bruder des Majors. Ich sagte ihm auch, daß er für mich nur so lange nützlich sei, wie niemand wußte, daß der Major tot war, und daß der Augenblick, in dem seine Nützlichkeit erlosch, ob in zehn Minuten oder in zwei Wochen, sein letzter sein würde.

»Aber wenn Sie sich mir gegenüber die nächsten paar Tage loyal verhalten«, fügte ich hinzu, »können Sie die Sache mit der Notzucht vergessen. Ich werde Ihnen Geld geben, damit Sie das Land verlassen können und Ihre ehemaligen Auftraggeber nie mehr wiedersehen. Die werden Sie in Ruhe lassen. Sie können ihnen nichts mehr nützen, und Sie wissen nicht genug, um eine Verfolgung wert zu sein. Da haben Sie's: Verraten Sie mich, so bringe ich Sie um! Wenn Sie mir gegenüber ehrlich bleiben, steht Ihnen ein neues Leben offen, wo immer Sie es verbringen wollen!«

In dieser Argumentation gab es zwar etliche Lücken, aber er war nicht imstande, analytisch zu denken. Er war tief beeindruckt und wurde vor lauter Erleichterung gefühlig. Quive-Smith hatte ihn ganz richtig eingeschätzt; er war der perfekte Zweite Mörder. Er hängte sich mit hündischer Einfalt an jeden und bat nur darum, gehorchen zu dürfen.

Er faßte den Major am Kopf, während ich ihn an den Fersen nahm, und vorsichtig gingen wir hinunter zu der Straße, die am Fuße des Hügels entlangführte. Dort ließen wir, dankbar und unverzüglich, unsere bleiche Last in den Straßengraben fallen. Ich sah, wie auf Mullers dickem Nacken der Schweiß ausbrach, sobald er überzeugt war, daß wir nicht gesehen worden waren.

An dem Fünf-Stangen-Gatter, von wo Patachons Privatweg im großen Bogen über den Pferdeauslauf zum Bauernhaus hinführte, hielten wir an. Ich sagte Muller, daß ich hier auf ihn warten und ins Auto steigen würde, wenn er ausstieg, um das Gatter zu öffnen. Ich gab ihm Quive-Smiths Schlüssel mit und außerdem eine Geschichte, die er auftischen konnte. Der Major dinierte mit Freunden in Bridport. Er hatte erfahren, daß er auf der Stelle ins Ausland verreisen mußte. Seine Anschrift für nachzusendende Post war Barclays Bank in Kairo. Von einem

Brief aus seiner Tasche wußte ich, daß er bei einer Filiale von Barclays ein Konto besaß – und Kairo ist eine Stadt, in der es kompliziert ist, die Durchreise eines Mannes zu verfolgen.

»Aber was soll ich tun, wenn sie mir nicht glauben?« fragte er.

»Natürlich werden sie Ihnen glauben«, antwortete ich. »Warum zum Teufel sollten sie das nicht?«

Ich war mir dessen selbst nicht ganz sicher, aber seine besten Erfolgschancen bestanden darin, größtmögliches Selbstvertrauen an den Tag zu legen.

Ich gab ihm ein Pfund mit als Trinkgeld für das Mädchen, das dem Major das Bett machte – wenn es ein solches Mädchen gab –, und noch mal eins, das er Mrs. Patachon für das Sparheft ihrer Tochter überreichen sollte.

»Kennen Sie die kleine Tochter?« fragte ich.

»Ja – Marjorie.«

»Bestellen Sie Marjorie einen Gruß von Major Quive-Smith: Sie soll daran denken, ihre Königin nicht zu früh herauszubringen.«

»Das verstehe ich nicht«, sagte er.

»Um so besser. Erklären Sie ihr, daß Sie nicht verstehen, was das bedeutet. Aber sie wird es verstehen, und sie wird lachen. Sagen Sie ihr, sie solle ihre Königin nicht zu früh herausbringen.«

Das war ein absolut sicherer Ratschlag für jeden Anfänger im Schachspiel, und er würde Mullers Ehrlichkeit bestätigen.

Ich ließ ihn den Pferdeauslauf überqueren und bis um die Scheunenecke in den Hof fahren; dann folgte ich ihm, um so weit als möglich über mein Schicksal zu wachen. Diesmal bestand keine Notwendigkeit, um jeden Preis im Verborgenen zu bleiben – die Hunde hatten einen Grund, warum sie bellten. Ich kauerte mich hinter einen Baum, von wo ich die Haustür sehen konnte.

Mrs. Patachon empfing den Besucher überrascht, aber ohne zu zögern. Sie schloß die Tür, und nichts rührte sich mehr während fünf Minuten – die ich damit verbrachte, zu wünschen, daß ich die Telefondrähte durchgeschnitten hätte. Dann wurde in einem der oberen Zimmer eine Öllampe angezündet, und ich sah, wie Muller hinter dem Fenster hin und her ging. Mit einer Reisetasche in der Hand kam er heraus, gefolgt von Patachon mit einem Gewehrfutteral, Marjorie mit der Autodecke und Mrs. Patachon mit einem Paket Sandwiches. Die ganze Gesellschaft schwatzte fröhlich drauflos – abgesehen von Muller, der viel zu bedrückt war – und ließ dem Major allerlei Grüße bestellen. Sie traten in den Stall, um zuzusehen, wie Muller den Wagen belud und in Gang setzte, und ich lief zurück zum Gatter.

»Wohin, Sir?« fragte Muller.

Obwohl er das Steuerrad fest umklammerte, zitterten seine Ellbogen wie die Kiemen eines Fisches – teils aus Reaktion und teils aus Angst, daß seine Nützlichkeit ein Ende gefunden hatte. Es tat mir leid, wieder als skrupelloser Mörder auftreten zu müssen, aber es bestand ein Risiko, daß er versuchen könnte, durch das Gatter davonzupreschen.

Ich wies ihn an, nach Liverpool zu fahren und sich an die Verkehrsregeln zu halten. Southampton war mir zu nahe und London zu voll von Augen. Wir lasen Quive-Smith auf und legten ihn in den Fond des Wagens, unter einer Decke.

Allmählich nahmen meine Pläne Gestalt an. Ich war sicher, daß niemand sich im Bauernhof melden würde, bevor nicht Briefe und Telegramme mindestens eine Woche lang unbeantwortet blieben; die Angst müßte schon sehr groß sein, bevor einer der Untergebenen oder Vorgesetzten des Majors – falls er überhaupt Vorgesetzte hatte – wagte, sich in seine diskreten Operationen einzumischen. Wenn sie es taten und den Hohlweg aufsuchten, konnten sie sich eine von drei Theorien aussuchen: daß ich entkommen war, mit Quive-Smith und Muller hart auf den Fersen; daß ich sie beide bestochen hatte, mich gehen zu lassen; oder daß sie mich umgebracht und irgendwie die Neugier der Polizei erregt hatten.

In Bristol und Shrewsbury machten wir halt, um zu tanken. Unterwegs band ich eine Menge Eisenwaren mit Drähten an Quive-Smith fest und ließ ihn in den Severn fallen. Ich bereue gar nichts. Widerwillig, spät, aber endgültig habe ich den Geisteszustand des Krieges angenommen; und ich riskiere für mich selbst einen Tod, wie er mir keinen gewaltsameren und unangenehmeren hätte wünschen können.

Wir erreichten Liverpool rechtzeitig zum Frühstück. Die Stadt war in ihrer scheußlichsten Stimmung, und ich war froh, daß der Major seine Kleidung gewählt hatte, um sich gegen die Elemente zu wappnen. Ein Nordostwind sammelte Ruß, Staub und Papier aus den leeren Straßen auf, vereiste sie und schmiß sie in den Mersey. Das verdrießliche gelbe Wasser vermittelte einen bittereren Eindruck von Kälte als das Blau der Arktis. Ich empfand mehr Vertrauen zu dem unglücklichen Muller. An einem solchen Morgen war es unvorstellbar, daß jemand einen Menschen verraten würde, der die Absicht hatte, ihn noch vor Einbruch der Nacht aus England zu schaffen.

Wir mieteten uns in einem Hotel ein und frühstückten auf unserem Zimmer. Während Muller am Ofen einschlief, verbrachte ich einige Stunden damit, die Unterschrift auf Quive-Smiths Paß einzuüben. Aus praktischen Gründen schreibe ich immer noch über ihn und denke an ihn als Quive-Smith, obwohl es möglicherweise außer mir, Saul, Muller und einer Handvoll Leute in einer Ecke von Dorset niemanden gibt, der ihn jemals unter diesem Namen kannte. Die Unterschrift, die ich einübte, und die Identität, die ich angenommen hatte, waren diejenigen seines normalen englischen Ichs – des unscheinbaren Firmendirektors.

Diesen englischen Namen unterzeichnete er mit einem spinnenfeinen, flüssigen Schriftzug, der mit einer dünnen Feder gar nicht schwierig nachzuahmen war. Meine Fälschung hätte zwar keinen Geschäftsführer einer Bank getäuscht, aber für Einschiffungspapiere oder eine Zollerklärung war sie gut genug – besonders da diese auf billigem Papier und mit einer Bürofeder geschrieben würden.

Das Paßfoto sah mir nicht sehr ähnlich, aber wenigstens annähernd. Kein Expedient würde es in Frage stellen. Der Typ, zu dem Quive-Smith und ich gehören, ist offenkundig ehrbar und verantwortungsbewußt.

Ich weckte Muller und bot ihm etwas zu trinken an. Er entpuppte sich als Abstinenzler – in den Augen seiner Auftraggeber ein weiterer Vorzug, nehme ich an. Ich nahm ihn mit ins Badezimmer, und während ich den angehäuften Dreck von mehreren Wochen abwusch (und dabei den Revolver auf der Seifenschale in Griffweite behielt), ließ ich ihn auf der Toilette sitzen und mir die Schiffahrtsnachrichten vorlesen.

Für uns gab es Schiffe, die an diesem Nachmittag nach New York ausliefen; nach Westindien; nach Gibraltar und zu den Mittelmeerhäfen; nach Madeira und Südamerika; nach Tanger und in den Osten. Alle Länder, für die ich ein Visum brauchte, waren ausgeschlossen, wie auch Seereisen, die länger als eine Woche dauerten. Somit blieben Gibraltar, Madeira und Tanger – und Madeira war eine Sackgasse, die es wenn möglich zu meiden galt.

Muller verschwinden zu lassen würde ein kniffliges Problem sein. Ich hatte ihm sein Leben und seine Freiheit versprochen, aber es würde schwerfallen, dieses Versprechen zu halten. Er besaß nur einen Satz Ausweise; er war zu dumm, um sich als blinder Passagier einzuschiffen, ohne damit erwischt zu werden; er besaß weder den Verstand noch das sichere Auftreten, die für einen Bluff erforderlich waren. Jeder Hafen, den er betrat und verließ, würde bestimmt alle Einzelheiten über ihn haben. Mir selbst war es ziemlich gleichgültig, ob er aufgespürt wurde oder nicht – ich war sicher, daß seine Auftraggeber sich nicht weiter für ihn interessieren würden, nachdem er ihre Fragen beantwortet hatte –, aber ich wollte ein solches Verhör so lange wie möglich aufschieben.

Ich fragte mich, was wohl Quive-Smith getan hätte, wenn er

eines Tages Muller als einzigen Zeugen von Mord oder Bestechung am Halse gehabt hätte. Die Antwort brauchte ich nicht lange zu suchen. Er hätte Muller in der Nacht, bevor sie im Hafen einliefen, über Bord geworfen und seine Abwesenheit vertuscht. Das erschien mir als bewundernswerte Lösung. Das würde sie davon überzeugen, daß ich tatsächlich Quive-Smith war – falls sie daran zweifelten – und jeder Suche nach dem Hotelportier ein Ende machen.

So also sah nun mein Plan aus; aber anstatt Muller irgendwo über Bord zu werfen, wo es gerade günstig war, mußte ich ihn in Reichweite von Land über Bord werfen und mit den Mitteln, dort zu landen. Es gab zwei Orte, an denen das möglich war – die Landspitze bei der Mündung des Tajo, wo die Hügel von Cintra bis ans Meer herunterkommen, und das Kap St. Vinzenz.

Ich schickte nach einem Friseur, um mir einen anständigen Haarschnitt zu verschaffen, und sobald wir das Hotel verließen, kaufte ich ein Monokel, das den starren, glasigen Blick meines linken Auges vertuschte oder genauer, hervorhob und erklärte. Dann führte ich Muller durch die Schiffsmaklerbüros – ein exzentrischer Urlauber in Begleitung seines Sekretärs und Kammerdieners. Ich stellte so viele läppische Fragen wie ein Cook's-Gruppenreisender; ich hoffte, sagte ich, einem alten Freund zuwinken zu können, der in Portugal wohnte. Die Expedienten erklärten mir geduldig, daß es darauf ankäme, wo mein Freund wohne, daß Portugal eine lange Meeresküste habe und daß in jedem Falle auch das größte Taschentuch nicht über ein paar Meilen hinweg zu sehen wäre. Sie waren erstaunlich höflich; sie müssen letztlich viel mehr Zeit dafür aufwenden, potentiellen Kunden elementare Geographiekenntnisse beizubringen, als für den eigentlichen Verkauf der Fahrkarten.

Ich erfuhr, was ich wissen wollte. Das Schiff nach Gibraltar kam nicht in Frage; es passierte den Tajo am Morgen und das Kap St. Vinzenz kurz nach Sonnenuntergang. Das Schiff nach

Tanger, ein langsamer alter Kahn mit nur einer Passagierklasse, war schon eher geeignet. Es passierte den Tajo zwischen 21 Uhr und Mitternacht.

Ich sah mir die Pläne an. Die Steuerung befand sich achtern auf dem Hauptdeck, und zwischen ihrem Gehäuse und dem Heck gab es das übliche kleine und abgeschiedene Plätzchen, wo Liebespaare ihre Liegestühle aufstellen, sofern sie das verstärkte Schlingern des Schiffes hier aushalten können. Auf dieser Reise würde für Liebespaare kein Platz da sein. Der Firmendirektor und sein Begleiter würden sich auf diesem Plätzchen mit ihren Liegestühlen breitmachen und zu jedem, der sie in ihrer Abgeschiedenheit zu stören wagte, grob sein.

Wir buchten zwei nebeneinanderliegende Luxuskabinen mit einem Bad dazwischen und machten dann unsere Einkäufe. Ich rüstete Muller und mich selbst mit Taschen und allen Bedarfsartikeln für die Reise aus. Ich kaufte ein zusammenlegbares Schlauchboot samt einer Fahrradpumpe, um es aufzublasen, ein Paar starker, zweiteiliger Paddel und ein hundert Fuß langes leichtes Seil, alles zusammen in einem großen Koffer verpackt. Muller nahm natürlich an, daß das Boot für meine eigene Flucht gedacht war; ich ließ ihn in diesem Glauben. Dann gab ich den Wagen für ein Jahr in eine Garage zur Aufbewahrung, und wir gingen an Bord.

Den St.-Georgs-Kanal hinunter und durch den Golf von Biskaya hatte ich es nicht nötig, mir um Mullers Verbleib Gedanken zu machen. Er hatte noch nie eine Ozeanreise erlebt. Das Schiff war ein bloßer Achttausendtonner. Die See war sehr stürmisch. Ich belegte die abscheuliche Würg-Reling am Heck mit Beschlag, nur um ein Gewohnheitsrecht darauf beanspruchen zu können, und erlangte nach einem peinlichen Morgen meine Seefestigkeit wieder. Es war ein Segen, nichts von meiner üblichen Galligkeit an mir zu haben. Es stand mir frei, meine Zeit mit Essen, Trinken und Waschen zu verbringen; ich brauchte soviel von diesen Genüssen, wie das Schiff mir zu bieten hatte.

In der dritten Nacht seit unserer Abfahrt in Liverpool passierten wir Finisterre und erwachten in einer blaßblauen Welt mit einer rasch abnehmenden Dünung; am östlichen Horizont lagen die graugrünen Hügel Portugals. Ich scheuchte meinen Sekretär und Kammerdiener aus dem Bett und gab ihm Frühstück. Dann besetzten wir die beiden Liegestühle am Heck. Ich breitete meine Decken und Beine so sperrig wie möglich aus und starrte beleidigend auf jeden, der es wagte, über sie zu staksen. Keiner der Passagiere zeigte den geringsten Wunsch, sich zu uns zu gesellen.

Am späten Nachmittag gab ich Muller ein paar Limonaden, um seinen Mut aufzupäppeln, und fragte ihn, was er tun wolle. Würde er lieber nach London zurückgehen und sich stellen, oder von der Erdoberfläche verschwinden? Er wurde sehr unruhig bei dem Gedanken, nicht zurückzukehren und zu melden, was er von Quive-Smiths Tod wußte.

»Sie werden erklären müssen, warum Sie im Bauernhof so viele Lügen aufgetischt haben«, erinnerte ich ihn. »Die Familie kann bezeugen, daß Sie allein waren. Nichts hinderte Sie daran, nach London zu telefonieren.«

Prompt bat er mich, ihn mitzunehmen, wohin ich auch ging. Der Mann war völlig unfähig, auf eigenen Füßen zu stehen. Sobald er von einer Stütze abgelöst wurde, fuchtelte er verzweifelt mit seinen Fangarmen, in der Hoffnung, sich an einer anderen festklammern zu können.

Ich erwiderte, daß ich ihn nicht mitnehmen könne; er würde auf seinem eigenen Weg verschwinden müssen.

»Die würden mir doch folgen«, rief er. »Ich hätte nie mehr Ruhe, Sir.«

»Wenn die glauben, daß Sie tot sind, werden sie Ihnen nicht mehr folgen«, sagte ich.

Ich erläuterte ihm den Plan: daß er und das Schlauchboot über Bord geworfen würden, wenn wir uns bis auf wenige Meilen der Küste genähert hätten, und daß ich ihm fünfhundert Pfund geben würde, mit denen er ein neues Leben anfangen könne. Beim Gedanken an Geld erhellte sich seine Miene ein wenig, doch dann erschrak er angesichts der Schwierigkeiten, die ihm bevorstanden, nachdem er die Küste erreicht hatte.

Nun, es gab eines, das man Muller zutrauen konnte: daß er Befehlen gehorchte. Also gab ich ihm welche.

»Ihre Kleider werden im Boot sein«, sagte ich. »Wenn Sie an Land gehen, ziehen Sie sie an. Reißen Sie das Boot in Fetzen, und verstecken Sie die unter einem Felsen. Gehen Sie zu Fuß nach Cascaes und steigen Sie dort in die elektrische Eisenbahn nach Lissabon. Gehen Sie nicht in ein Hotel. Verbringen Sie die Nacht an einem Ort, wo Sie sich nicht eintragen müssen. Wenn Sie in einer der Bars in der Stadtmitte einen Kaffee trinken, wird Ihnen, denke ich, schon eine Möglichkeit einfallen, wie Sie die Nacht auf genußvolle und diskrete Weise verbringen könnten. Am Morgen gehen Sie zum Hafen, um einen fiktiven Freund zu treffen, der mit dem Schiff ankommt. Gehen Sie wieder durch den Zoll, als ob Sie aus dem Schiff gestiegen wären, und lassen Sie sich Ihren Paß abstempeln. Dann kaufen Sie sich ein Visum und eine Fahrkarte für irgendein Land, das Sie besuchen möchten, und reisen unverzüglich mit einem anderen Schiff ab.«

»Aber nehmen wir einmal an, die suchen in Lissabon nach mir«, sagte er. »Dann sehen die doch, daß ich die Stadt betreten und wieder verlassen habe.«

Ich erklärte ihm, ich würde den eindeutigen Anschein erwekken, daß er tot war; wenn die einmal sicher wären, daß er nie in Tanger angekommen war, würden sie weder in Lissabon noch sonstwo nach ihm suchen.

Er schien sich für eine Person von großer Bedeutung zu halten und zu denken, daß sie die ganze Welt nach ihm durchstöbern würden. Ich wiederholte, daß sie, solange sie dachten, Quive-Smith sei am Leben, keine Stunde und keinen Heller darauf verwenden würden, nach einem nutzlosen Agenten zu jagen, den sie für tot hielten.

»Ich weiß zuviel«, protestierte er.

»Einen Dreck wissen Sie«, antwortete ich. »Ich bezweifle sogar, daß Sie wissen, für welches Land Sie gearbeitet haben.«

»Aber sicher, Sir«, sagte er und nannte es.

Bei Gott, es war das falsche! Ich nehme an, es ist ein Gemeinplatz, daß die Handlanger eines Geheimdiensts nicht einmal die Nationalität ihrer Auftraggeber kennen sollten, aber mir kam das bemerkenswert schlau vor.

Ich sagte ihm, daß er sich irre, und bewies es mit den Papieren des Majors. Danach hatte ich mit ihm keinen Ärger mehr, abgesehen von seinem angeborenen Schiß vor der See.

Wir waren dem Fahrplan ein wenig voraus, und die Hügel von Cintra kamen bei Sonnenuntergang in Sicht. Das war mir ganz recht; so konnten wir die Sache erledigen, während die anderen Passagiere beim Abendessen waren. Damit niemand nach uns ausgeschickt wurde, sagte ich dem Chefsteward, daß ich mich nicht wohl fühle und daß mein Sekretär sich um mich kümmern würde.

Muller zog sich in der Kabine aus, und ich band ihm das Geld in Ölhaut eingehüllt um den Hals. Sobald die Gänge leer waren, brachten wir den Koffer auf Deck und packten das Schlauchboot aus, um es im Schutz des Deckhauses aufzupumpen. Wir konnten an der Küste Lichter erkennen, so daß er wußte, in welche Richtung er zu rudern hatte. Ich ließ Muller seine Befehle noch einmal wiederholen. Er konnte sie wie am Schnürchen hersagen und formulierte sie sehr grob. Dann band er seine Kleider und die Paddel am Boden des Bootes fest und schlang das andere Ende der langen Leine um seine Taille.

Das Kielwasser eines Schiffes ist nicht einladend. Der arme Teufel saß auf der Reling und zitterte vor Kälte und Panik. Ich gab ihm gar nicht erst Zeit zum Nachdenken, sondern schleuderte das Boot über Bord und fauchte ihm zu, daß er ertrinken würde, wenn er zuließe, daß die Leine sich straffte. Ich sah das Boot, einen dunklen Flecken, der auf dem weißen Kielwasser tanzte, und dann sah ich ihn an die Oberfläche kommen. Eine Sekunde später war das einzige Anzeichen, daß er jemals existiert hatte, ein Morgenrock, der auf dem Deck lag. Ich wünsche ihm Glück! Im richtigen Beruf und mit einem wohlgesinnten

Chef sollten ihm seine Eigenschaften eines Zweiten Mörders zu einem sorglosen und glücklichen Leben verhelfen.

Ich kehrte mit dem Koffer und dem Morgenrock in meine Kabine zurück und ging zu Bett – in sein Bett bis Mitternacht und in mein eigenes bis zum Morgen. Als der Kabinensteward uns weckte, nahm er ganz selbstverständlich an, daß mein Sekretär bereits auf den Beinen war.

Der Tag zog sich abscheulich in die Länge. Es bestanden Zweifel, ob wir in Tanger früh genug eintreffen würden, daß die Passagiere noch am selben Abend an Land gehen könnten; wenn nicht, so konnte ich nicht hoffen, Mullers Verschwinden geheimzuhalten. Ich ließ das Frühstück aus und verbrachte den Morgen im Verborgenen, gemäß dem allgemeinen Grundsatz, daß niemand an uns denken würde, wenn keiner von beiden zu sehen war, aber daß, wenn der eine gesehen würde, nach dem anderen gefragt werden könnte. Zur Mittagszeit betrat ich den Speisesaal, um meinem Tischsteward ein Trinkgeld zu geben, lehnte es jedoch ab zu essen. Ich erzählte ihm, daß mein Sekretär wie auch ich selbst uns schwer den Magen verdorben und daß ich uns eine kurze Hungerkur verordnet hätte. Um den Magen wieder auf Vordermann zu kriegen, gebe es nichts Besseres als eine Hungerkur, verkündete ich wichtigtuerisch; das hätten wir in Indien immer wieder erlebt.

Während der Kabinensteward zwischen zwei und vier dienstfrei hatte, packte ich unsere Koffer und brachte sie an Deck. Kap Spartel war in Sicht. Der Zahlmeister bestätigte, daß wir ganz gewiß das Schiff verlassen könnten, bevor die Zollbüros geschlossen würden. Ich holte die beiden Einreisekarten ab. Dann versteckte ich mich wieder, bis wir vor Anker gingen.

Sobald das Begleitschiff eintraf und das Gepäck von Bord gebracht worden war, besuchte ich in großer Eile den Kabinensteward und gab ihm ein Trinkgeld. Er war nicht gerade argwöhnisch, aber er hielt es für seine Pflicht, eine Frage zu stellen.

»Ist mit Mr. Muller alles in Ordnung, Sir?«

»Um Himmels willen, aber ja doch!« antwortete ich. »Er hat

meine Koffer gepackt und alles bereits an Deck gebracht. Jetzt sitzt er mit dem Gepäck auf dem Begleitschiff.«

»Ich hatte ihn den ganzen Tag nicht gesehen, Sir«, erklärte er, »und so hielt ich es für richtig, nach ihm zu fragen.«

»Ich habe ihn selbst kaum zu Gesicht bekommen«, erwiderte ich gereizt. »Wie ich hörte, hat er unter den Technikern im Maschinenraum einen alten Freund entdeckt.«

Dabei ließ er es bewenden. Muller war mein Diener. Ich war ein äußerst ehrbarer Mann. Wenn ich nichts Unrechtes bemerkt hatte, konnte auch nichts unrecht sein.

Nun stand mir die schlimmste Gefahr bevor. Damit es bei der Auszählung keine Unstimmigkeit gab, mußte ich zwei Einsteigekarten abgeben und dabei den Eindruck erwecken, daß ich nur eine abgab. Ich bin kein Zauberkünstler; selbst der einfachste Kartentrick geht über meine Kräfte, wenn er Fingerfertigkeit erfordert. Diese verflixte Sache machte mir viel mehr zu schaffen als die Arbeit, Muller über Bord zu werfen. Ich lungerte am oberen Ende der Gangway herum, in der Hoffnung, daß es ein Gewühl von Passagieren geben würde, die auf das Begleitschiff hinunterströmten. Dazu kam es nie. Die meisten hatten das Schiff bereits verlassen. Der Rest tröpfelte einzeln hinunter.

Ich flitzte in den Rauchsalon und klebte die Einsteigekarten mit der Gummierung einer Ein-Penny-Briefmarke leicht zusammen; sie bestanden aus dünnem Karton, und ich hoffte, daß der Hilfszahlmeister, der sie einsammelte, nicht bemerken würde, daß ich ihm zwei auf einmal in die Hand gedrückt hatte. Wenn er es doch bemerkte, hatte ich vor zu sagen, daß Muller bereits auf dem Begleitschiff sei und offenbar die Gangway hinuntergegangen sei, ohne seine Karte abzugeben. Wenn dann jemand auf dem Begleitschiff nachsah und feststellte, daß er nicht da war, konnte ich nur Verblüffung markieren und beten, daß ich mich nicht als Kapitalverbrecher auf der Anklagebank wiederfand.

Während ich diese beiden Karten zusammenklebte, machte

ich im Geiste einen ganzen Mordprozeß durch: der finstere und unumstößliche Beweis, daß ich Mullers Abwesenheit verheimlicht hatte, die Entdeckung meiner Identität und so weiter. Mein Hirngespinst war bis zu dem Punkt gediehen, an dem ich mir den Weg aus dem Polizeigerichtssaal freischoß, als ich die Gangway hinunterging und der Hilfszahlmeister meine zwei Karten in Empfang nahm, ohne sie eines Blickes zu würdigen. Zehn Minuten später stand ich auf der Mole von Tanger, umzingelt von einem brüllenden Mob von kaffeebraunen Gepäckträgern, die in Burnusse aus Sackleinen gehüllt waren.

Als ich durch den Zoll ging, ließ ich meine Einreise sorgfältig vermerken. Ich bemühte mich, dafür zu sorgen, daß der französische Grenzbeamte den Namen des Firmendirektors richtig schrieb. Von da an konnte kein Zweifel mehr bestehen, daß Major Quive-Smith vorschriftsgemäß in Tanger eingereist war, und zwar allein.

Was Muller anging, so würden die diskreten Nachfragen seiner Auftraggeber in den Büros der Schiffahrtslinie ordnungsgemäß an das Schiff weitergeleitet werden. Die Stewards würden sich daran erinnern, daß Muller während vierundzwanzig Stunden nicht gesehen worden war. Der Hilfszahlmeister würde sich erinnern, daß er bei der Kontrolle der Einreisekarten feststellte, daß zwei davon in verdächtiger Weise zusammenklebten. Die Techniker im Maschinenraum – falls der Steward sich an meine Bemerkung erinnerte – würden sagen, daß sie noch nie von Muller gehört hatten. Und so würde man nach Liverpool zurückmelden, daß allerdings schwerwiegende Gründe zu der Annahme vorlagen, daß Mr. Muller etwas zugestoßen war. Wer auch immer die Untersuchung eingeleitet hatte, würde dann erfahren haben, was er wissen wollte, und den Direktoren in ihre ernsten Gesichter lachen und erklären, daß Mr. Muller absolut sicher und wohlauf sei und daß – na ja, denen wäre jede Geschichte recht! Zum Beispiel, daß Mr. Muller Angst gehabt habe, als

Mitbeklagter in einer Scheidungssache vor den Richter zitiert zu werden, und darum Maßnahmen ergriffen habe, um seine Spuren zu verwischen.

Ich fuhr zu einem Hotel, stellte mein Gepäck ein und buchte ein Zimmer für eine Woche, wobei ich dem Besitzer sagte, ich hätte in Tanger eine kleine Freundin, und wenn ich mich zwei, drei Nächte lang nicht zeigen würde, solle er sich nicht wundern. In seinem ausgezeichneten Restaurant nahm ich eine gewaltige Mahlzeit zu mir. Dann steckte ich ein Rasiermesser und zwei Fläschchen mit Färbemitteln für Haare und Haut in die Tasche und wanderte in die menschenleeren Hügel hinaus. Außer Geld war das einzige, was ich aus meinem bisherigen Leben mitnahm, dieses Bekenntnis, denn ich fing an zu sehen, in welcher Weise es für mich von Nutzen sein könnte.

Ich glaube, daß ich in meinem ganzen Leben nie eine solche Erleichterung und Gewißheit verspürt habe wie in einem Tal zwischen diesen sonnengedörrten Hügeln, wo das Wasser die Bewässerungskanäle hinuntertröpfelte, von einer handgeformten, wohlgeliebten Terrasse zur anderen, und wo kein Licht zu sehen war außer den funkelnden Sternen. Meine Flucht hatte ein Ende; meine Absicht stand fest; mein Gewissen war klar. Ich stand im Krieg – und niemand ist sich des Friedens der Natur so bewußt wie ein Soldat in der Ruhepause zwischen einer Kampfhandlung und der nächsten.

Ich vergrub den Paß jenes Firmendirektors sowie meinen eigenen, mit dem ich wahrscheinlich für immer Schluß gemacht habe. Ich rasierte meinen Schnurrbart ab, färbte mein Gesicht und meinen Körper und schließlich mein Haar. Dann schlief ich bis zum Morgengrauen, das Gesicht im kurzen Gras am Rande des Wassers, und mein Körper schöpfte Kraft aus jener warmen und uralten Erde.

Am Morgen spazierte ich in den oberen Stadtteil, wo ich am Abend zuvor nicht gewesen war, und vervollständigte meinen Identitätswechsel. Ich kaufte mir einen äußerst südländischen Anzug, Gamaschen und ein Paar widerlich spitzer Schuhe, worauf ich meine anderen Kleider in einem Paket an die Öffentliche Wohlfahrtskommission in Rangun schickte. Ich hoffe zuversichtlich, daß es eine solche Kommission gibt. Ich ging zu einem Friseur, der mich ordentlich mit Kölnischwasser besprengte und mein üppiges schwarzes Haar aus der Stirn gerade nach hinten bürstete. Als das überstanden war, sah ich dem Foto auf Quive-Smiths lateinamerikanischem Paß viel ähnlicher als dem Firmendirektor zuvor.

Das regelmäßige Postschiff ging an diesem Tag nach Marseille ab. Ich besorgte mir ein französisches Visum für meinen Paß (mein Vaterland ist da genauso umständlich wie jedes andere amerikanische Land – ich kann ohne Visum nirgendwohin reisen) und kaufte eine Fahrkarte auf meinen neuen Namen. Da ich kein Gepäck hatte, war es ein leichtes, mich bis auf das Schiff durchzubluffen, ohne die Einwanderungskontrolle zu passieren. So gab es keinerlei amtliche Eintragung für neugierige Augen, laut welcher dieser höfliche und parfümierte Herr in Tanger eingereist war oder es verlassen hatte, und keine Möglichkeit, ihn mit Quive-Smith in Verbindung zu bringen. Ich glaube, sie werden ihren verschollenen Agenten irgendwo zwischen dem Atlas und dem Niger suchen.

AUSZUG AUS DEM BRIEF, DER DIESEM MANUSKRIPT BEIGELEGT WAR

Mein lieber Saul,
ich schreibe dies in einem angenehmen Gasthof, wo ich mich an meine neue irdische Form gewöhne. Ich darf Ihnen natürlich keinen Hinweis darauf geben; noch würde die Spur des Herrn, den ich als Lateinamerikaner beschrieben habe – selbst angenommen, daß sie überhaupt verfolgt werden könnte –, zu der Erkenntnis führen, wo und was ich bin.

Ich möchte, daß diese Unterlagen veröffentlicht werden. Wenn nötig, sollen Sie sie von irgendeinem kompetenten Lohnschreiberling etwas aufpolieren lassen und sie unter seinem Namen vermarkten. Sie werden selbstverständlich weder den meinen erwähnen noch den Namen des Landes, in das ich von Polen aus ging und in welches zurückzukehren ich im Begriff bin. Soll das Publikum selbst seine Wahl treffen!

Meine Gründe für die Veröffentlichung sind zweifacher Natur. Erstens habe ich zwei Morde begangen, und die Tatsachen müssen schriftlich festgehalten werden, für den Fall, daß die Polizei eines Tages den Falschen fassen sollte. Zweitens, falls ich geschnappt werden sollte, kann es niemals mehr eine Frage geben bezüglich der Komplizenschaft der Regierung Seiner Majestät. Jede meiner Aussagen kann, falls nötig, überprüft, ausgeführt und belegt werden. Die drei Teile des Tagebuchs (zwei davon ohne weitere Absichten, der dritte ganz bewußt geschrieben) ergeben eine absolute Widerlegung jeder Anschuldigung von irgendwelcher Seite, daß ich mein eigenes Land in die Sache verwickelt hätte.

Bitte verzeihen Sie mir, daß ich Ihnen nie von meiner Verlobung und von den glücklichen Wochen, die wir in Dorset verlebten, erzählt habe. Ich begegnete ihr zum ersten Mal vor zwei Jahren in Spanien. Wir waren noch nicht soweit, daß wir eine Anzeige in der ›Times‹ aufgeben wollten, und überhaupt kümmerte uns das alles einen Dreck.

Die ethische Begründung von Rache? Die gleiche wie im Krieg, alter Junge! Wenn Sie nicht ein Dienstverweigerer aus Gewissensgründen sind, können Sie mich nicht verurteilen. Unsportlich? Überhaupt nicht. Das ist einer der zwei oder drei schwierigsten Abschüsse auf der Welt.

Ich sehe nun allmählich, was ich beim ersten Mal falsch gemacht habe. Es war ein Fehler, meine Fähigkeiten in der Art von Gelände, auf die ich mich verstand, einzusetzen. Man sollte ein Tier stets in seiner natürlichen Umgebung jagen; und die natürliche Umgebung des Menschen ist – heutzutage – die Stadt. Schornsteinkappen sollen die Deckung sein, und Schnellschüsse aus zweihundert Yards Entfernung die Methode. Meine Pläne sind schon weit fortgeschritten. Ich werde nicht lebend davonkommen, aber ich werde mein Ziel nicht verfehlen; und das ist wirklich das einzige, was jetzt noch für mich zählt.

ANMERKUNGEN

Seite 52
Captain Jenkins – Captain Robert Jenkins von der Brigg *Rebecca* behauptete, 1731 auf dem Heimweg von Westindien vor Havanna von einem Schiff der spanischen Küstenwache angegriffen worden zu sein und daß man sein Schiff geplündert und ihm ein Ohr abgeschnitten habe. Im Jahre 1738 wurde der Fall wieder aufgewärmt, was 1739 zum Ausbruch eines Kolonialkrieges zwischen England und Spanien führte.

Seite 111
D'ye ken John Peel – Lied von John Woodcock Graves (1795–1886). Deutsch sinngemäß: »Erkennst du John Peel mit seiner tiefgrauen Jacke? Erkennst du John Peel im Morgengrauen? Erkennst du John Peel, wenn er weit, weit weg ist, morgens mit seinen Hunden und seinem Horn? Der Klang seines Jagdhorns war's, der mich aus meinem Bett rief, und das Geläut seiner Meute hat mich oft geführt; denn Peels Halloruf würde die Toten wecken und einen Fuchs frühmorgens im Bau.«

Seite 111
Lead, Kindly Light – Lied von John Henry, Cardinal Newman (1801–1890). Deutsch sinngemäß: »Führe mich, gütiges Licht, inmitten der umliegenden Düsternis, führe Du mich weiter! Die Nacht ist finster, und ich bin fern von zuhaus' – führe Du mich weiter! Behüte Du meine Füße: Mich verlangt nicht danach, die ferne Szenerie zu sehen – ein Schritt ist mir genug. Ich war nicht immer so; noch betete ich, daß Du mich weiterführen solltest. Es gefiel mir, meinen Weg zu sehen und ihn zu wählen; aber jetzt, führe Du mich weiter! Mir gefiel der grelle Tag, und aller Angst zum Trotz beherrschte der Stolz meinen Willen: denke nicht zurück an vergangene Jahre. So lange hat Deine Macht mich gesegnet, daß sie mich gewiß noch immer weiterführen wird, über Moor und Sumpf, über Klippe und Sturzbach, bis die Nacht dahin ist; und mit dem Morgen jene Engelsgesichter lächeln, die ich vor langer Zeit geliebt und unlängst verloren.«

Seite 113
Fosse Way – eine der wichtigsten römischen Straßen in Britannien, die von Lincoln nach Exeter (Devon) führte. Angeblich nach dem *»foss«* bzw. »Graben« benannt, der sie säumte.

Seite 115
Monmouths Truppen – James, Herzog von Monmouth (1649–1685) setzte sich nach der Thronbesteigung James' II. an die Spitze einer Rebellion, um den Thron zu erobern. 1685 wurde seine Armee jedoch im sumpfigen Gelände bei Sedgemoor von den königstreuen Truppen unter Feversham geschlagen und Monmouth selbst gefaßt und hingerichtet.

Seite 129

Pat und Patachon – Pat (eigtl. Carl Schenström, 1881–1942) und Patachon (eigtl. Harald Madsen, 1890–1949), zwei Dänen, waren das erste erfolgreiche Komikerpaar der Filmgeschichte. Pat, hochgewachsen, beinahe aristokratisch, schnurrbärtig und mit traurigem Blick, und Patachon, klein, dicklich, immer munter und clownesk, bildeten ein klassisches gegensätzliches Duo.

Seite 156

Kommandeur meiner Seele – Anspielung auf eine Stelle von William Ernest Henley (1849–1903) in *Echoes, iv. Invictus. In Memoriam R. T. H. B.*: »I am the master of my fate: / I am the captain of my soul.« (»Ich bin der Meister meines Schicksals: / Ich bin der Kommandeur meiner Seele.«)

M. B.

GEOFFREY HOUSEHOLD, 30. 11. 1900–4. 10. 1988, verbrachte nach einem Studium in Oxford vier Jahre als Bankier in Rumänien, was ihm aber zu langweilig war, weshalb er nach Spanien fuhr, wo er Bananen verkaufte, um sich dann weiterzubegeben nach den USA, wo er gerade rechtzeitig zur Depressionsära eintraf. Nachdem er dort einige Hörspiele für Kinder verfaßt hatte, kehrte er nach England zurück, um gleich danach wieder aufzubrechen als Reisender für Druckfarben in Europa und Südamerika. Seinem ersten Roman *The Third Hour* (1937) folgten eine Sammlung von Kurzgeschichten *The Salvation of Pisco Gaber* (1938) und 1939 sein nach wie vor berühmtester Roman *Rogue Male.* Von dessen großem Erfolg konnte Household aber nicht profitieren, da er bereits als Geheimdienstoffizier nach Rumänien entsandt worden war. Er blieb bis 1945 im Nahen Osten und mußte danach als Autor gleichsam von vorn anfangen. *Rogue Male* wurde mehrmals verfilmt, unter anderem 1941 von Fritz Lang mit Walter Pidgeon in der Hauptrolle und George Sanders als Quive-Smith, doch gehört der Film nicht zu Langs Meisterwerken, was sich auch daraus ersehen läßt, daß Asmodeus durch Joan Bennett ersetzt wurde.